啄木鸟文丛（2024）

在大众话语与专业话语之间

龙其林 著

中国文联出版社

图书在版编目（CIP）数据

在大众话语与专业话语之间 / 龙其林著 . -- 北京：中国文联出版社, 2025.5. --（啄木鸟文丛）. -- ISBN 978-7-5190-5895-1

Ⅰ . I206-53

中国国家版本馆 CIP 数据核字第 2025RZ1394 号

作　　者　龙其林
责任编辑　许可爽　祁宁
责任校对　秀点校对
封面设计　孔未帅

出版发行　中国文联出版社有限公司
社　　址　北京市朝阳区农展馆南里 10 号　　邮编：100125
电　　话　010-85923025（发行部）　010-85923091（总编室）
经　　销　全国新华书店等
印　　刷　廊坊佰利得印刷有限公司

开　　本　880 毫米 ×1230 毫米　1/32
印　　张　8.75
字　　数　240 千字
版　　次　2025 年 5 月第 1 版第 1 次印刷
定　　价　68.00 元

版权所有·侵权必究
如有印装质量问题，请与本社发行部联系调换

2024年《啄木鸟文丛——文艺评论家作品集》编委会

主　编　徐粤春

副主编　袁正领

编　辑　都　布　　王庭戡　　何　美　　张利国
　　　　陶　璐　　陈　思　　杨　婧　　蔡　明
　　　　艾超南　　薛迎辉

总　序

文艺评论是党领导文艺工作的重要手段和方式，是社会主义文艺事业的重要组成部分，是引导创作、推出精品、提高审美、引领风尚的重要力量。中国文艺评论家协会（以下简称"中国评协"）作为文艺评论界的桥梁和纽带，在团结引领文艺评论组织和人才队伍建设、繁荣发展社会主义文艺事业方面肩负重要职责。重任在肩，使命光荣。近年来，中国评协在习近平新时代中国特色社会主义思想特别是习近平文化思想的指引下，紧紧围绕学习贯彻党的二十届三中全会精神、习近平总书记关于文艺工作重要论述特别是关于文艺评论的指示批示精神，以落细落实中宣部等五部门《关于加强新时代文艺评论工作的指导意见》和中国文联《加强新时代文艺评论工作实施方案》为重点，坚持以人民为中心的创作导向，坚持出成果和出人才相结合、抓作品和抓环境相贯通，聚焦"做人的工作"与"引导文艺创作"两大核心任务，锚定中国文艺评论正面、坚定、稳重、理性的正大气象，建体系、强制度、树品牌、立标杆、展形象，在理论建设、示范引领、人才培养、行业评价、平台阵地等方面取得明显成效。我们欣喜地看到，在习近平文化思想的引领下，一支组织有力、架构完整、门类齐全、规模可观的文艺评论人才队伍正在茁壮成长。

为进一步提升中国评协会员服务能力和水平，坚持出成果、出人才、出思想协同发展，激励文艺评论工作者发扬"啄木鸟"精神，涵养褒优贬劣、激浊扬清的品格，经中国文联批准，中国评协、中国文联文艺评论中心、中国文联出版社于2023年联合启动《啄木鸟文丛——文艺评论家作品集》（以下简称《文丛》）出版计划，被评论家们誉为"暖心工程"，期待"加强引导引领，不断向上向好"。首批有10部作品集列入出版计划，如《以中华美学精神的名义》《高扬以人民为中心的文艺评论导向》《曲艺的嫁衣给谁穿》《云游于艺：网络时代的文艺评论》等，覆盖文学、戏剧、影视、美术、曲艺、书法等多个艺术门类，还包括网络文艺这一新类型，推出后受到广泛好评。2024年是《文丛》出版计划推进的第二年，《文丛》得到中国文学艺术基金会的资助。面向中国评协会员征集作品，经资格审查、专家评审、会议研究、公示等程序，最终确定10部作品集纳入2024《文丛》，涵盖文学、戏剧、影视、美术、舞蹈、摄影、书法等多个艺术门类，还包括文艺理论、文化产业等领域。作者多为长期活跃于业界的优秀文艺评论家，他们学术视野宽广、理论功底扎实、治学态度严谨、艺术洞察力精准，在各自领域内具有较好的专业声望和行业影响力。相信2024《文丛》的出版将会有力促进作者学术研究与专业评论的双向互动，持续赋能文艺评论界乃至文艺评论事业的发展，更是对新时代文艺理论与实践探索的有力呼应。

此次《文丛》出版，得到各单位的积极推荐、中国评协会员的踊跃申报，体现了广大文艺评论工作者对于强化文艺理论评论建设的主体意识和切实履行文艺评论使命的专业素养。收入2024《文丛》的10部作品集具有以下共性特征：一是突出主流价值引导，坚定正确评论方向。作者们坚持以马克思主义文艺理论指导学术研究和评论实践，注重同中华优秀传统文化相结合，传承和弘扬中华美学精神，致力于中华优秀传统文化的创造性转化和创新性发展。二是紧跟新时代步伐，聚焦行业发展实践。《文丛》的作者们关注当下的艺术探索和行业现状，立足作品与现象，注重发挥文艺评论的价值引导、精神引领和审美启迪作用，彰显实践品格。三是评论有力有效，论述专业权威。《文丛》所收作品集尊重学术民主、遵循艺术规律、体现多元审美，注重开展建设性文艺评论，坚持以理立论、以理服人，努力营造百家争鸣的学术氛围和评论生态。四是文章文质兼美，文风雅正质朴。积极回应了中国文艺评论家协会发出的"转作风、改文风、树新风"倡议。总之，《文丛》的出版，集中展示优秀文艺评论工作者的评论成果，有助于推动构建理论扎实、多元共生的新时代中国文艺评论话语体系。我们期待《文丛》的作者队伍继续壮大，涌现更多文艺评论工作者。

《文丛》出版工作得到中国文联党组的有力指导，也得益于中国文联文艺评论中心、中国文联出版社的通力合作。同时，也要感谢中国评协各团体会员、各专业委员会等积极推荐，感谢踊跃申报的中国评协会员，以及为书稿的征集、评审和出版付出辛劳的专家和工作人员。希望以《文丛》出版为契机，在习近平文化思想引领下，会聚更多优秀文艺评论人才，推出更多文艺评论佳作，推动新时代新征程文艺评论事业高质量发展。

是为序。

夏　潮

2025 年 3 月

目录

壹 理论争鸣

在大众话语与专业话语之间寻求平衡
　　——以豆瓣文艺批评为中心 / 3
"人道主义"论争与当代文学观念嬗变 / 21
工业化生产浪潮与中国生态文学的全球危机书写 / 37
"异托邦揭开了我们的神话"
　　——中国当代生态文学的自然异托邦书写 / 53
全球化语境下中国当代生态文学的恶托邦叙事 / 73
海洋文明与近代粤港澳大湾区报刊的域外游记创作 / 89
19世纪中叶的广州城市与社会生活
　　——基于《广州大典》和近代传教士中英文报刊的
　　　对照性解读 / 96

贰 热点透视

对"网红审美"应少些迎合 / 111
火热的网络文学呼唤文学批评 / 115
投身火热的时代现场方能写出一流作品 / 118
让革命文化遗产融入现代城市生活 / 120
不套用西方理论剪裁中国人的审美 / 122
用好北京冬奥会的文化遗产 / 125
古装剧应在细节中传承历史文化 / 128
书法进入一级学科　弘扬传统文化落地 / 131
保护原创网络文化生态当成共识 / 133
中国生态文学召唤本土批评话语 / 135

叁 坐拥书城

生态视野下的现代文明省思
　　——评陈应松长篇小说《森林沉默》/ 141
扬文化之帆，发时代之声
　　——读伍第政《中国精神》/ 148
中国现代诗学如何建构主体性
　　——读陈希《西方象征主义的中国化》/ 151

《瓦尔登湖》作者的"复杂存在"

　　——序王焱《一个别处的世界：梭罗瓦尔登湖畔的生命实验》/ 156

京派文学都市文化空间属性的还原与思考 / 160

恢复被概念、常识压抑的自然感知

　　——评大解诗集《山水赋》/ 171

生态诗歌召唤摩罗诗人

　　——序侯良学《自然疗法》/ 175

自然书写中的土地气息 / 182

肆　个案聚焦

曹林时评的附加值、写作技巧与时代使命感 / 191

明清宫廷文化的重审　历史与文学的互证

　　——高志忠学术研究刍论 / 207

文学书写中的时代意识与日常生活

　　——赵绪奎诗歌论 / 219

诗质格局与诗歌研究

　　——张志国论 / 230

冲锋的战士与文学史的标准

　　——中国当代文学史著上的何建明 / 234

文学的地理维度与作家的精神根基

　　——奉荣梅散文论 / 241

粗粝生活中的温情与坚守

　　——蒋晚艳创作论 / 252

跋 / 261

壹 理论争鸣

在大众话语与专业话语之间寻求平衡

——以豆瓣文艺批评为中心

中国网络文艺起步于20世纪90年代，21世纪后呈现繁荣态势，不仅网络文艺优秀作品大量出现，囊括了现实、历史、青春、玄幻、科幻等诸多题材，出现网络文学、网络影视、网络直播、网络短视频等多种载体，而且网络文艺创作手法不断成熟。伴随网络文艺迅猛发展的是，网络文艺批评也逐渐成为网络用户满足自身情感输出、观点表达、寻找认同感等需求的重要渠道之一。在视频网站上，观众可以通过弹幕互动的方式实时发表感想；在小说阅读平台上，读者可以通过本章说、评论区互动等方式与创作者直接对话；在音乐平台上，听众也可以在评论区结合个人经验自由地抒发听歌感受、表达对歌曲的看法。值得注意的是，网络文艺批评与传统文艺批评并未随着新媒体的迅速发展而自动融合。与网络文艺作品发布后收获的大量线上文艺批评相比，线下的学院派文艺批评对于网络文艺仍显生疏，不仅从事网络文艺批评的研究者人数较少，而且学术界对于网络文艺的认识和评价与实际情况还有一些出入。一些学者在充分认识到网络文艺批评弊病的基础上，站在传统文艺批评的立场上，提出应该加强传统文艺批评对网络文艺批评的引领作用；另一些学者则秉持与时俱进的原则，认为传统文艺批评应自觉适应网络生态，通过主动改造自身而与网络文艺批评交融，使传统文艺批评发挥在场作用，但在怎样使二者有效交融方面仍缺乏有效办法。我们以豆瓣文艺批评为例，从当前网络文艺批评的困境、豆瓣文艺批评在大众话语与专业话语之间的平衡、豆瓣文艺批评的启示三个方面进行讨论，希望可以深化关于网络文艺批评和传统文艺批评深度融合的认识。

一、各说各话：当前网络文艺批评的困境

学术界对网络文艺批评存在不同理解。由于传统文艺批评的思维、话语及价值观念根深蒂固的影响，不少批评者在谈到网络文艺批评时，经常会习惯性地将其进行有限拓展，或将其视为文艺批评的发表载体的观念发生了变化，由传统的纸质媒介转移至网络平台，而批评的观念、方法、立场、标准并未发生实质变化；或将其理解为对于网络文艺的批评，即评论者基于传统文艺评价标准来审视网络文艺，因而对于网络文艺评价普遍不高。两者看似存在差别，其本质却一致，均将传统文艺批评的方式挪用到网络文艺作品，而忽略了网络文艺所具有的独特内涵。只有了解网络文艺区别于传统文艺的内涵，研究者才能准确把握其本质特点，对其进行有效阐释。"要想真正建立起网络文学批评标准，必须把握网络文学的本质，同时研究网络文学的核心质料。网络文学本质上是一种商业文学，如果从经济层面类比，网络文学与传统文学在'言语市场'上存在着先天不平等的现实。"[1] 遗憾的是，不少研究者在设计线上批评与线下批评的融合之道时，却忽略了传统文艺批评与网络文艺批评存在的巨大差别。当前不少主流平台开设了专业评论区，一些文艺评论专业期刊创建了微信公众号甚至 App，以为将专业批评移植到新媒介平台，或是推出有关网络文艺的专业批评，

---

[1] 吴长青：《构建网络文学批评融合发展机制》，《中国文学批评》2022 年第 3 期。

就可能使传统文艺批评和网络文艺批评融合,这是一种过于乐观的期待。原因就在于,这些措施还是以传统文艺批评的标准、话语、价值评价网络文艺现象,只能在互动性这一点上弥补传统文艺批评的不足,但在大众性、娱乐性、商业性上仍然无法体现网络文艺的诉求,自然会缺乏有效性。事实上,很多文艺评论专业期刊微信公众号和 App 的浏览量依然低迷,传统文艺批评的专业性、高冷性让普通民众对其敬而远之。有学者出于对中国当下文坛现实状况的观照,分析了真正的"批评性"应具有的基本意涵,包括"现代性"的精神、"真善美"的核心价值、批评的功能作用、批评者的主体性精神四个方面。从这一关于批评性的界定来看,网络文艺评论显然并不具备传统文艺批评的批评性,甚至与传统文艺批评大异其趣,网络文艺评论的内容也良莠不齐:"目前网络文艺的生产、消费、鉴赏评价存在着乱象丛生的野蛮生长……却鲜见或不见专业、主流和权威的文艺批评家的身影和声音,点击率、粉丝数、转发量、点赞或吐槽数成为衡量和评价文艺作品优劣的'唯一'标准。"[1]而网络文艺批评的支持者则认为:"大众的一部分是非常聪明、积极、主动的人,他们绝不肯被任何意识形态和权力操纵……产业和粉丝之间的关系不是操纵与反抗的二元对立。面对这些'作假'或'操纵',大众的态度和反应是多样的:认可、视而不见、冷笑、反抗、放弃,等等。"[2]

现有的网络文艺批评是新旧两个机制在同时运行,相互之间交叉少,缺乏相互对话的基础。造成这种问题的原因是:(1)媒介环境发声迅速变化,传统文艺批评很难跟上新媒介的发展;(2)传统书面语与次生口语存在较大差异,二者天然具有不同的发表平台。在传统文

---

[1] 向云驹:《互联网时代文艺批评何为》,《求是》2015 年第 12 期。
[2] [韩]崔宰溶:《网络文学研究的原生理论》,北京:中国文联出版社,2023年,第 137 页。

艺批评工作者看来，网络文艺批评总是与商业化、娱乐性、低水平等关键词联系在一起。尽管造成这种现象的原因多种多样，但传统文艺批评对于网络文艺批评的质疑，与他们对日常语言的表达能力和限度持有根深蒂固的怀疑传统息息相关。法兰克福学派的西奥多·阿多诺认为，如果用已被认定的、可理解的方式说话，那么其后果就是让人无法进行批判性的思考，语言的惯性表达会束缚人们的思维方式，导致无法利用语言资源对世界进行反思。但芮塔认为，这一看法实际上高估了语言的陌生化的作用，也低估了可理解性的重要作用："指控日常语言被'商品化'的人，未能承认批判理论也是文化资本的一部分。"[1] 黎杨全将沃尔特·翁提出的"次生口语文化"理论引入了网络文艺批评的视野。[2] 所谓"次生口语文化"，是相对于"不知文字为何物"的"原生口语文化"提出的。这一概念的提出较早，受限于当时的语境，沃尔特·翁并没有给出十分清晰的定义，只称其为"电话、广播、电视产生的文化"[3]。发展到当下的数字时代，"次生口语文化"的特征如今更为明显，这一理论的解释力在面对诸多文化现象时也显得越发强大。朝金戈将数字时代的"次生口语文化"定义为"信息交流还是遵循着口头传统的基本交流规则，只不过不再是面对面交流，而是在网络平台上交流而已"[4]。网络文艺批评是在口语交流的网络环境下进行的，其语言表达也必然具有口语文化的特点。将网络文艺批评定位为次生口

---

1 ［英］芮塔·菲尔斯基：《批判的限度》，但汉松译，南京：南京大学出版社，2023年，第216页。

2 参见黎杨全《走向活文学观：中国网络文学与次生口语文化》，《探索与争鸣》2021年第10期。

3 ［美］沃尔特·翁：《作者序》，《口语文化与书面文化》，何道宽译，北京：北京大学出版社，2008年，第2页。

4 朝金戈：《口头传统在文明互鉴中的作用》，《中国民族报》2019年5月24日，第6版。

语文化，有助于理解崔宰溶所指出的网络文艺批评的"方言"术语与传统批评的标准语不同的观点。网络文艺批评的"方言"术语并不令人陌生，相反地，这一"方言"是在日常交流语境下使用的，有着极为广泛的通用性和可理解性。但崔宰溶认为其"不再是一般人通过正常的体制教育和教科书能学会的"[1]，这一点却十分符合网络文艺批评的"方言"特征。网络文艺批评是网络用户基于常识和日常经验，通过审美主体对文艺作品共同的切身经验而产生的判断，并在此基础上逐渐累积、交流、传播，构建了独特的网络文艺批评群体。

明确网络文艺批评所处的次生口语环境，有助于我们从口语文化相异于书面语文化的特征出发，理解网络文艺批评的诸种面相。2023年，电视剧《漫长的季节》走红网络，在豆瓣获得9.4分，位居"豆瓣高分华语剧集榜"总榜第五名。在这样一致好评的情况下，有网友发文《逆风吐槽〈漫长的季节〉，这漫长的爹味》，从女性视角指出剧中女性角色性格、地位、作用等的不合理之处。在传统文艺批评领域，以女性主义理论解读经典文学作品早已屡见不鲜，甚至连讨论者也都兴致不高了。当网络文艺批评中出现类似的声音时，尽管也有一些理性的回应，却同时也引发了一次大规模的针对这位网友的攻击，指责其"恰烂钱""没有娱乐精神""为黑而黑"。这里我们也看到与网络文艺批评的对抗性相辅相成的另一面，是网络用户对于自己喜爱事物的毫不吝惜赞美的情绪，而不容许他人指出半点瑕疵。无法接受批评，或者是一味地维护都是不成熟的批评心态。很多时候网络用户只能表明自己的态度，其批评尚不具备成为一种独立观点的价值。

沃尔特·翁指出，口语文化往往是"贴近人生世界的""移情的和

---

[1] ［韩］崔宰溶：《网络文学研究的原生理论》，北京：中国文联出版社，2023年，第113页。

参与式的""情景式的而不是抽象的"[1]，这些描述也很适合概括网络文艺批评的话语实践。豆瓣图书Top250第一名的《红楼梦》下点赞数前三的短评分别是：

朱红尽颓： 盛衰之理，本为天命。然而人心就是如此。眼见得他起高楼，于是便不忍心见他楼塌了。见过他鼎盛的时候，再看他的衰败就无比心酸。而更加可悲的是，目睹这场哗变的你，本就是这戏中之人。（2012年5月15日）

fwb： 第一次看《红楼梦》，是小学五年级。因所有人都说，这是部名著，于是，期末考后，怀着极大的敬意与耐心，准备好好下番苦功夫。不曾想，从头到尾，一点不打绊儿地，没花多长时间，就囫囵吞枣地顺利看完，幼小心灵还因此生出些疑问：怎么一点儿不象（应为像——引者注）名著呀，即（应为既——引者注）不难懂，也不深刻，不就是些家长里短的故事集锦吗！留下印象的，不是爱情纠葛，不是阶级矛盾，不是白茫茫一片真干净，而是当时粗糙日常生活中，一些根本无法想象的精美事物……这或许是文学的另一个用处，让人从踏实细节处，活生生触摸到一个时代的体温。只是后来，每当我跟人说起，《红楼梦》对我来说，就是故事会，就是菜谱与家居指南时，十个会有九个半露出惊讶表情，让我觉得自己，可真没文化！（2017年1月15日）

素梳影： 亲戚是干什么用的大全。（2012年8月12日）

这三则短评极具代表性，相对于传统文艺批评而言，这些短评无

---

[1] ［美］沃尔特·翁：《口语文化与书面文化》，何道宽译，北京：北京大学出版社，2008年，第32、34、37页。

论是从思想层次还是阅读深度来看，仍然停留在阅读的初级阶段，只有较为感性的表述，未能深入《红楼梦》这部经典作品的文本内部。但是，无论是"朱红尽颓"的移情、"fwb"的贴近人生的经验，抑或"素梳影"的具象化的情景式解读，他们的批评风格并不是学院派文艺批评惯常采用的批判性姿态和理论性话语，而是以鲜活新颖的感受、有血有肉的情绪、灵感乍现的碎片式文字表达看法。它们是从批评者本人与文本之间的生命连接中自然地生长出来的人生经验。欧阳友权曾这样肯定网络感悟性批评："网络感悟性批评可以看作是顿悟式的'目击道存'，即直指对象要害的自况性无功利表达，说出来的话常常语无顾忌，随心所由，即所谓的'我手写我心'。"[1] 不过从反面来看，感悟性批评虽也有灵光之语，但不能掩盖这些批评最终基本都流于情感认知和感性印象，这也是网络文艺批评常被诟病的重要原因。

新媒体平台对于两种文艺批评人为设置了不同的载体：或将长篇传统文艺批评搬移到新媒体平台，如微信公众号、传统报刊客户端，实质仍是传统媒介思维；或为网络文艺批评设置发声空间，如微博、弹幕、App 评论区等，人为制造二者之间的疏离。

二、豆瓣文艺批评：大众话语与专业话语的平衡

豆瓣（douban）是一个社区网站，创建于 2005 年 3 月 6 日。通过引入 UGC（用户生产内容）内容生产机制系统及聚合机制，豆瓣实现了以兴趣为基础的社群聚合，打造了无法被竞品替代的趣缘社区的生态环境，是网生性批评的重要来源。豆瓣可以提供关于电影、图书、音乐等各类文艺作品的信息，是一个同时具备品味系统、表达系统和

---

[1] 欧阳友权：《当代中国网络文学批评史》，北京：中国社会科学出版社，2019 年，第 178 页。

交流系统的网络平台。经过近 20 年的发展，豆瓣已经成为一个重要的文化现象，其文艺批评影响早已远远超越了自身的评价功能，并冲破网络空间的局限，通过反馈进而影响艺术生产和艺术消费。

  豆瓣文艺批评具备品味系统、表达系统、交流系统。与其他后起的平台相比，豆瓣平台的网络批评仍然保持着自己的鲜明特色，这与它诞生的时期有关。作为与 Web2.0 时代相伴相生的网络平台，豆瓣的架构仍然保留着 Web1.0 时代的特征——存储器功能。经过多年的积淀，豆瓣的存目越发壮大，也越发显示出自身不可替代的独特价值。但豆瓣作为存储器，大量数据聚合的过程也明显带有 Web2.0 时代的特色。豆瓣目前所存储的海量资料库，只有少量是网站成立之初由管理员创建的，豆瓣用户在 Web2.0 的用户权利甫一获得扩张的初期，就展现出了极高的建设网站的热情。根据"麻油四"的整理，仅"趣味游戏"和"彼得潘的红茶"两位用户就分别贡献了超万余的条目。[1] 如果豆瓣的架构仅仅停留于此，那么它可能随着 allmov 等纯粹资料库性质的网站一起，早已消失在互联网发展的滚滚长河中。豆瓣依托于 Web1.0 的资料库，同时又通过在《读书》等杂志做广告的形式吸引了第一批核心用户，显示出豆瓣创始人阿北对豆瓣的核心用户群从一开始就有着清晰的定位。2005 年 7 月，豆瓣首次出现在《读书》杂志，广告词为"收藏、推荐、评价、发表书评、以书会友；300000 种书在各大购书网站的价格比较"[2]。这一广告词明显地体现出豆瓣网 Web1.0 与 Web2.0 的混杂特质。一方面，豆瓣用户可以在网站上进行知识消费；另一方面，"以书会友"的社区功能才是豆瓣真正超越了 Web1.0 的设计。这两种来自不同互联网时代的特征仍然是如今的豆瓣平台的

---

1 参见麻油四《【豆瓣达人排行榜】之条目达人》，https://www.douban.com/group/topic/3639316/?_i=8602052DriqAOS，2008 年 7 月 7 日。
2 《读书》2005 年第 7 期。

核心功能，为塑造豆瓣的独特面相发挥着作用。

豆瓣文艺批评更具科学性、合理性，避免人为调整评分功能。豆瓣文艺批评在国内网络文艺批评中具有代表性，它不仅提供最新的文艺介绍及评论等信息，而且还记录网友想看、在看和看过的文艺作品，并提供打分、评价功能。许多观众在欣赏文艺作品后会在第一时间将个人感受记录下来，并成为后续拟欣赏的大众的参考。2023年上映的电影《消失的她》，不仅在经济上创造了高票房，更在文化上掀起了一阵网络文艺批评高潮。人们围绕这部电影引发了争议，这是网络文艺受众自发的网络批评原生事件。在戴锦华、毛尖等专业批评者入场之前，豆瓣某用户在电影初映之时，就以辛辣的语言指责导演贩卖虚伪女权话语，其批评文章迅速被电影出品方以"不实信息""侵犯名誉权"的理由向站方投诉并删除。这位豆瓣用户坚持重新发文，在新发布的文章中规避了具体的人名等关键词，而以"×××"取代，并增加了对资本操纵舆论的不正当行为的控诉。用户与电影出品方之间以豆瓣电影平台为中介进行的网络文艺批评之争，被以截图形式留存在文章中。截至2023年10月29日，这位用户在豆瓣电影的影评获得了3500余条点赞，而电影《消失的她》在豆瓣电影的评分已经从开分时的7.5分降至目前的6.2分。从这一微观事件可以看出，网络文艺批评在新媒介时代所能发挥的积极作用和带来的启示。一方面，以KOL（关键意见领袖）为核心的网络文艺批评群体，他们的文艺批评水平虽然经常是在传统文艺批评的标准之下，但并不盲从于公众意见，而是能以自身观影经验为基础，有的放矢、言之有物，书写作为个体的直观感受，在传统文艺批评的触角探来之前有效地填充了这一批评空间。另一方面，豆瓣不仅为大众提供了各抒己见的平台，并且通过评分算法、设置规则，实现了个人意见与大众反馈的相对平衡，同时也为大众提供了与资本斡旋的空间。豆瓣创始人阿北在《豆瓣电影评分八问》中强调了豆瓣平台一视同仁的评分机制："一部电影的豆瓣评分是来评分的人群的平均意见决定的"，"大大佬托大佬也直接找到过我。……据我所知，整个豆瓣系统里没有'修改电影平均分'的后台功能"。[1]

经过近 20 年的发展，并行于豆瓣网上的网络文艺批评与传统文艺批评已形成了新的变种，即豆瓣文艺批评。如果说传统文艺评论注重理论性、权威性，以专家解读、大众接受为其表征的话，那么网络文艺评论则以口语化、情绪化和生活化为特点，注重自我感受的表达，虽然过于感性化和表面化，却也有吉光片羽的敏锐发现。而豆瓣文艺批评则汲取二者之长，它将传统文艺批评的体系化、逻辑性与网络文艺批评的口语化、生活化进行融合，形成了一种生成性评论。这种生成性评论一方面吸收了传统文艺批评对文艺作品进行理性思考的方式，也追求一定的理论表述和术语使用，另一方面又注意学习网络文艺批评的生活化表述和幽默风趣的文风，从而形成具有自身特点的豆瓣文艺批评。豆瓣文艺批评注重作家与文艺作品的直接相遇，不注重从历史背景、时代话语等宏观层面考虑问题，而注重从普遍的人性、人情和作品的细节、人物关系、逻辑关系进行分析，力图吸收各家之长，创造出一种兼具理性思考与感性分析、学术表征与幽默风格、大胆假设与举例说明的评论话语。

截至目前，豆瓣读书中关于鲁迅的历史小说集《故事新编》一共有 6962 个短评，它们短的只有几个字，长的有三四百字左右。这些评论对于《故事新编》的切入角度各有不同，或讨论小说语言，或分析

---

[1] 阿北：《豆瓣电影评分八问》，https://blog.douban.com/douban/2015/12/18/3060，2015 年 12 月 18 日。

作品隐含的微言大义，或以幽默方式突出小说的某一人物行为、某一情节、某一典故，或是直接抒发对于作家作品的赞美。这些文艺批评生成于经典作家、权威解读、新媒体文化、市场经济等要素构成的复杂文化语境。评论者立足于个人视角，通常截取某个角度讨论整部作品，只评论给其留下最深印象的某点而不及其余。同时，评论者往往不是用严肃的、理论化的语言表达观点，而是用幽默的、夸张的、炽热的、日常化的话语描述个人对于作家作品的感受。对《故事新编》的评论话语融合了传统文艺批评与网络文艺批评的优点，又与时代氛围、文化思潮、社会生活等进行勾连，形成了别具一格的豆瓣文艺批评话语。例如，对《故事新编》的这些评论就很能代表豆瓣文艺批评的风格：

丹 AI：《铸剑》神文，语言难以形容其特别。（2012 年 5 月 11 日）

鹅掌柴：《故事新编》是鲁迅的破冰之作，是鲁迅的文章中，我读过的，修辞最丰富，色彩最饱满的（如果说其他作品都因悲痛和不忍变成了低饱和度的影像，那么这本书就是色彩明快的油彩）。虽然神话传说中的神明、英雄、先贤都在"故事"中被着重突出了悲剧色彩，但依然掩盖不住这本书的鲜艳。《补天》《奔月》中神和超人的英雄都消亡了，《理水》中"中国的脊梁"困顿不堪，失去"脊梁"的意义，或者被异化，《铸剑》中复仇者的坚定信念与自我毁灭的绝望并存，而复仇者与暴君的死尸也在"大出丧"中滑稽地被"看客"们"瞻仰"，如此，等等。《故事新编》里，还有一系列隐藏着的，却深痛的讽刺：神明、英雄、先圣们生活在世界中，总是被其他卑微的小人物围绕，他们消解、扼杀着"脊梁"，同时又观看着自己的戏剧。可悲的是，他们却有着更加顽强的生命力，至今。（2013年11月10日）

momo： 冷知识：嫦娥因为后裔（应为后羿——引者注）老给她吃乌鸦炸酱面而奔月。（2020年3月29日）

Soo Yung： 确实不是小说，而像友邻所说的，是一则怪味汤。鲁迅的脑洞确实也大，把经典的传说、童话改编为符合当下语境的讽刺小说，真有意思极了。（2016年6月19日）

豆瓣文艺批评篇幅一般不长，一二十字至一百二三十字比较多见。网友们在讨论《故事新编》时，罕见从整体上对作品做全面分析的留言，更多的人选择了对作品中印象最深的一点进行简明扼要的评论。这些评论虽然有不少只是简单地抒发情感，用语也十分夸张，但是仍然有不少评论努力在感性中进行沉淀，通过描述小说集给自己留下的深刻印象而在某个角度形成对于作家创作和作品思想、艺术手法的真知灼见。"丹AI"对于《铸剑》语言的赞叹，"momo"对于"嫦娥奔月"的新解，"鹅掌柴"对于先贤们总被小人包围现象的发现，"Soo Yung"对于鲁迅脑洞大开的描述，等等，文字不长，却能概括小说情节或揭示特点，让阅读者在会心一笑的同时，也留下深刻印象。

豆瓣具有文艺批评经典的沉淀性。与微博、微信、知乎等平台相比，欧阳友权将豆瓣批评的优势概括为开放包容的统一的平台空间、批评的沉淀性。所谓沉淀性，指的就是豆瓣批评"以条目为依托，一个书籍条目之下多年来不同人的阅读记录都得以呈现"的评论机制，它使豆瓣批评一同进入了存储器这一空间区域，因而随着条目一同被保存下来。但这一复合机制中，Web2.0与Web1.0功能相互的抵牾，也造成了豆瓣批评的另一个批评相对固化的现象。目前，豆瓣的评论排序只有热门、最新和友邻三种方式。根据批评沉淀性的规律，往往点赞数越多的，年代就越久远。因时间的积累和存储器的稳定性，在一定程度上实现了豆瓣批评内部的经典化，这是最初豆瓣网批评者更愿意从事严肃写作的原因之一，但后来者却很少能获得这种机会，因此，可能会造成后来的批评者因为相对于前人获得的肯定较少，从而缺乏批评动力的问题。如时隔多年后，在不同时代语境下对经典重读的批评文章可能在豆瓣的批评中就不会再如多年前一般容易引发关注、追随和讨论。这一问题随着豆瓣堆积的批评资料增多而越来越突出，势必将成为有待解决的重要问题。豆瓣基于Web1.0的批评架构，很难延伸出围绕批评自身的发现系统，这也是豆瓣与微博、微信、知乎等平台不同的一点。一方面，这些特征使得豆瓣的批评具有网络用户的自由、感性、活跃的特色，主要集中在短评上；另一方面，豆瓣的最长可达万字的长评机制，相较于其他平台更具备与严肃批评相接轨的特质，其围绕着特定书目来写作评论的方式，也更贴合传统批评的写作思路。

豆瓣文艺批评在大众话语与专业话语之间取得了动态的平衡。豆瓣网的独特文艺批评面貌，一方面根植于它自身的跨时代混杂架构，另一方面来自其在专业话语和大众表达之间寻找平衡的自觉意识。从豆瓣实时更新的豆瓣读书Top250来看，其中的书目基本可以代表豆瓣的批评取向。不同于权威发布的、代表官方话语的图书排行榜，也不同于完全以销量为指标、以引导消费为目的的网络营销平台，豆瓣读书以评分、读过人数、评论数等综合标准推出的Top250排行榜，其中既有《哈利·波特》（No.4）、《福尔摩斯探案全集》（No.11）、《白夜行》（No.12）等通俗读物，也有《红楼梦》（No.1）、《活着》（No.2）、

《百年孤独》（No.6）等严肃文学。可以说，豆瓣深耕于严肃批评与公众意见相重合的中间领域，不仅为自己创造了不会为竞品所替代的生态环境，而且也为网络用户寻找知识世界与公共世界的交会提供了极富参考价值的材料。绝对的专业立场会造成与作为研究对象的大众的分离，但绝对的大众立场却也容易导致滑向偏至的深渊。早在2013年，就有学者在讨论网络文艺批评标准的整合这一问题时，感慨二者之间的复杂关系，"如果有，这个标准来自哪里，是来自精英对文学批评的学术含量、文化品质、指导价值等方面的追寻，还是来自大众自由抒写内心感悟、表达'草根'的文学意识的诉求？简单说，是要突出它的精英价值，还是大众意义？这两个答案似乎都不能让人满意"[1]。传统专业立场的文艺批评与大众立场的网络文艺批评，在发挥批评的功用中各有缺陷。"'精英'或'大众'的标签不是最重要的，重要的是对网络文学批评的思维方式、结构模式、价值倾向、语体特征等，进行总结性研究……并通过总结其积极效果来促使其发挥作用。"[2]

三、深度融合：豆瓣文艺批评的启示

促进传统文艺批评与网络文艺批评的深度融合，需要建构合理、有效的网络文艺批评机制。除了一些学者主张的强化政府制定规范、凸显网络文艺平台的批评主体责任意识，最根本的还是要尊重网络文艺评论规律，顺应新媒介时代文艺批评的网生性状态。与传统文艺批评的专业性、权威性、封闭性相比，基于新媒体技术的网生环境赋予网络文艺评论以更大的自主空间，网络文艺批评的主体失去了现实社

---

[1] 李静、石少涛：《网络文学批评——建构属于自身的标准》，《北华大学学报》（社会科学版）2013年第3期。

[2] 李静、石少涛：《网络文学批评——建构属于自身的标准》，《北华大学学报》（社会科学版）2013年第3期。

会的专业性差异和权威地位，不同评论者在一种较为平等的状态下各抒己见。基于学习经历、理论深度而形成的批评门槛被大幅度降低，专业与大众、专业与业余的行业对峙极大弱化，于是网络文艺批评在庞大网友中展现出通俗化、娱乐化、确定化的一面。网络平台虽然是网络文艺内容的责任主体，但指望平台强化批评主体责任、规范批评方式、精准把握创作规律，显然并不现实。但专业性的传统文艺批评又存在话语方式陈旧化、价值标准专业化等问题，与网络文艺批评迫切需要的专业性与大众性融合、商业性与艺术性兼顾、娱乐性与思想性兼有的目标存在较大距离。传统文艺批评与网络文艺批评的鸿沟如何消除？合理、有效的网络文艺评论机制显得尤为关键。

对于网络平台来说，可以设置同时提供网络文艺批评和传统文艺批评共存的机制，允许二者在此同生共荣，相互交流。现有的网络平台尽管大多开通了评论功能，后来者也可以对已有评论进行再评论，但由于网络评论多以简单的观点交锋和情绪宣泄为主，很多文艺作品下的网络批评不仅数量较之社会新闻要少，而且往往只有只言片语的感悟，很难形成对于作品较为全面、公允的评价。豆瓣文艺批评的优势在于，它建立了一套兼具科学性和公正性的评价机制，其评分系统以大众对文艺作品的平均感受为原则，因此，豆瓣文艺批评体现了社会各界对于作品价值平均水准的认知。而沉淀系统的使用，可以确保豆瓣系统中的文艺批评内容完善保存，即便多年后依然可以查看人们之前的观点。由于豆瓣有着很高的认可度，因此，网络文艺批评和传统文艺批评都愿意在豆瓣平台上进行展示、交流或交锋。豆瓣文艺批评类型丰富，无论是一两句话的微评，还是四五句话的短评，抑或几百上千字的长评，甚至万字长文，都可以在这里找到知音或者论敌。值得一提的是，豆瓣还设置了豆瓣小组，人们可以创建或者加入各种不同主题的小组，对于某个话题有共同兴趣的网络群体，可以在此进行讨论、分享资源、开展活动，从而将豆瓣的功能从打分、评价拓展为一个内容多样、互动性强的社群交流平台。豆瓣小组的设置，使得豆瓣网能够形成数量众多的话题小社群，新旧观点在此并行不悖，各有归依，尽管关于具体文艺作品的评论不断形成争鸣，却丝毫不影响大众对于豆瓣的喜爱，其影响力日益增强。

同时，网络文艺批评平台应确立内部规则，尊重网络用户选择，形成一定的公信力。豆瓣文艺批评采用的是五星打分制，五星为最高评价，一星为最低评价，这样的打分制简洁明了，适合将大众对于文艺作品的最初感受和整体印象按照五个等级进行定位。另外，豆瓣的评分系统没有设置人工审核与编辑环节，而是按照程序设计，若干分钟即会将系统内的所有用户打分进行重新计算，这样的评分系统杜绝了人情因素、人为干扰；为了防止水军集体打分导致非正常评价，豆瓣会自动识别、剔除不正常得分，并删除与文艺作品无关的评论，从而使得豆瓣的文艺批评及其打分能够尽可能保持独立、公正，大众对于其客观性和公信力有着普遍认可。

对于传统媒体来说，应容纳网络文艺批评声音，设置相应栏目，丰富评论空间，尊重著作权。钱中文在1995年提出了新理性精神，其中重要的内涵之一就是交往对话精神。他指出："非此即彼的学风和思想方法由来已久，已经成为一种思维定势"，因此，"要引入一种交往对话主义，来改变有害学术建设的学风与思想方法"。具体来说，所谓"交往对话主义"就是"要改变对于人是一种对立体的旧观点。首先，要确立一种人与人是相互独立、互为依存和互为交往的关系，我与他者是一种相互依附而又各自独立、平等的对话关系"[1]。传统文艺批评话

---

[1] 钱中文：《新理性精神和交往对话主义》，《学术月刊》2003年第4期。

语进入网络空间的过程，不是知识权力关系的简单平行迁移，也不是要消弭网络文艺批评和自身的差别。传统文艺批评需要真正放下姿态，在承认网络文艺批评的独立性和价值意义的前提下，与网络文艺批评之间建立一种平等的对话关系，听取网络文艺现场参与者、观察者的声音，以此获得现场感和原生感。

相关管理机构需进一步完善网络文艺及其评论的政策和措施，将网生性色彩明显的网络文艺批评纳入国家传播、评奖、评价机制，使之成为得到主流认可的文艺批评方式。例如，2023年1月，由中国文学艺术界联合会、中国文艺评论家协会主办的第七届"啄木鸟杯"中国文艺评论推优暨第三届网络文艺评论优选汇云发布典礼，除了一批传统文艺评论著作和长评、短评文章获得表彰，一批优秀的网络文艺评论文章也同期被选出。第三届网络文艺评论优选汇以"中国网络文艺这十年"为主题，吸引全国各高校、科研院所、文化机构和新文艺群体评论工作者积极参与，最终评选出优秀长评33个、短评15个、微评2个，同时评选出3家优秀组织。值得注意的是，这次网络文艺评论优选汇首次将500字以内和五分钟以内的微评纳入优选范围，包括视频评论、弹幕评论、留言评论等新型文艺评论，显示出国家文艺管理部门对于网络文艺评论的重视。

各高校、文艺管理部门应将网络文艺批评纳入考核范围。在现实生活中，网络文艺批评依然处境尴尬，它们只是作为人们观看网络文艺作品后的感受书写，主观感受鲜明，却不被科研考核、职称晋升、学术期刊等认可，从而导致传统文艺批评与网络文艺批评在现实世界泾渭分明，始终不能在体制层面得到有效融合。网络文艺发端于新媒介的大众群体，网络文艺批评也不可避免地带有世俗化、口语化、娱乐性、商业性元素，粗糙、粗俗、粗鄙化的问题表现明显。政府文艺政策管理部门若要切实加强和改进网络文艺批评工作，既要经常开展线上批评与线下批评的交流、创建网络文艺批评协会，引导传统文艺批评工作者有意识地向网络文艺批评转型，又要从内部设置优化网络文艺批评的政策，鼓励专业文艺批评期刊接纳、刊发网络文艺批评文章，在评奖、职称晋升等方面承认网络文艺批评的价值，积极引导网络文艺评论的发展。如浙江大学曾进行尝试，将点击量过 10 万的文章视为一篇权威期刊论文。

结　语

一时代有一时代之文艺，一时代亦有一时代之文艺批评。网络文艺诞生于新媒体迅猛发展的新时代，新技术、新环境、新机遇赋予其无穷的发展空间，文艺创新、文艺改编与媒介融合将在未来继续推动网络文艺发展。以豆瓣为代表的网络文艺批评已渐成门类，文艺评论界对新事物的成长应该持宽容态度，鼓励其进步，以发展的眼光看待尚不完善的事物。只有这样，网络文艺批评才不会只活跃于民间，而在主流文艺界、评论界存在感不强。网络文艺已经成为重要的文学现象，并且在可预期的未来将发挥更广泛、更直接的影响力，传统文艺评论界理应形成预判意识，自觉地给予关注，主动参与网络文艺现场，助力网络文艺批评发展，推动传统文艺批评与网络文艺批评的深度融合及发展。

（原载《中国文学批评》2024 年第 1 期）

"人道主义"论争与当代文学观念嬗变

人道主义精神的回归,是新时期中国文学回归本位的重要表现。在文学史家看来,"对封建专制主义的批判,对自由与平等的呼唤,对人性、人情的张扬,对人的价值、人的权利、人的尊严的推崇,和关于人性、人情、人道主义的讨论,是20世纪80年代前期规模最大、影响最大的文化现象,也是对文学产生最重大影响的思想潮流。并由文学领域波及整个人文学科,形成新时期强大的人学思潮"[1]。可以追问的是,如果说"伤痕文学""成为新时期人道主义文学思潮的先导"[2],那么在1976年后的中国当代文学语境中,人道主义究竟克服了哪些束缚,最终成为作家、批评家们的基本认知?20世纪80年代中期关于人道主义的论争,与20世纪五六十年代之交的人性、人情与人道主义论争,以及20世纪七八十年代之交的人道主义论争存在着怎样的内在关联?

---

1 朱栋霖、吴义勤、朱晓进主编:《中国现代文学史1915—2016(下)》,北京:北京大学出版社,2007年,第12页。
2 朱栋霖、吴义勤、朱晓进主编:《中国现代文学史1915—2016(下)》,北京:北京大学出版社,2007年,第130—131页。

一

使人道主义在新时期成为令人瞩目的现象的，是王若水、周扬和胡乔木等发表的系列文章。1983年1月17日，时任人民日报社副总编辑的王若水在《文汇报》上发表长篇论文《为人道主义辩护》，引发舆论关注。这篇文章认为青年马克思将人看作最高的本质："马克思从'人是人的最高本质'出发，引出了革命的结论。人道主义和无产阶级的暴力革命联系起来了；应当说，这就是革命的人道主义或者无产阶级的人道主义。……马克思和费尔巴哈都把人放在最高的地位，不承认在人之上还有一个更高的本质。"[1] 王若水认为人道主义贯穿于马克思思想的始终："马克思始终是把无产阶级革命、共产主义同人的价值、人的尊严、人的解放、人的自由等问题联系在一起的。这是最彻底的人道主义。这里不存在西方一些马克思主义研究者说的什么早期的'人道主义的马克思'和晚期的'非人道主义的马克思'的区别。"[2] 王若水对于马克思主义与人道主义关系的阐释，将人作为社会主义一切工作的目的。

而真正让人道主义成为社会各界普遍关注话题的，则是随后周扬的发言与文章。1983年3月7日，周扬在纪念马克思逝世一百周年学术报告会上作了题为"关于马克思主义的几个理论问题的探讨"的演讲。周扬认为："在某种条件下，资产阶级人道主义也可以成为马克思主义的同盟军。"周扬也对马克思主义与人道主义的关系做了辩证分析："在马克思主义中，人占有重要地位。马克思主义是关心人，重视人的，是主张解放全人类的。当然，马克思主义讲的人是社会的人、现实的人、实践的人；马克思主义讲的全人类解放，是通过无产阶级

---

[1] 王若水：《为人道主义辩护》，《文汇报》1983年1月17日，第3版。
[2] 王若水：《为人道主义辩护》，《文汇报》1983年1月17日，第3版。

解放的途径的。"[1]作为中国文艺战线上的重要领导之一，周扬的发言尽管区别了马克思主义和资产阶级人道主义对于人的理解的差异，但其观点还是产生了广泛影响和争议。

面对周扬、王若水对于人道主义与马克思主义关系的激进理解，主流文艺阵营迅速做出强力回应。即便是现场倾听周扬报告的听众，也有一些人不认同他的观点，最后使得纪念马克思逝世一百周年学术报告会被延长，随后两天的会议中出现了4个针对周扬报告的批判性发言。1983年3月16日，《人民日报》发表了周扬在大会上的报告《关于马克思主义的几个理论问题的探讨》，引起时任中宣部部长邓力群、主管意识形态工作的中共中央书记处原书记胡乔木的不满。随后几个月里，胡乔木、邓力群与周扬、王若水又有多次争辩。

主流文化界也在理论上对周扬、王若水等人的思想观念进行批驳。1984年1月3日，胡乔木在中央党校发表题为《关于人道主义和异化问题》的演讲，对周扬、王若水等人的文章提出针锋相对的回应与批判。胡乔木认为将抽象的人作为出发点，违背了马克思主义从物质生产活动和物质生产关系出发的原则："'人是马克思主义的出发点'——这是一个典型的混淆马克思主义同资产阶级人道主义、历史唯物主义同历史唯心主义的界限的命题。马克思主义的历史唯物主义从分析人们的物质生产活动和人们之间的物质的生产关系出发，正是为了具体地理解人；离开人们的物质生产活动和人们之间的社会关系来谈人，就只能是抽象的人。把抽象的人作为出发点，这完全不是马克思主义。"[2]对于资产阶级与无产阶级人道主义的本质区别，胡乔木认为二者

1　周扬：《关于马克思主义的几个理论问题的探讨》，《人民日报》1983年3月16日，第4版。
2　胡乔木：《关于人道主义和异化问题》，《人民日报》1984年1月27日，第1—3版。

的出发点、制度基础不同:"资产阶级人道主义从抽象的人、人性、人的价值出发;社会主义人道主义则相反,从社会主义的社会关系出发,从社会主义建设现实发展的需要和可能出发。资产阶级人道主义以不触犯资本主义根本制度为界限;社会主义人道主义则相反,它的实现以消灭剥削制度、建立社会主义公有制度为前提。"[1]在谈到异化问题时,胡乔木反对将社会主义社会中的消极现象用异化理论进行解释,认为这会使人们形成消极现象根源于社会制度本身的印象:"由于它具有模糊的但是又相当固定的反现实的倾向,又具有可以到处乱套的抽象形式,可以把社会上的一切消极现象都归罪于社会主义制度或者社会主义社会的领导力量,把反对的目标集中于党和政府的领导,因而不可避免地会在社会上散布对社会主义、共产主义和党的领导的不信任情绪和悲观心理。"[2]

对于胡乔木的批评,周扬后来在接受新华社记者访谈时作了自我批评。而王若水则通过《我对人道主义问题的看法——答复和商榷》等文章进行争鸣。王若水、周扬、胡乔木的文章、讲话,引发了社会各界的广泛关注与讨论热情。据统计,仅在胡乔木作《关于人道主义和异化问题》讲话之前,全国各类刊物发表的讨论人道主义与异化问题的文章就有四五百篇之多。这些文章后来被收录到各类专著、论文集中,如胡乔木《关于人道主义和异化问题》(人民出版社 1984 年版)、北京大学哲学系编《人道主义和异化问题研究》(北京大学出版社 1985 年版)、叶汝贤《唯物史观和人道主义、异化问题》(中山大学出版社 1985 年版)、王若水《为人道主义辩护》(生活·读书·新知三联书店 1986 年版)等。

---

[1] 胡乔木:《关于人道主义和异化问题》,《人民日报》1984 年 1 月 27 日,第 1—3 版。
[2] 胡乔木:《关于人道主义和异化问题》,《人民日报》1984 年 1 月 27 日,第 1—3 版。

二

事实上，王若水、周扬的文章、发言并非人道主义在新时期的首次浮出历史地表。早在"文化大革命"结束之后，学术界已经尝试性地讨论了人道主义话题，并对历史上极"左"文艺政策的错误进行了反思。

1978年6月，朱光潜发表文章对西方有关人道主义的言论进行了概括及评价，引发了文艺界、批评界的关注。1979年1月，朱光潜大胆提出反对在上层建筑和意识形态之间画等号："马克思主义创始人经常指出意识反映的虚幻性，和客观社会存在是本质不同的两种动力。所以马克思紧接着上文就告诫人们必须时刻把'可用自然科学的精确性指明的'物质变革和'不能根据来判断这种变革时代的'意识形态区别开来。把上层建筑和意识形态等同起来，就如同把客观存在和主观意识等同起来是一样错误。"[1]朱光潜从马克思主义经典著作的源头出发，动摇了将包括文学作品、文学理论在内的意识形态视为上层建筑的合理性。不久，朱光潜反思了以往对于人性、人道主义、人情的狭隘认识，认为人道主义凸显了人的本位主义："人道主义在西方是历史的产物，在不同的时代具有不同的具体内容，却有一个总的核心思想，就是尊重人的尊严，把人放在高于一切的地位，因为人虽是一种动物，却具有一般动物所没有的自觉性和精神生活。""马克思不但没有否定过人道主义，而且把人道主义与自然主义的统一看作真正共产主义的体现。"[2]

这一时期，黄药眠也参与到人性、人情与人道主义讨论中，在

---

[1] 朱光潜：《上层建筑和意识形态之间关系的质疑》，《华中师院学报》（哲学社会科学版）1979年第1期。
[2] 朱光潜：《上层建筑和意识形态之间关系的质疑》，《华中师院学报》（哲学社会科学版）1979年第1期。

《文艺研究》《文艺理论研究》等刊物上发表文章，推动讨论深入发展。黄药眠承认人类所共同拥有的特质即人性："所谓人性，在我看来就是所有人类共同有的特质，也就是说，人类的共同性，而又为别的动物所没有的东西。"[1]黄药眠认为人性具有超阶级性，人类共有的特质可以有阶级之外的其他要素："社会存在决定人们的意识。所谓社会存在，当然主要是指阶级的存在，但亦包含有阶级的生活方式，如社会风尚、习惯、教养、传统。所谓意识，当然主要是指意识形态，但也包括其他的心理因素，如情绪、感觉等。"[2]具体到文艺作品中的人性内涵时，黄药眠认为当人类阶级斗争和缓时，各阶级共有的社会共同性便显著增加："以中国目前的社会具体情况来看，剥削阶级已经消亡，在艺术文学中所体现出来的人类社会的共性，将日益增加。"[3]在王蒙看来，人性、人情是天生的，而人道、人道主义则是一种观念和思潮，但两者具有内在联系："如果人道主义泛指对于人、人的生命、身体、尊严、价值的爱护和尊重，指人和人之间的互利互爱的原则，那么，第一，这是最能够为人们所广泛接受的、最能打动亿万普通人的心灵的、类似于几何公理一样的原则。第二，这又是相当浮泛的，相当不具体的，相当不够的一个原则。问题不在于要不要讲人道，要不要讲人道主义，问题在于怎样做才是符合人道的？"[4]在人道主义重新引发文艺评论界关注的过程中，学者们讨论踊跃，胡义成的《试论人性》、王磊的《人性和阶级性的对立统一及其在文学作品中的表现》、陈慧和严金华的《论

1　黄药眠：《关于文学中的人性、阶级性等问题试探》，《文艺研究》1980年第1期。

2　黄药眠：《关于文学中的人性、阶级性等问题试探》，《文艺研究》1980年第1期。

3　黄药眠：《关于文学中的人性、阶级性等问题试探》，《文艺研究》1980年第1期。

4　王蒙：《"人性"断想》，《文学评论》（北京）1982年第4期。

欧美文学中的人道主义问题》、周乐群的《人道主义断想》、秦德儒的《人道主义的历史进步意义无容否定》、阮坤的《略谈莎士比亚的人道主义》、秦家琪的《"五四"现实主义文学与人道主义》、俞建章的《论当代文学创作中的人道主义潮流——对三年文学创作的回顾与思考》、沈国经的《昨日的人道主义与今日的封建法西斯主义》、向彤的《无产阶级文学的人性和人道主义》等文章深化了对于人道主义观念的认识。

朱光潜、黄药眠等学者讨论人性、人情与人道主义的文章发表后，立即受到来自主流意识形态阵营的批评。"文化大革命"已经结束，但文艺领域长期受到极"左"思潮影响，不少文艺理论工作者对待人性、人情与人道主义问题仍然呈现出思想的保守性。针对朱光潜、黄药眠等关于人性、人情与人道主义的文章，彭会资、陆荣椿等撰文进行了措辞严厉的商榷。1980年3月，彭会资发表与朱光潜商榷的文章，认为文艺就是上层建筑的组成部分，文学应该为政治服务："由于文艺具有上层建筑性质而可以被作为上层建筑的一个组成部分，由于产生于阶级社会里的经济基础之上的文艺带有阶级性，因此，革命的先进的无产阶级根据经济基础和上层建筑的理论，就可能而且必须提出：文学应当成为党的文学，文学事业应当成为无产阶级总的事业的一部分，要为广大人民群众服务，为社会主义现代化建设服务，为保护社会主义经济基础服务。"[1] 陆荣椿也对朱光潜有着严厉的批评，认为马克思是将人性问题放在特定历史环境下来思考的："在社会主义社会，我们反对在文艺作品中反映资产阶级的人性和人道主义（所谓普遍的人性和人道主义），但是却应该而且必须去提倡无产阶级和人民大众的人性和

---

[1] 彭会资：《文艺不能称为上层建筑吗？——与朱光潜教授商榷》，《广西师范大学学报》（哲学社会科学版）1980年第2期。

人道主义。这种人性和人道主义是符合社会主义国家全体人民的根本利益的。"[1] 在反对将资产阶级人道主义与无产阶级建立联系的声浪中,黄药眠对待人道主义的态度也发生了微妙转变。1981年年底,黄药眠在《人性、爱情、人道主义与当前文学创作倾向》中提出:"我认为人道主义也要放到具体的历史环境里去看。在不同的历史情况下,人道主义有着不同的意义,而且就是在同一个时代里,各种不同的人道主义也表演着不同的角色。我们对于人道主义,既不能笼统地加以反对,也不能笼统地表示赞成。但我们必须表明,我们马克思主义者不同于人道主义者。"[2] 进而,黄药眠对"全人类性"进行批评,认为脱离了具体语境谈论人道主义过于空泛,中国文学艺术当前最应该坚持的是四项基本原则:"在今天这个时代,在具体的斗争中,来高唱这个'全人类性'的东西,那就同其他的人道主义,比如'好心肠'的人道主义等分不清了。所以,把'全人类'的'人道主义',作为文学艺术的最高标准,而离开目前这个历史时代,我认为说得太早了,太空泛了,也太脱离实际了。"[3] 此外,艾夜的《什么是"马克思主义的人道主义"》、胡绳生和袁杏珠的《也谈人性和阶级性——与王磊同志商榷》、陈象成的《人性·共性·差异性——与胡义成同志商榷》、计永佑的《两种对立的人性观——与朱光潜同志商榷》、毛钊的《追求自由是人性根本特征吗——与费震建同志商榷》等文章也在这一时期相继刊发,对于朱光潜等倡导的人性、人情与人道主义问题进行了论争。

---

1 陆荣椿:《也谈文艺与人性论、人道主义问题——兼与朱光潜同志商榷》,《社会科学辑刊》1980年第3期。
2 黄药眠:《人性、爱情、人道主义与当前文学创作倾向》,《文艺研究》1981年第6期。
3 黄药眠:《人性、爱情、人道主义与当前文学创作倾向》,《文艺研究》1981年第6期。

从 1978 年到 1982 年这短短 5 年时间内，人道主义问题终于在新时期迎来正常、热烈探讨的机会。尽管这一时期对于人道主义问题的讨论大多局限在是否存在超阶级的人道主义、人道主义的历史评价、马克思主义与人道主义的关系、具体作家作品中的人道主义思想等方面，但文学争论已经脱离了政治批判的环境，朝着学术化、理论化的方向前进。

三

人道主义观念在"五四"新文化运动时期被介绍到中国，周作人是中国最早的人道主义理论宣传者。人道主义在"五四"新文化运动中得到了广泛传播，《新青年》杂志所倡导的德先生、赛先生就鲜明地表现了对于人道主义的追求。经过发展，"五四"新文化运动初步建立了自己的文学传统，并在写实的文学、人的文学两个领域都积累了较为丰富的经验。20 世纪 30 年代围绕着人性、阶级性、普罗文学、翻译理念、文艺政策等问题，梁实秋、胡秋原、陈西滢等自由主义知识分子与鲁迅、瞿秋白等革命知识分子进行了多次论争。20 世纪 40 年代，身在解放区的王实味、萧军、冯雪峰等与在国统区的胡风等，在文学创作和批评中继承了人道主义精神，但在后来的延安整风运动或在现实主义创作方法的论争中逐渐偃旗息鼓。1949 年 7 月召开的中华全国文学艺术工作者第一次代表大会期间，茅盾在题为《在反动派压迫下斗争和发展的革命文艺——十年来国统区革命文艺运动报告提纲》的报告中对于一些作品具有的人道主义的思想提出了批评："也有一些作家以人道主义的思想情绪来填塞他们的作品，他们有正义感，有同情心，他们局部地揭露了现实的黑暗，也表现了若干客观的真实，但是他们回避开了社会中的主要矛盾与主要斗争。他们认识世界的方法是经验主义的，他们的作品也多少流露着感伤的情绪。"[1]这似乎预示着，在现代文学史时期为作家、批评家们所认可的人道主义在新的时代将有新的遭遇。

在新的历史时代，"五四"新文化运动的文学传统及其价值观念与时代语境产生了难以调和的冲突。新中国成立一年半左右，对于电影《武训传》的讨论便爆发，随之而来的"胡风反革命集团"案、反"右"运动、意识形态领域阶级斗争等运动相继掀起，文学创作中的人道主义逐渐隐退。20世纪50年代末至60年代初关于人情、人性和人道主义的争论，是"五四"新文化运动影响下的人道主义思潮在政治强力前的最后一次挣扎。1956年，"双百"方针提出，文学理论界发表一些主张写人性、人情、人道主义的文章，使人道主义作为一股思潮得到了回光返照般的展现。1957年1月，巴人发表了文艺评论《论人情》。作者有感于当时文学作品中阶级斗争盛行、以概念图解生活的问题比较突出，提出生活应注意通过普通人的生活与人情来表达理想："什么是人情呢？我以为：人情是人和人之间共同相通的东西。饮食男女，这是人所共同要求的。花香、鸟语，这是人所共同喜爱的。一要生存，二要温饱，三要发展，这是普通人的共同的希望。如果，这社会有人阻止或妨碍这些普通人的要求、喜爱和希望，那就会有人起来反抗和斗争。这些要求、喜爱和希望可以说是出乎人类本性的，而阶级社会则总是压抑人类本性的，这就有阶级斗争。"[2]很显然，巴人所说压抑共通的人性导致阶级斗争，与马克思主义的阶级斗争理论出现了

1　茅盾：《在反动派压迫下斗争和发展的革命文艺——十年来国统区革命文艺运动报告提纲》，陈思和主编：《中国当代文学60年 1949—2009》（卷一），上海：上海大学出版社，2010年，第8页。
2　巴人：《论人情》，《新港》1957年第1期。

明显的偏差。1957年5月,钱谷融发表理论文章《论"文学是人学"》,提出了将人道主义、人民性作为判断作品好坏的最低与最高标准:"人民性应该是我们评价文学作品的最高标准,最高标准并不是任何时候都能适用的,也不是任何人都会运用的。而人道主义精神则是我们评价文学作品的最低标准,最低标准却是任何时候都必须坚持的,而且是任何人都在自觉地或不自觉地运用着的。够不上最低标准,就是不及格,就是坏作品。达到了最低标准,就应该基本上肯定它是一篇好作品,就一定是有其可取之处的。"[1] 钱谷融试图为作为文学作品评价标准的人民性,注入人道主义精神和美学理想,努力为作家的创作保留一点自主空间。王淑明发表《论人情与人性》《关于人性问题的笔记》等文章为遭受批评的巴人辩护,反对将人性与阶级性对立,而是认为两者是密不可分的整体:"将人性与阶级性对立起来,将作品的政治性与人情味割裂开来;说教为人性既带有阶级性,就不应有相对的普遍性,作品要政治性,就可以不要人情味,这些庸俗社会学的论调,客观上自然也助长了作品的公式化概念化的发展,我以为这些都是要不得的。"[2]

1959年年底,文艺战线的领导者开始组织人员对近年来引发争论的谈论人性、人情与人道主义的文章进行批判,于是一场原本属于文艺观念的争鸣演变为一场政治批判。1960年3月,洁泯发表文章对巴人的《论人情》进行批驳,指出:"资产阶级人道主义要用这些抽象的'人类本性''人人相通''人的共同喜爱'以及资产阶级的'自由、平等、博爱'等口号,来模糊我们与资产阶级的斗争,宣传阶级调和,

---

[1] 钱谷融:《论"文学是人学"》,《文艺月报》1957年第5期。
[2] 王淑明:《论人情与人性》,《新港》(天津)1957年第7期。

麻痹和腐蚀人们。"[1]针对巴人在《论人情》中所说人性是人类共同的本性,洁泯针锋相对地提出在不同阶级之间不可能有人道主义关系:"在阶级还存在的社会中,人与人的关系,一种是阶级内部的关系,另一种是阶级与阶级之间的关系。两个阶级之间,什么共同的'人道主义关系',是不可能存在的。资产阶级只能对资产阶级'仁爱''信任',如果它也对无产阶级讲'仁爱''信任',那么就是一种腐蚀。"[2]李昭恂、张连弟则将提倡人道主义、人性论、人类爱等文艺评论视为文艺上的修正主义:"修正主义者拼命地宣传资产阶级人道主义、人性论,等等的陈词滥调,企图用这些反动的谬论来取消马克思列宁主义的阶级论。我们中国的巴人(王任叔)等就是资产阶级人道主义的宣传者。巴人是当前中国文艺界的资产阶级人道主义的一个代表。因此,我们必须彻底批判巴人等的文艺思想。"[3]中国人民大学文学研究班集体以化名"马文兵"发表的《在"人性"问题上两种世界观的斗争——就"人性的异化""人性的复归"同巴人辩论》,对巴人文章中的世界观进行政治化解读。在当时不断强化的政治氛围与文化"一体化"的风气下,这些论争往往变成了对于异端观点的批判,巴人、钱谷融等都因此被定性为修正主义者,被迫进行检讨并受到打击迫害。正如钱谷融所说:"我的《论"文学是人学"》一文,写成于一九五七年二月初。同年五月号的《文艺月报》上发表以后,不久就受到广泛的批判。但发展到把学术问题当做政治问题,甚至当做敌我问题来批,却实在是我始料

---

[1] 洁泯:《论"人类本性的人道主义"——批判巴人的〈论人情〉及其他》,《文学评论》1960年第2期。
[2] 洁泯:《论"人类本性的人道主义"——批判巴人的〈论人情〉及其他》,《文学评论》1960年第2期。
[3] 李昭恂、张连弟:《高举毛泽东文艺思想红旗,彻底批判资产阶级人道主义》,《吉林大学人文科学学报》1960年第3期。

所不及的。"[1] 自此，人性、人情与人道主义成了文艺创作与理论的禁区，作家、批评家们对于人道主义话题讳莫如深，一直到极"左"动乱结束之后，人道主义才在文学创作与批评界慢慢复苏。

四

20世纪80年代中前期关于人道主义的论争，引发了思想界的一次震动，也引发了主流意识形态的警觉。1983年10月11日至12日，中国共产党第十二届中央委员会第二次全体会议召开。邓小平在会上发表了题为《党在组织战线和思想战线上的迫切任务》的讲话，其中谈道："在对现实问题的研究中，也确实产生一些离开马克思主义方向的情况。有一些同志热衷于谈论人的价值、人道主义和所谓异化，他们的兴趣不在批评资本主义而在批评社会主义。人道主义作为一个理论问题和道德问题，当然是可以和需要研究讨论的。但是人道主义有各式各样，我们应当进行马克思主义的分析，宣传和实行社会主义的人道主义（在革命年代我们叫革命人道主义），批评资产阶级的人道主义。……离开了这些具体情况和具体任务而谈人，这就不是谈现实的人而是谈抽象的人，就不是马克思主义的态度，就会把青年引入歧途。"[2]

第十二届二中全会结束后，"清除精神污染"运动随即在全国展开。但经历过"文化大革命"的动乱之后，这次的"清除精神污染"运动即便明确反对抽象的人性论、人道主义等系列观点，但并没有采取政治批判，而是通过争鸣的方式。此后，参与人道主义论争、为人道主

---

1 钱谷融：《〈论"文学是人学"〉一文的自我批判提纲》，《文艺研究》1980年第3期。
2 邓小平：《党在组织战线和思想战线上的迫切任务（一九八三年十月十二日）》，《邓小平文选》第三卷，北京：人民出版社，1993年，第40—41页。

义辩护的学者、作家，依然拥有写作、发表、宣传自己观点的机会，王若水后来发表了《关于反映论、主体性、人道主义的一些看法》《现实主义和反映论问题》等文章以及文论集《为人道主义辩护》继续阐发观点。关于人道主义、异化问题的直接争论虽然结束了，但其影响却为人们自由使用人道主义、人性、人情等观念分析问题创造了空间。1983 年后，学术界、文化界没有再出现较为集中的关于人道主义的论争，人们也能自由地使用这些概念写作文章。正如胡启立在《在中国作家协会第四次会员代表大会上的祝词》中说："同创作应当是自由的一样，评论也应当是自由的。评论自由是创作自由的一个组成部分。没有科学的、说理的、高水平的评论，社会主义文学的发展是不可能的。"[1]

论争的双方围绕如何看待早期和晚期的马克思主义思想、马克思主义如何看待人道主义、资产阶级人道主义与社会主义人道主义的区别、马克思异化理论的评价、人道主义与文学的关系等，展开了激烈的辩论。关于马克思主义人道主义与异化问题的讨论尽管没有形成明确的共识，参与论争的周扬、王若水等人被迫检讨、离职离党，但是却极大地推动了党和国家对于文艺工作的理解、包容。刘再复认为："新时期文学的发展过程，是社会主义人道主义的观念不断地超越'以阶级斗争为纲'的观念的过程。我们可以找到一条基本线索，就是整个新时期文学都围绕着人的重新发现这个轴心而展开的。新时期文学的感人之处，就在于它以空前的热忱，呼吁着人性、人情和人道主义，呼唤着人的尊严和价值。"[2] 白烨认为文学艺术与人道主义具有内在关联，

---

[1] 胡启立：《在中国作家协会第四次会员代表大会上的祝词》，《人民日报》1984 年 12 月 30 日，第 1 版。
[2] 刘再复：《论新时期文学主潮——在"中国新时期文学十年学术研讨会"上的发言》，《新华文摘》1986 年第 11 期。

作家对作品的人学色彩有着近乎本能的兴趣:"因为文学艺术与人性、人道主义的联系,是内在的,而不是外加的,是深厚的,而不是肤浅的,只要对生活、对艺术有着执着而真诚追求的作家,几乎都对文学这门'人学'有着自己的理解和体察,从而形成自己的创作思想。这在当代文坛比较活跃的不少中年作家和新崛起的青年作家那里,表现得尤为突出。"[1]在谈到"五四"文学与中国现当代文学的启蒙性质时,钱谷融强调人道主义精神在其中的重要作用:"如果说'五四'文学的人道主义精神是对于数千年来封建传统对于人性的束缚的反抗与批判,那么也就不难理解'十年动乱'后在中国大地上会再次出现类似的人道主义启蒙运动了,这正是新时期的中国思想界与文学界对于'文化大革命'十年黑暗禁锢的清算和否定。可以这样说,中国现当代文学史上的这两次最引人注目的文学运动,首先基本上都是以人道主义为其核心的启蒙文学运动,并且,它们也都不约而同地成为全社会的启蒙思想潮流中的一种重要组成部分,具有强烈的时代文化色彩。"[2]

人道主义在当代的三次论争,有效地推动文学批评回归人的情感和主体。之后的学者沿着人道主义的立场和观念,转而在更为专业的"主体论""人的文学"等话题上继续深入讨论,使人道主义精神在文学领域不断发展。

从五四时期周作人提出"人的文学"命题,到巴人、钱谷融、蒋孔阳等在 20 世纪 50 年代末期的坚执,再到 20 世纪 70 年代末至 80 年代前中期对于人道主义和异化问题的争鸣,可以发现中国当代文学的

---

1 白烨:《当前文艺创作中的人性人道主义问题》,《文艺理论研究》1983 年第 3 期。
2 钱谷融、吴俊:《中国现当代文学与人道主义》,上海中西哲学与文化交流研究中心编:《时代与思潮 2——中西文化冲撞》,上海:华东师范大学出版社,1989 年,第 159 页。

人道主义精神虽屡遭挫折,却顽强抗争,终于在新时期重新成为常识,作为人们创作、欣赏、评价文学作品的重要原则。

(原载《文艺争鸣》2023年第6期)

工业化生产浪潮与中国生态文学的全球危机书写

人类社会的发展历史，从某种意义上也可以说就是人类与自然关系的演变史。工业革命之后，人类凭借着自己掌握的先进科学技术开始了对自然的征服，轰鸣的工厂在世界各地大量建立，人与自然的关系至此也被彻底改变。在这个历史骤变的过程中，自然生态的改变是基础，它不仅承受了人类工业化大生产和社会进步所需要的巨大资源消耗，为工业化大生产和人类社会提供源源不断的原材料、生活物资，而且被迫接受了工业化大生产和人类生活消费的副产品——废气、废水、废渣以及食物残渣、塑料废品、生活垃圾，等等。这些废弃品经过长年累月的积累之后，进入自然生态系统，导致生态系统中的局部被污染并循环到其他环节，至此，污染问题成为整个地球生态系统的重要病症，也成了人类社会必须直面的重大议题。在中国当代生态文学作品中，有很多作家都对工业化生产与环境污染的关系进行了聚焦，学界在研究中国当代生态文学时也经常谈到工业污染问题。但是迄今学界的研究尚未对中国生态作家的全球工业污染书写进行探讨，这一主题也因此还有许多值得讨论的空间。从工业化生产浪潮与中国生态文学的全球危机书写角度对生态文学创作进行讨论，不仅可以从中感知中国作家继承文以载道观念、以现实关怀为旨趣的创作精神，而且可以发现中国作家 20 世纪 80 年代以来日益成熟的全球意识和生命共同体意识，其对于领悟中国生态文学的审美特质、思想价值具有重要的意义。

一、工业化大生产与水资源危机的文学呈现

伴随工业化大生产在世界各地的大量出现，全球用水问题日渐突出。工业生产过程中需要使用大量的水资源，包括工业生产用水和厂区内职工生活用水等。与民众的日常生活用水比较，工业化生产用水有几个特点，即用水量大、工业废水直接排放、利用率较低、用水单位相对集中。据统计，当下中国城镇的工业用水量占到了全国总用水量的 20%。随着城市化和工业化进程加快，城镇工业用水量还会持续增加。令问题更加棘手的是，由于国家在很长一段时间内并未重视自然生态问题，许多地方的工业废水都是直接排放至附近的江河、湖泊、山川、沙漠等，从而导致当地生态环境遭受严重破坏，也使得不少地表水或地下水因被污染而无法使用。同时，由于中国一些工矿企业的技术尚不够完善，水资源利用率较低，导致浪费的水量居高不下。中国出现的这些情况在很多国家都普遍存在，这也导致世界各地都程度不一地出现了水荒问题。

地球水域与陆地的面积比是 7∶3，地球面积大约为 5.1 亿平方千米，其中海洋面积大约为 3.61 亿平方千米，占地球总面积约 71%，陆地面积只有大约 1.49 亿平方千米，占地球总面积约 29%。尽管地球上的海洋面积远远大于陆地面积，但这并不意味着地球水资源可以取之不尽，用之不竭。与大部分人的印象相反，虽然地球是一颗"水球"，但世界上的水资源却处于严重不足的局面。徐刚在报告文学《飘逝备忘录》中这样描绘世界的缺水问题："世界正面临空前严重的水荒，与

此同时，人类还在大量地浪费与污染宝贵的生活之水。这两种完全相悖的现实，几乎存在于这个世界上所有的大都市中，而不分东西南北。根据联合国及斯德哥尔摩环境机构1998年4月的一份报告，到2025年，全世界2/3的人口将受用水短缺的影响，也就是说世界上的绝大多数人，都必须掂量着喝水。"[1]水由到处可用的东西演变为人们生活中不可或缺的商品，折射出的是自然生态环境所发生的重大变化。水成了紧缺物资之后，才有可能成为受到市场追捧的商品。随着工业化程度不断加深，工业用水量也不断提高，再加上人口的增加与水资源消费的不合理，到19世纪后期时，世界水资源就已经出现了紧张的局面。徐刚在报告文学《水啊，水——江河之卷》中回顾了近100年来水资源的变化情况："当100年前，人口、工业化程度、人的消费方式还不是今天这个样子时，水仍然是富足的，而且是清洁的。本世纪初，世界人口为16亿，本世纪末已近60亿，人均拥有的水资源量下降到只有原先的1/4，而人均用水量又比本世纪初增加了好多倍，人和水就是这样相距日益遥远了。"[2]作家们通过生态文学的书写纠正了人们长期以来形成的认识误区，即地球上的水资源不是无限的，随着人口增加、工业发展、环境污染等因素的影响，其正变得越来越稀缺与宝贵。

如果说缺水问题尚可想办法解决的话，那么水资源被严重污染问题则很难在短时期内得到有效处理："发展中国家有一半人患有与饮水有关的疾病，每天有25 000人因此而死亡。发达国家的饮水安全威胁，更多来自工业污染，它们层层设防却又防不胜防。"[3]在造成水污染的各

---

1 徐刚：《飘逝备忘录》，《我将飘逝》，北京：中国青年出版社，2004年，第214—215页。
2 徐刚：《水啊，水——江河之卷》，许正隆主编：《水啊！水》，北京：中国环境科学出版社，1999年，第53页。
3 徐刚：《飘逝备忘录》，《我将飘逝》，北京：中国青年出版社，2004年，第214—215页。

种原因中，工业废水是最直接的原因。由于工业化生产浪潮席卷世界各地，世界上已经没有一条江河没有遭受过工业废水的污染了，这一情况在发展中国家表现得尤其明显。"全世界目前工业和城市排放的废水已达 500 多立方公里，到 2000 年将达到 3 000 立方公里，整个世界已经很难找到一条完全没有污染的、清澈纯净的河流了。世界上共有 12 亿人生活在缺水区，14 亿人的生活环境中没有污水排放设施。"[1] 在生态诗剧《圆桌舞台》中，侯良学通过海洋中龙王之妻生出怪胎、子宫被污染的惊悚场景表现了工业给海洋环境带来的严重影响："人类用科学把她抓走 / 把她折磨 折磨成这般模样 / 他们往你的宫殿里堆放的垃圾越来越多 / 垃圾的花样也越来越多 / 废气、废液、废渣、罐头筒、碎玻璃、饮料瓶 / 鸡蛋皮、茶叶根、塑料袋 / 人畜粪便臭不可闻 / 熏得你夜夜失眠 / 你像一个乞丐一般 / 到处在垃圾堆里寻翻 / 唉可卡因。"[2] 在侯良学笔下，东海龙王在海洋垃圾、工业污染面前陷入了绝境，作为自然伟力象征的它失去了往日的威严，甚至连妻子也被人类科学家抓走。在诗人的叙述中，东海龙王的华丽宫殿已经为堆放的垃圾所取代，垃圾的花样也越来越多，废液、废渣、碎玻璃、饮料瓶、茶叶根、塑料袋、人畜粪便等工业、生活废物不断涌入海洋，使得龙宫成了臭不可闻的所在。

被污染的水资源，一方面传播着微生物疾病，如痢疾、甲肝、伤寒、沙门氏菌等，另一方面还传播着工业生产流泻出的各类废水，如混杂着硝酸盐、磷酸盐及各类重金属等的工业废水。20 世纪 90 年代前中期，联合国曾经做过一项调查，当年全世界患痢疾的患者超过了 18 亿人次。人类在第一次工业革命开始时，怀揣着对科技昌明、物质富

---

1 徐刚：《水啊，水——江河之卷》，许正隆主编：《水啊！水》，北京：中国环境科学出版社，1999 年，第 53 页。
2 侯良学：《圆桌舞台》，太原：三晋出版社，2011 年，第 30—31 页。

饶的未来憧憬，在工业化的道路上奋力奔驰，但经过三个世纪的实践，人类却日益跌入科技发展的陷阱中。作为生命之源的水，不断地被人类污染，这样匪夷所思的事情在世界许多国家和地区上演。徐刚在报告文学《水啊，水——江河之卷》中写道："每当一种病原体从污水进入单独的水体时，这水体就成了传染病的载体，并且创造了流行的环境，从痢疾到甲肝、伤寒、霍乱、沙门氏菌、蛔虫，等等，无不如此。1993年，全世界患痢疾的人超过18亿人次。就连联合国的医学专家也惊讶莫名：带有痢疾菌的水是怎样冲出国门走向世界的？每年，仅痢疾就使300万5岁以下的儿童在世界各地走向死亡——在他们的生命刚刚开始的时候。污染的水除了传播微生物疾病，也一样传播工业疾病。清纯的水已经变得愈来愈复杂。"[1]当水不再作为生命的源泉，而是作为致命病菌的载体、死亡的使者出现时，人类就在工业发展的过程中被彻底异化了。侯良学的诗歌《毒小麦》，就对工业毒水流入农作物并进入食物链的情形进行了描述："钢铁厂流出的水五颜六色/五颜六色的水流入麦地/麦地里全是五颜六色/没有月光的晚上/浓烟滚滚的白日/麦子疯狂地成长/他总是听见麦地里发出奇怪的声音/他摘下一粒麦/挤出一泡脓/收割的日子，他不怀好意地笑着/他想把粮食上交国家/他想把粮食卖给城里人。"[2]这里有两处地方特别值得读者注意：一是诗歌描写了"五颜六色"的工业废水流入麦地、进入人类食物链的现象。钢铁厂流出来的有毒废水进入麦地后，麦子开始疯狂生长，麦粒里不再是白花花的麦子，而是一泡脓，这个惊悚的形象预示着工业污染已经直接威胁到人类的生存与延续。二是诗歌刻画了农民试图

---

[1] 徐刚：《水啊，水——江河之卷》，许正隆主编：《水啊！水》，北京：中国环境科学出版社，1999年，第54页。

[2] 侯良学、申文军：《侯良学生态诗赏析》，海口：南方出版社，2019年，第320页。

将有毒小麦作为粮食卖给城里人的扭曲心理。农民种植的小麦遭到钢铁厂废水的污染，农民本身是受害者，但当农民发现小麦受到毒害后，却"不怀好意"地想转嫁灾害——"把粮食卖给城里人"。由此可见，环境污染不只污染生活环境，还污染人们的心灵。

地球上水资源危机的爆发与工业化大生产有着密切关联。现代化工业生产对于水资源的需求超过了以往，而生态意识的淡漠则加剧了工业生产过程中产生的有毒物质对水质的污染，徐刚的《飘逝备忘录》《水啊，水——江河之卷》、侯良学的《圆桌舞台》《毒小麦》、麦天枢的《挽汾河》、陈桂棣的《淮河的警告》等作品，都对此进行了多方位的描写。众所周知，中国20世纪70年代末才拉开改革开放的序幕，工业化大生产也由此进入了新的历史时期，但作为后发国家，民众的生态意识十分薄弱，对工业化进程中产生的环境问题包括水资源污染问题并没有给予应有的重视。在这些作家笔下，我们可以看到，直到20世纪的90年代，在我国的不少地区，居民随意朝河流倾倒垃圾、企业肆意排放有毒废水等现象仍然较为普遍。

二、工业化的空气污染与生态文学的大气书写

工业化大生产除了导致水资源紧缺及被污染外，还对大气构成了威胁。工业化大生产的废气进入大气后并不会自行净化，而是飘浮于空气中，导致二氧化碳、二氧化硫等气体急剧增加。"现代统计技术使科学家们能够比较准确地估算出世界在燃烧煤和石油时产生的二氧化碳量，这个数字在1950年大约是16亿吨，到1979年已经达到了51.4亿吨。本世纪初到80年代，工业化国家对化石燃料的消费大约每年以4%的速率递增，照此推算，在21世纪30年代到来的时候，大气层中的二氧化碳含量有可能比工业革命前提高一倍，保守地估计，

'温室效应'也将导致地球表面温度升高3℃。"[1] 侯良学在诗歌《七月流火》中对全球的温室效应进行了书写:"七月流火,谁在举起那把利斧?谁在砍伐那棵桑树?/蚕儿吱吱叫,伯劳鸟儿把圈绕/七月流火,谁在猎取貉?狐狸在逃跑?为谁做皮袄?/没有蝉儿叫,黄莺突然跌落在地,死掉/七月流火,空调全部打开,机器隆隆炸响,手指头们从不思想,室内温度够低,室外气温越高。"[2]这首诗歌仿照的是《诗经》中《七月》一诗的描写手法,但将对古代农民生活场景的描写转换为对于生态环境问题恶化的思考,将火热的七月与地球温室效应、植被砍伐、空调使用等结合起来思考。在《时间紧迫》一诗中,侯良学则表现了温室效应导致全球海平面上涨、马尔代夫即将被淹没的景象:"南极冰川/大崩裂/面积达/226/平方公里,比/3个香港岛/还要大/我打算抓紧/抓紧去马尔代夫旅游/要不然这个国家/很快就要/被海平面上升的海水/淹没了。"[3]耐人寻味的是,诗歌中的"我",一方面意识到了温室效应导致南极冰川崩裂、海平面上升的趋势,另一方面却想着抓紧时间去马尔代夫旅游、消费。诗歌对那种撕裂的环境保护心态的描写可谓入木三分。

工业化大生产不仅会导致全球的温室效应,而且还会使南极上空的臭氧层被破坏,从而降低地球抵御外太空紫外线的能力。早在1985年5月,就有英国科学家发现南极上空的臭氧层越来越稀薄的残酷现实。科学家们检测到南极上空的臭氧层存在着巨大的缺口,1987年时已经如同美国国土面积一样广大。臭氧层距离地球表面虽然有10—50

---

[1] 戴战军、徐永青:《拯救与命运》,北京:国际文化出版公司,1992年,第30页。
[2] 侯良学:《七月流火》,《让太阳成为太阳:侯良学生态诗稿》,太原:三晋出版社,2010年,第176页。
[3] 侯良学、申文军:《侯良学生态诗赏析》,海口:南方出版社,2019年,第87页。

公里的距离，却能够吸收绝大部分的紫外线。一旦臭氧层遭到破坏，宇宙的紫外线便可长驱直入，导致人类皮肤癌发生率提高、地球气温变暖，损坏人类免疫系统。"臭氧层的'空洞'是由氯氟烃造成的。氯氟烃是一种人造物质，1930年由美国杜邦公司研制问世，现在全世界年产氯氟烃100万吨，其中西方国家占75万吨，原苏联占6万吨，它主要用于制冷剂、发泡剂、洗净剂和推进剂，在工业生产和家庭生活中广泛应用，从冷冻机、冰箱、汽车到硬质薄膜、软垫家具，从计算机到灭火器，都使用着这种化学物质。氯氟烃不能在低空分解，而是经过一个很长的时间以后飘浮升入同温层，以一个氯分子毁灭近10个臭氧分子的速度来破坏臭氧层。"[1]臭氧问题的出现与蔓延，越来越证明地球正日益成为一个相互关联的共同体。

酸雨也是人类工业化大生产之后的"收获"。人类使用的能源原料煤、油等在燃烧过程中会散发各类金属离子，产生有毒气体三氧化硫。这些东西与空气中的水气结合就形成了硫酸雨，其具有很强的腐蚀性。硫酸雨往往与工业化大生产相伴相随，成为许多城市的"标配"。"酸雨也已经从发达国家扩展到发展中国家，在印度、东南亚地区和巴西的一些土壤已经酸化，一些地区土壤酸化程度导致森林遭到破坏。在中国，随着燃煤排放的二氧化硫量的增长，也出现了酸雨日趋严重的局面。广东和广西、四川盆地和贵州大部地区已经成为与欧洲、北美并列的世界三大酸雨区之一。华东地区酸雨在发展，以南昌—厦门—福州和青岛为中心的酸雨区已经形成。"[2]如果说在中国经济发达地区出现酸雨现象还可以理解的话，那么在广西、四川、贵州等不发达地区

---

[1] 戴战军、徐永青：《拯救与命运》，北京：国际文化出版公司，1992年，第31页。
[2] 戴战军、徐永青：《拯救与命运》，北京：国际文化出版公司，1992年，第33页。

也出现酸雨现象则说明我国的环境问题何其严峻。

中国由于处于工业化生产的早期阶段，生产中必然排放大量的烟尘，由此也就形成了我国不可避免的酸雨问题。"1985年，一位日本环保专家曾断言：中国现代化过程中所排放的大量烟尘所产生的酸雨，将在强大的偏西气流中袭击日本和南朝鲜。事实上，今年春天来自我国西北的黄尘，不仅袭击了北京，而且真的出现在日本国的上空。"[1]以往人们谈到全球化，常常将其视为世界各国、各地区经济贸易上的密切联系，却忽略了伴随着全球化进程出现的生态问题已经严重威胁到人类的生存与幸福。随着各国交往的日益频繁，许多生态问题常常同时发生在不同国家，并且其影响范围也较之以往更加宽广。侯良学在诗歌《我看见背着氧气罐的鸟在天空飞翔》中为读者描绘了一幅工业废气导致大气严重污染、鸟类难以呼吸的恐怖场景，其以鸟类背着氧气罐飞翔的场景来隐喻人类未来的某种遭遇："我戴着湿漉漉的口罩／露出两只酸红酸红的眼睛／行走在寒冻寒冻的大街上／看见更多的戴着口罩的人影／我的眼睛干燥燥地害怕冷／更害怕这空气中飘浮的硫酸风／我戴上防护眼镜／看见更多的人也戴着防护眼镜。"[2]这首诗歌的重要价值在于，诗人在全社会尚未认识到空气污染的严重威胁时，便以敏锐的直觉和作家的良知，刻画出了背着氧气罐飞行的鸟的形象，它以末日场景的惊悚意象和犀利的批判锋芒给读者留下了极为深刻的印象。

工业化大生产导致全球出现了普遍性的空气污染，各类有毒有害气体被排放进大气层，它们与雨水、悬浮颗粒等进行融合，最终成为

---

[1] 李良、李正义：《越界的公害》，许正隆主编：《水啊！水》，北京：中国环境科学出版社，1999年，第237页。

[2] 侯良学：《让太阳成为太阳：侯良学生态诗稿》，太原：三晋出版社，2010年，第86页。

导致人与动物感染的病原。侯良学的《七月流火》《我看见背着氧气罐的鸟在天空飞翔》、戴战军和徐永青的《拯救与命运》、李良和李正义的《越界的公害》等作品,聚焦于空气污染与全球工业化大生产的内在关联,揭示了温室效应、雾霾、酸雨等常见现象的形成与危害。中国作家强烈的社会承担意识,使得他们在作品中表现出了强烈的批判精神。他们不仅反思了工业化生产带来的生态危机,而且也从文化、心理角度对空气污染进行溯源,力图找到造成这一严重生态危机的精神根源。

三、全球工业大生产与文学生态意识的形成

事实上,工业化大生产一方面给人类创造了丰富的物质财富,另一方面又给人类的健康与安全带来了巨大隐患。面对工业化大生产,许多人爱恨交加。戴战军、徐永青在《拯救与命运》一书中对世界的工业发展历程做了宏观勾勒,其有助于人们了解工业化生产与世界环保问题的相伴相生历史。"19 世纪末期,在欧美、日本等地,工业污染成为重大的社会问题,出现不少震动一时的污染事件,环境学家们将这一时期称为公害发生期。而本世纪 20 年代至 40 年代,是公害发展期。随着石油工业的兴起,石油在燃料结构中的比例迅速上升,内燃机、汽车、拖拉机、各种动力机用油消费量激增,重油在锅炉燃烧中的广泛使用,使得石油污染日趋严重。从 1943 年开始,由于飞机制造业和军事工业、石油化工的发展,美国洛杉矶上空出现浅蓝色的光化学烟雾,以后几乎每年夏秋季节都有 160 天左右出现这种烟雾,这就是典型的石油污染事例。"[1]

世界各国真正意识到工业化对生态环境已造成了严重后果,是在

---

1 戴战军、徐永青:《拯救与命运》,北京:国际文化出版公司,1992 年,第 26 页。

20世纪中叶以后。正是在工业化生产及其制品对自然生态造成巨大影响之际，美国爆发了环保运动。1962年，美国作家蕾切尔·卡逊的《寂静的春天》出版，该书用严肃却生动的手法，描写了美国社会由于过度使用化学药品和肥料导致自然生态遭受严重污染的情形。《寂静的春天》将现代科学技术带来的环境破坏问题首次系统地呈现在读者面前，是对人类盲目相信科学的深刻反省。同时，作家秉持批判反思的立场，对农业科学家的实践、政府的政策提出了强力挑战，希望人们重新思考人与自然的关系问题。蕾切尔·卡逊的《寂静的春天》记录了美国工业文明存在的负面影响，有力地推动了现代环保主义运动，这部著作的出版也标志着人类正式进入生态意识觉醒的时代。"70年代到80年代可称为公害治理期，在这一时期里工业发达国家不断大量增加环境保护投资，美国1974年用于环境污染治理方面的总费用为216亿美元，到了1988年，这项费用达到929亿美元，在不到15年的时间里翻了两番。而日本拨出的污染治理费用占国民生产总值的比例，1985年就达到了2.9%。"[1]

欧美国家意识到了生态环境问题的严重性，其通过立法、管理、改进等方式消除负面影响，但很多经济欠发达的国家就没有这么幸运了。1986年4月26日，苏联切尔诺贝利核电站发生了迄今为止世界上最严重的核事故，切尔诺贝利核电站大火造成放射性物质大量泄漏，欧洲大部分地区都受到此次事件的影响。更为严重的是，切尔诺贝利核电站事故发生后，苏联不仅反应迟缓，而且还刻意隐瞒了核事故消息。直到瑞典在境内发现放射物质含量过高后，这一惊天事故才被曝光。在作家笔下，东欧国家的环境污染较之西欧国家更为严重："东欧国家的环境污染没有得到有效控制，在捷克斯洛伐克、原东德、波兰、

---

[1] 戴战军、徐永青：《拯救与命运》，北京：国际文化出版公司，1992年，第27页。

匈牙利、南斯拉夫以及罗马尼亚和保加利亚，都产生了令人忧虑的环境污染问题。1986年4月26日凌晨，在原苏联基辅市以北130公里处，发生了震惊世界的切尔诺贝利核电站事故，核电站的反应堆熔化燃烧、爆破保护层，厂房起火，放射性物质源源泄出，当场死亡2人，辐射受伤204人。核电站周围30公里范围成为'死亡区'，撤出13.5万人。220万人口居住的地区遭到污染，成百个村镇人去屋空，白俄罗斯由此损失20%的农业用地。污染区内癌症患者、甲状腺患者和畸形家畜急剧增加，至1990年初共死亡237人，其中包括一名参加抢险的将军。这一事故造成的损失高达120亿美元。"[1] 切尔诺贝利核电站事故宛如一则生态寓言，向人类昭示了忽略生态保护、放任科技力量可能导致的末日景象。须一瓜在长篇小说《白口罩》中描写了明城由于遭受核工业燃料污染而导致民众惊恐、慌忙出城的情形："人民大街的车马要多一些，人也多，很多人提着行李；满大街的白色口罩更加稠密，转过来转过去都是白色的方块脸，不安怖惶之氛围更凝重了。如果从明城高空俯瞰，整个城市，所有大街小巷的人，都土豆般地往城外流动，不同的是，每一只土豆上都贴着白口罩。小麦发现，只有政府门岗一个执勤的小兵依然站立笔直，他没有戴口罩，而邮局、商店、环保局、派出所、工商局进出的也都是白色的方块脸。这已经是不折不扣令人绝望的危城景观了。"[2] 这幅逃难场景，宛如战争期间民众各显神通携家带口求生的场景："整座城池大街小巷的冷清肃杀，原来都汇集到这条出城大道上，滚滚的出城大军弄出的尘嚣，几乎遮天蔽日。机动车、非机动车，细看过去，出租车、天津小面的、私家车、大东风、小皮卡、三轮摩托；两轮摩托、平板车、轻骑、自行车、水泥手推车、

---

[1] 戴战军、徐永青：《拯救与命运》，北京：国际文化出版公司，1992年，第27—28页。

[2] 须一瓜：《白口罩》，北京：北京十月文艺出版社，2013年，第209页。

步行者。"[1]而之所以造成城市恐慌,根源就在于政府部门对于核材料管理的松懈与事故发生后的隐瞒,导致民众无法了解真相、谣言四起。

出现在欧美发达国家与东欧、亚洲等发展中国家的生态环境问题的不同走向并不偶然,归根结底这是由各国的经济实力及社会发展程度所决定的。发展中国家由于缺乏雄厚的经济实力,迫切需要引进工业化大生产,以提高自身的经济造血功能,但这些国家大多缺乏生态环境意识,没有重视工业化大生产带来的各种环境问题。在20世纪八九十年代,"广大发展中国家的环境污染仍很严重,生态环境的破坏、环境卫生与大城市的环境污染问题尤为突出。在不发达国家中,污水造成的水污染给人们的健康带来严重危害,痢疾、伤寒、霍乱和肝炎等水传染病占被传染的不发达国家死亡总人数的40%,此类疾病的发病人数占被传染的不发达国家各类疾病总发病人数的60%。1984年12月3日,印度发生了有史以来最严重的毒气泄漏事故,美国联合碳化物公司在印度中央邦首府博帕尔市投资兴建的一座农药厂突然发生剧毒气体甲基异氰酸盐外泄,2 000多人死亡,数万人中毒,幸存者中有许多人可能会逐渐双目失明,工厂附近的3 000头牲畜也中毒死亡。"[2]在第二次世界大战之前,世界资本主义国家主要依靠直接的武力统治奴役第三世界国家。到了20世纪80年代之后,发达国家与发展中国家之间的生态环境差别越来越明显,西方国家凭借技术和资本的优势,将许多污染严重的企业迁往第三世界国家,导致这些国家的环境污染问题越来越严重。

20世纪60年代之后,人类终于认识到工业化大生产具有的巨大破坏力,国际社会与组织召开了一系列会议,发布了许多生态报告,

---

1 须一瓜:《白口罩》,北京:北京十月文艺出版社,2013年,第212—213页。
2 戴战军、徐永青:《拯救与命运》,北京:国际文化出版公司,1992年,第28页。

希望能够改变长期以来人类掠夺自然的疯狂历史。在这个过程中，世界范围内的生态灾难此起彼伏，更加剧了各国对于环境问题的重视："1986年4月，苏联切尔诺贝利核电站发生严重核泄漏。不仅在欧洲，而且在整个世界造成恐慌。事件发生至今已有两年多，但其后遗症并没有消除。西德、瑞典、土耳其、南斯拉夫，把不断出现的畸形胎儿仍然归罪于那次灾难。1986年11月，瑞士巴塞尔化学仓库发生火灾，大量有毒化学物泄入莱茵河。造成下游几个国家1 000多公里的河段严重污染，经济损失数千万美元。专家估计，要彻底清除这次污染造成的危害，至少需要10—15年时间。"[1] 在中国作家的描述中，欧美国家并非生态的天堂和避难所，其也存在许多诸如核污染、有毒化学物质泄露的问题。

　　严重生态灾难在世界各国出现的频率越来越高，也使得人类社会越来越重视生态灾难的治理问题。"在环境污染造成了全球环境问题之后，人类社会开始反思自然环境的保护问题，人们越来越认识到，在开发大自然的时候，不应破坏人类社会赖以存在的各种资源与条件，必须保持生态系统的平衡与稳定，否则后果必定是灾难性的。"[2] 如何落实自然生态的修复与治理，如何阻止工业化大生产对自然资源的继续掠夺，如何遏制消费者对更多物质产品的渴望，可以说是当前摆在世界各国面前的共同问题。面对这一难题，中国作家对工业化大生产带来的恶果进行了深刻反思，并从不同角度提出了解决问题的思路。在邵燕祥看来，工业化一方面带来了环境污染，另一方面又给人们带来

---

1 李良、李正义：《越界的公害》，许正隆主编：《水啊！水》，北京：中国环境科学出版社，1999年，第236—237页。
2 戴战军、徐永青：《拯救与命运》，北京：国际文化出版公司，1992年，第28页。

了甜头。我们不应一味拒绝工业化，而是应该吸取已有的教训："在内地，尽管我们诅咒现代工业带来的环境污染，我们却也尝到现代科技带来的甜头；我们能够坐视藏胞被遗落在现代化的泽惠之外吗？"[1]

中国当代生态文学作家对于世界生态环境问题进行了大量的反映和反思，但对于如何在实践中处理好工业化大生产与环境保护之间的关系，他们尚未有更好的主张。从现实的情况看，中国这样一个正在从传统农业社会向现代工业社会转型的国家，由于底子薄、技术弱，在很长时间内其只能在工业化大生产的道路上前行。韩少功这样反思道："现代化就是工业化和都市化，是生产要素向核心地区不断集中。这一过程可以让一部分乡村搭车，比如让郊区农民受益。但大部分乡村在一般情况下只可能更边缘化和依附化，所谓'走下坡路'。"[2]中国作为一个发展中国家，正经历着由传统农业社会向现代工业社会的转型过程，中国作家对于工业化大生产给民众带来的物质生活的繁荣及其对自然生态、社会生态、精神生态的负面影响都有清醒的认识。

中国作家对工业化大生产及其环境污染的批判、反思，并非对现代化进程的简单抵制和盲目拒绝，而是希望中国的现代化发展道路不应重走西方国家"先污染、后治理"的老路，因而他们在作品中对地方政府、企业为了追求GDP与政绩却忽略生态环境保护及民众生活健康的短视行为进行了激烈批判，其目标乃在于通过文学作品表达社会诉求与民众关切，希望通过文学作品引起社会各界对生态问题的关注。

1　邵燕祥：《最后的净土（外一篇）》，许正隆主编：《人类，你别毁灭自我》，北京：中国环境科学出版社，1999年，第146页。
2　韩少功：《附录：理想的、或非理想的生活——对话韩少功》，《山南水北》，北京：人民文学出版社，2008年，第292—293页。

中国作家深厚的忧患意识、文以载道的写作传统以及关注全球生态问题的国际视野,在当代中国生态文学作品中得到了鲜明体现,也因此凸显了中国生态文学创作的人文精神和全球意识。

[原载《湖南工业大学学报》(社会科学版)2022年第1期]

"异托邦揭开了我们的神话"

——中国当代生态文学的自然异托邦书写

米歇尔·福柯曾这样界定异托邦:"异托邦是扰乱人心的,可能是因为它们秘密地损害了语言,是因为它们阻碍了命名这和那,是因为它们粉碎或混淆了通用名词,是因为它们事先摧毁了'句法',不仅有我们用以构建句子的句法,而且还有促使词与物'结成一体'(一个接着另一个地,还有相互对立地)的不太明显的句法。这就是为什么乌托邦允许寓言和话语:因为乌托邦是处于语言的经纬方向的,并且是处在寓言的基本维度内的。而异托邦(诸如我们通常在博尔赫斯那里发现的那些异托邦)则使言语枯竭,使词停滞于自身,并质疑语法自起源始的任何可能性。异托邦揭开了我们的神话,并使我们的语句的抒情性枯燥无味。"[1]如果说乌托邦是虚构的、甜蜜的空间,那么异托邦则是实体的、令人不悦或难堪的存在,它打破了人们习以为常的对于世界的理解和命名;乌托邦是语言维度的建构,而异托邦则是对于语法的质疑与瓦解,它揭开了神话背后复杂的面相。在正常社会里面不被允许存在、公开的事物,如人或物、现象,被纳入异托邦这个空间加以遮蔽、治疗、整理、规训,从而使这些人或物、现象能够重新为公众所

---

1 [法]米歇尔·福柯:《前言》,《词与物:人文科学的考古学》,莫伟民译,上海:上海三联书店,2016年修订本,第4页。

认可。在此之前，这些异于正常社会的事物将被放置在这个特定空间。正是有了异托邦的存在，正常社会的秩序和面貌才得以清晰地建构。借助异托邦的视角审视中国当代生态文学，可以发现在徐刚的《伐木者，醒来！》《水啊，水——江河之卷》、哲夫的《毒吻》、王治安的《国土的忧思》、苇岸的《大地上的事情》、杨文丰的《自然书》、李青松的《乌梁素海》、贾平凹的《怀念狼》、侯良学的《让太阳成为太阳》等一系列作品中，作家们揭示了在中国现代化进程中存在的生态惨遭破坏、动物疯狂报复、农耕文明衰落等难以与传统自然现象并置的异象。这些异象无法被纳入生态乌托邦书写的范畴，它们与田园牧歌式的书写存在着作品主体、审美旨趣上的内在差异。

一、自然异象：生态恶化的直观呈现

20 世纪 80 年代之后，中国进入了经济高速发展的新时期，社会生产力短期内得到迅速提高，物质生产日趋丰富，民众生活水平得到明显改善。不过，在经济发展过程中，由于环境保护法律法规不够完善及未得到严格贯彻，社会对于生态环境的认识尚不到位，许多环境问题随之产生，河流被污染、动物被猎杀、森林被砍伐、空气雾霾化等成为常见现象。

随着生态环境的恶化，自然界中出现了许多不为人见、不为人知的怪异现象，许多人们以为理应如此的事物开始出现变异。人们长期生活在农业文明环境中，形成了稳定的审美观念，以优美的田园风光、淳朴的乡村生活和自给自足的生产方式为追求。作家张炜认为："在我童年的记忆中，河水是清澈的，水下的卵石和小鱼都看得见。河边是野椿树和槐树，是一望无边的荻草。……但我心中的河，却依然是清明闪亮的，它永远被一片绿色簇拥着。芦青河，你不可改变，你不可干涸，你必须一直生机勃勃！"[1]不过，随着社会发展与对经济利益的追求，环境渐渐让位于现实利益，以环境为代价换取经济效益成了许多地方不约而同的做法。于是张炜记忆里的芦青河也变得干涸、混浊，呈现出被异化的自然景观："可怕的是它真的在干涸、变浑。由于大量砍伐树木、开垦荒地，水土严重流失，河道里隆起一处处沙丘，河水要在这些丘岭间蜿蜒。它裹挟着那么多泥沙，负担沉重，于是就将其堆积在河床上。我曾满怀希望地去寻找童年的野椿树和无边的茶花，还有那油绿深邃的丛林。结果一切都没有了。我在河边的荒地上、在松软的沙滩上漫无目的地走着，觉得自己突然间变得一贫如洗……"[2]侯良学在《家乡》一诗中，描写了家乡生态被破坏导致沙漠侵袭、四处缺水的景象："我小时候生活过的村庄竟然变成了废墟／我在村庄里走着，仿佛要回忆我的童年／我想找见那几棵小时候经常攀爬的高高的榆树／它们都不见了，我想找见那口水井／水井周围镶嵌着蓝色的大块石头／我走着，走着，什么都没有了／我走出村庄时，发现我的四周是一片沙海／我的村庄的四周变成了一望无际的沙漠，天啊／我得加紧赶路，我渴了，我得走出这片沙漠／没有一个人，只能听到自己的脚／一次又一次陷入滚烫的沙土里。"[3]人们对于故乡的记忆经常停留在童年时期，无拘无束的儿童生活与绿意葱茏、山清水秀的自然景观构成了最普遍的配置。但当作家在成年后反观故乡时，才深刻地意识到故乡的自然山水正在遭受工业化的侵袭，记忆中的美好景观为肆虐的污染物所取代，审美体验逐渐为审丑经历所置换。

---

[1] 张炜：《梦一样的莱茵河（外一篇）》，许正隆主编：《人类，你别毁灭自我》，北京：中国环境科学出版社，1997年，第292页。

[2] 张炜：《梦一样的莱茵河（外一篇）》，许正隆主编：《人类，你别毁灭自我》，北京：中国环境科学出版社，1997年，第292页。

[3] 侯良学、申文军：《侯良学生态诗赏析》，海口：南方出版社，2019年，第317页。

因为中国土地面积辽阔,森林资源丰富,物产丰富,气候多样,民众经常以中国地大物博而自豪。但是从20世纪80年代以来,经过迅猛的经济发展阶段,自然生态资源付出了沉重的代价,其中的一个重要表现就是中国的森林资源被大肆破坏。王治安在生态报告文学《国土的忧思》中写道:"人类一旦离开了森林,就会失去平衡,走向困境,甚至走向灭亡!很遗憾,世界各地几乎都出现过这样令人痛心的事情:毁坏森林!中国更严重!世界森林覆盖面积占陆地面积的三分之一,而中国的覆盖率仅有12.98%。世界人均占有森林16亩,而中国人均还不足2亩。中国是个贫林国啊!"[1]但令人遗憾的是,中国民众在相当长的时间内生态观念淡薄,为了攫取经济利益,罔顾子孙后代的生存条件,肆意砍伐森林资源。在诗歌《Rip Van Winkle》中,侯良学描绘了一幅末日景象——布满传说的森林被砍伐后,湖水由碧绿变成了黑色,世界上最后一只雄虎在笼子里遇到了最后一只雌虎:"一觉醒来/那片会唱歌的森林不见了/那片布满传说的森林没有了/到处都是被截肢后的树墩/宛如一块一块放大的伤疤/你撅起屁股蜷缩成一只小虫/数那些长了亿万年的年轮/怎么数也数不完/一觉醒来/那条流着音乐的河不见了/就像你的一条粗大的血管没有了/河底遍布张开的嘴巴/宛如一条死去的巨大的鱼……你醒来时发现自己被锁在铁笼里/你高喊我要回家我要回家我的家在哪里/我回家的路在哪里我这是在哪里/从隔壁笼子传来一个吼叫的声音/嗨你好我是世界上最后一匹男老虎/请问你可是世界上最后一匹女老虎。"[2]当森林被全部砍伐后,沙尘暴就成了必然的现象。到了《沙尘暴是可怕的美丽风景》中,侯良学将沙尘暴看作广阔森林被砍倒后的必然命运:"谁也没有料想沙尘暴的

---

[1] 王治安:《国土的忧思》,成都:四川人民出版社,1999年,第260页。
[2] 侯良学、申文军:《侯良学生态诗赏析》,海口:南方出版社,2019年,第311—312页。

到来/而它就出人意料地偏偏到来/城市被包裹起来/又遍布城市的各个角落/人们来到大街上纷纷被吹倒/沙尘暴是可怕的美丽风景/天空流着少女的血/一片血光把男人卷在风中在高空/漂亮女人的脸上擦满土和粉/孩子们被风吹过的脸上全是洞和坑/沙尘暴是我不断膨胀的思想/是无边广阔的森林/被我砍倒后的一根根原木/建成的巨大皇宫/又被一把大火点着/我们两千年前修建了万里长城/却挡不住今天这次沙尘暴/沙尘暴的马蹄践踏着草地/使我们不知不觉地陷入/十面埋伏。"[1]随着现代化建设的需要,森林作为一种资源被市场力量配置到世界各地,承担起世界各国民众对于舒适生活的向往。人们走进了钢铁都市,逐渐疏离了森林及其滋养出的神话传说,对于自然界中不断缩小的森林面积也变得漠不关心。

土地荒漠化问题在中国北方同样存在,甘肃省武威市古浪县就处在土地荒漠威胁的前沿。古浪县处于青藏、蒙新、黄土三大高原交会地带,这里是古代丝绸之路的要冲,在历史上也曾是森林密布、林茂草丰的地方。但是,随着人口增加、战争频仍、气候变暖等一系列因素的影响,古浪县的生态环境不断趋于恶化:"新中国成立后工业兴起、人口剧增,人们在石羊河下游垦荒耕种,打井灌溉越来越多。气候变暖导致祁连山雪线上升,地下水位不断下降,河流过水越来越少。古浪河、大靖河和柳条河的径流逐年减少,人与水的矛盾加剧,自然环境逐渐恶化,大自然开始一次次报复人类。"[2]古浪县毗邻腾格里沙漠,土地荒漠化、沙尘暴等灾害不断威胁着民众的生活与当地的生态安全。在生态报告文学《八步沙的故事》中,冯小军向读者描绘了一幅末日生态图景。1993年5月5日,古浪县爆发了一场历时两个小时的严重

---

[1] 侯良学、申文军:《侯良学生态诗赏析》,海口:南方出版社,2019年,第313—314页。
[2] 冯小军:《八步沙的故事》,南昌:江西高校出版社,2021年,第2页。

沙尘暴，导致了23名孩童的死亡。为了客观展现这次沙尘暴灾难的严重程度，作者节录了古浪县委、县政府撰写的《五·五沙尘暴警世钟铭》，其中有对于沙尘暴肆虐细节的描述："尘暴自西北突兀而起，黑浪翻滚，席卷而来。霎时狂飙飓风，揭天掀地，飞沙走石，呼啸掠空，星汉无光，山川失色，昏晦冥暗，万象惊怵。及处树木拔起，屋瓦飞落，二十三学童罹难，百余行人致伤，六千余畜亡失，万顷良田掩埋，交通通信中断，满目狼藉疮痍。"[1]如果说这一段警示还较为理性的话，那么冯小军在作品中的刻画则更加令人触目惊心，作家用充满色彩感和动感的词汇再现了灾难现场的景象，显示出力透纸背的语言穿透力。在人们发现沙暴的迹象时，庄稼地里的人们已经没有时间躲避："待他们要找一个回避的地方时，旋转着的沙尘已经铺天盖地地压迫过来。人被黄沙包裹，呛得喘不过气来。黄墙倾覆中瞬间天地暗黄，红太阳、白太阳，见不到了太阳。视野模糊，土红与土黄颜色的沙土翻腾，令人头晕。原本蔚蓝的天空已经不见，一切都成了混沌。"[2]而县城里的情况也同样糟糕："城里街道上的广告牌爆裂粉碎。电线杆子倾倒，到处电线短路，变压器冒火，像毒蛇吐信子一样闪着蓝光。"[3]冯小军在作品首篇描绘的沙尘暴灾难，为整部作品奠定了悲壮的叙事基础，为八步沙林场的人们前赴后继防沙治沙的行为赋予了强有力的情感动力。

人类社会拥抱现代工业化的初衷，是改变生产力落后的现状，通过现代化大生产过上富足的物质生活。但现实与理想之间存在巨大落差，期待的美好生活尚未真正开始，人类就面临着生态系统破坏、日常生活面临污染灾难的窘境。人们长期以来形成的对于自然环境的认知，逐渐为工业时代的环境污染所取代，一种在过去不被认识的自然

---

1 冯小军：《八步沙的故事》，南昌：江西高校出版社，2021年，第3页。
2 冯小军：《八步沙的故事》，南昌：江西高校出版社，2021年，第4页。
3 冯小军：《八步沙的故事》，南昌：江西高校出版社，2021年，第6页。

异象逐渐出现。中国作家们对于自然异象的描写，揭示了生态异托邦这一事实的存在，它昭示人们人与自然和谐的传统在现代社会正遭受巨大挑战，它们潜伏在人类社会日常生活的表层之下，却不断地腐蚀、入侵健康的地球生态环境。

二、动物异象：地球其他生命的艰难处境

在自然界中，人类并非地球上最早出现的动物，不少动物比人类的历史要久远得多。因此，从地球生态系统关系上讲，人类和其他动物在自然界处于平等的状态，大家都是生物链条上的一环。科学家也已证实，人类早期曾与动物度过了一段平等、并育的阶段。可以说，那时人类与其他动物的关系，并非如今的以人类为尊、其他动物为卑的关系。随着人类智力的发展和对科学技术的掌握，人类对于自然界的探索和征服能力不断增强，生产力水平不断发展。但是，在人类社会蒸蒸日上的同时，动物界却因生存资源缺失、人类大肆捕杀、气候变迁等原因，导致一些动物已经灭绝或濒临灭绝。人类与其他动物的关系已被彻底扭转，他们不再是相互影响、友好相处的状态，而是演变为人类将其他动物作为食物来源、医疗资源，甚至将其他动物视为玩物。生态异托邦问题出现后，动物异象也不断出现，显示出全球性生态异象的普遍性。

人类和动物自古就是平等的、朋友的关系，动物的生存智慧给人类很多创造性的启示。在李良看来，"鸟类和人类自古以来就是'朋友'，尽管这仅是人类自诩的，尽管鸟类肯定会有异议。人类曾是那样羡慕鸟类的飞行本领，但人类与鸟类相比，无疑是太强大了"[1]。不过，

---

[1] 李良：《鸟类与人类》，许正隆主编：《人类，你别毁灭自我》，北京：中国环境科学出版社，1997年，第200页。

随着人类从自然界中获得食物来源的手段不断丰富，鸟类就成为人类食谱的组成部分："自古以来人类对鸟类尽管也有过许多友好的举动，但更多的恐怕还是弱肉强食。人吃鸟自古就不为奇，而鸟吃人除非是死人，否则就成了奇闻。人类曾发明了不少捕鸟、吃鸟的招数。尽管吃鸟者中因饥饿难忍而食者有之，但更多的却是因嘴馋而食之的。鸟类的悲剧之一就在于其肉质太鲜美。'宁吃飞禽一两，不食走兽半斤'，这类的人类格言，给鸟类带来的是灭顶之灾。倘若世界上有三分之一的人吃过鸟肉，受害的鸟就在数十亿之巨了。这还不包括鸟类的其他天敌。"[1] 人类虽然自诩为鸟类的朋友，但在人类将自己作为地球统治者的文化背景下，能真正付诸行动的却少之又少，更常见的还是实际的生活中有意无意地损害鸟类的生存空间："随着人类世界的迅速发展，鸟类的天地越来越小了。森林的大量砍伐，热带雨林的减少，空气、海洋、河流以及田野的污染（据了解，人类过量的施用农药是鸟类最大的克星），还有那些手持鸟枪到处转悠的人……真令鸟类防不胜防。"[2] 由此形成的最异化的状态是，城市里的鸟类逐渐绝迹，古代诗歌中所描绘的自然环境中生动可感的鸟类形象渐渐变得遥不可及："如今，城里的孩子已很难看到野生的鸟了，更谈不上去体会课文中'春眠不觉晓，处处闻啼鸟''两个黄鹂鸣翠柳，一行白鹭上青天'的意境了。那年，陪王蒙同志到东山岛采访，偶然看见几群大雁排着队形在高空飞过，大家欢呼雀跃，欣喜不已，一直目送雁群在天际消失。大雁排队，这在儿时常能看见的情形，如今确实久违了。如今幼儿园里的孩子还在玩着老鹰捉小鸡的游戏，然而，且不说大多数孩子可能根本就没见

---

[1] 李良：《鸟类与人类》，许正隆主编：《人类，你别毁灭自我》，北京：中国环境科学出版社，1997年，第200页。
[2] 李良：《鸟类与人类》，许正隆主编：《人类，你别毁灭自我》，北京：中国环境科学出版社，1997年，第200页。

过真正的老鹰，就是'老鹰捉小鸡'本身恐怕早已成为历史了。"[1]鸟类曾经在古代人类的生活中密集出现，但现在却从人们的日常生活中逐渐远去，文学作品里鸟类的形象越可爱、鲜明，当下环境中的动物异托邦问题就越显得突出。

一些地方为了在短时间内完成政治任务和获得经济利益，不是从长远发展的角度考虑畜牧业发展，而是以牺牲动物的生存为代价，换取一时的经济效益。鲍尔吉·原野在散文《大地的秩序》中，反映了速亥这个地方在20世纪60年代为完成政治任务而猎杀动物，导致野生动物消失："我们自己养牛养羊，从来不打黄羊。打死的黄羊变成了政治任务，肉和皮子都出口换汇了。我们整整打了二十年黄羊，现在什么野生动物都没有了。那些年，每天都有枪声。枪声停了，黄羊、灰羽鹤、野鸭子、兔子、狐狸，什么都没了。"[2]到了新时期之后，人们又为了获得经济利益，将动物作为一种商业资源加以开发利用，大肆捕猎，导致地方上一些动物数量的锐减："如果土地和天空也会死亡的话，就会是'这个样子'。这里的天空虽然高远，却毫无生气，与绿洲之上湿润的天空绝不一样。没有飞鸟、没有层层叠叠的雨云，这是一片失去了肌肤的天空。土地上只有沙子，连蜥蜴爬过的痕迹都看不到，见不到土，地已经死去很多年。今天的速亥，不要以为它籍籍无名，它名声大得很，早就传到了北京和天津等地，出现在专家们的文案里。速亥，现在成了京津风沙最主要的源头。这片地，每年不知向北京输送了多少沙尘。可谁还记得当年它堪比肯尼亚野生动物园的情景，谁

---

1 李良：《鸟类与人类》，许正隆主编：《人类，你别毁灭自我》，北京：中国环境科学出版社，1997年，第200—201页。
2 鲍尔吉·原野：《大地的秩序》，《草言草语》，南京：江苏文艺出版社，2013年，第44—46页。

还相信此前这里竟然是一块湿地呢?"[1]李青松的散文《乌梁素海》对比了乌梁素海在20世纪80年代前后两个时期不同的生态环境:"20世纪80年代之前,乌梁素海每年产鱼都在五百多万公斤以上,光是黄河鲤鱼就占到一半还多哩!"[2]但是经过了地方经济的发展之后,乌梁素海现在面临着动物集体消失的窘境:"张长龙从浑浊的水里起出空空的网具,望着黄藻疯长的乌梁素海两眼发呆。鲤鱼没了,草鱼没了,鲇鱼没了,鲢鱼没了,胖头鱼没了,白条鱼没了,王八没了……甚至连顽皮的泥鳅也少见了。张长龙摘掉网眼上的水草,甩了甩上面的水,然后把湿漉漉的散发着腥臭味儿的网具架到木杆上晒起来。唉,如今十天半月也用不上一次网了。他蹲在海子边上,掏出枣木杆儿的白铁烟袋装上几丝圐圙布伦的烟叶子,点燃,吧唧吧唧吧唧,吸上几口,一缕一缕的青烟便向芦苇丛里慢慢散去,散去。栖在芦苇叶上的蚊子们被烟熏得喘不过气来,纷纷逃窜。这几年,乌梁素海里蚊子的个头倒是越来越大了。"[3]动物从人类社会逐渐远离,最根本的原因是逃避被肆意捕杀的命运,以寻找获得维持生命和繁衍后代的机会。只要人类将动物视为食物来源和商业资源的观念不改变,动物的命运就不会得到根本改善。

经济社会的到来,有利于一切生产要素的交换和集中,从而实现生产资料的高效配给。但与此同时,也是因为自然资源成了人类可开发和利用的对象,动物们的生存处境也就进一步被挤压,生存空间极为逼仄。在郁笛的《黄羊奔跑》中,诗人描绘了一幅黄羊在干涸的沙漠中奔跑寻水的生存挣扎:"暮色,正在淹没一片无垠的沙漠,/黄尘

---

1 鲍尔吉·原野:《大地的秩序》,《草言草语》,南京:江苏文艺出版社,2013年,第44—46页。
2 李青松:《乌梁素海》,《穿山甲》,郑州:河南人民出版社,2019年,第37页。
3 李青松:《乌梁素海》,《穿山甲》,郑州:河南人民出版社,2019年,第36页。

搅动着无边的斜阳。/ 一汪水，是黄羊不舍千里的跋涉，/ 水与斜阳在沙漠里的反光，命运般明亮。/ 而总是一些在荒野里行走的风，/ 带走了我们将要到达的另一个秘密。/ 黄羊惊惧，放弃了将要抵达喉咙的一滴水，/ 弃水而去呀，干渴的黄羊在沙漠里奔跑。/ 这幼小的身影，就要在暮色里，一点点消失，/ 隐入更大的暮色和黄尘中去。/ 是呀，水是这个夏日里多么珍贵的泪滴，/ 干旱就这样持续在我们的脚下和黑夜之中。/ 黄羊奔跑，为没有抵达喉咙的一滴水，/ 就像我能够听见的大地的喘息，细小而微弱。"[1]在沈天鸿的《我见过的老虎》中，老虎们丧失了栖身之地后被迫成为人类豢养的对象，虽然食物有了保障，但生命力却在渐渐委顿："我见过的老虎都在 / 动物园里，它们 / 栩栩如生，并且 / 本来就是活的 / 没有人再捕捉它们 / 什么都不可能发生 / 它们看着自己的影子 /——影子，一点也不像老虎 / 影子先是在地上 / 后来，慢慢移到墙上 / 墙，足以承受一只 / 或无数老虎影子的重量 / 我看了一会就离开了 / 不知道夜晚来临后 / 虎舍里的夜色 / 比任何地方都深。"[2]文乾义的《11月25日，一只东北虎》中，一只东北虎的出现居然上了新闻，折射的是野生动物被迫让出生存空间后的生态现实："看一条《野生东北虎现身老爷岭》的新闻。/ 大字标题像十只老虎排队走来。/ 据说，黑龙江目前也只有六七只野生的。11月15日上午9时多，/ 这只东北虎距离 / 哈尔滨400公里。/ 离我算是最近的一次。虎身长约两米，/ 体重约150公斤，躬着背，颜色草黄 / 当然，如果再近些更好——/ 看样子今晚要梦见这只虎 / 是《黑龙江日报》发表了这条消息，/ 并配有测量老虎爪印的图片 / 爪印长16厘米，宽13厘米——/ 登在2006年11月

---

1 郁笛：《黄羊奔跑》，华海：《生态诗境》，北京：中国戏剧出版社，2008年，第5页。
2 沈天鸿：《我见过的老虎》，华海：《生态诗境》，北京：中国戏剧出版社，2008年，第40页。

24日(星期五)第10版上。"[1]在巫国明的《很少大鸟从天空飞过》中，诗人从天空逐渐没有大鸟飞过的景象中敏感地预测到一个可怕的现实，即鸟儿们已经在人类社会的征服下让渡了生存空间和飞翔的权利："一只纯黑的大鸟／突然在我今晨的郊野出现／它穿过灰白的天空，样子疲惫／双翼不快不慢／甚至带点慢条斯理／摇动，拍打，一下，又一下……可以肯定的是／它把我激动的仰望／当作了卑鄙的谋算／在我眼前一亮的刹那，它及时地／投下对人类的蔑视／已经很难看见大鸟从天空飞过了／莫不是大鸟们放弃了天空？莫不是天空厌倦了它们？抑或人类／再也容不下比自己更自由的飞翔？"[2]动物们的生存状态成了分析当前生态环境的一个重要侧面，看似是动物们的生存遭遇了挑战，实则折射出现代化建设和人类社会文明发展过程中出现了偏差。

中国传统伦理文化关注的是人与人、人与社会、人与国家的关系，而对人与动物、人与自然的关系较少涉及，虽偶有谈论对于动物的爱护，也只是作为儒家仁爱精神的体现，尚未上升为伦理观念。同时，现代工业化文明的到来，加速了人们对于动物资源的掠夺，挤压了它们的生存和繁衍空间，导致人类与动物的矛盾日趋尖锐。动物们或被迫放弃原有的生存空间，隐入更为偏远的地区，或与人类发生直接冲突，造成人类或动物的伤亡。中国当代生态文学中的异托邦书写聚焦动物生存状态，揭示了动物在现代工业文明时代的艰难处境，反思了人类伦理道德观念的局限性，值得继续深入探讨。

---

1 文乾义：《11月25日，一只东北虎》，华海：《生态诗境》，北京：中国戏剧出版社，2008年，第42页。
2 巫国明：《很少大鸟从天空飞过》，华海：《生态诗境》，北京：中国戏剧出版社，2008年，第46页。

三、生态恶化与全球范围的自然异托邦书写

随着中国与世界融合程度的逐步深入，中国当代生态文学作家不断从全球视域思考环境问题，他们不仅喜欢在表现中国生态问题时参考其他国家面临的情境，而且将中国生态问题与世界范围内的相关问题加以勾连，从全球视域分析生态问题的普遍性。正如黄发有所言，"从事生态文学创作的作家应该具有一种整体性视野，在人类命运共同体的视野中观照人与自然的关系。构建人类命运共同体，必须以人与自然的生命共同体为物质基础。如果缺乏将人与自然进行关联性考察的整体视野，满足于对一草一木或某一生态问题的个别展示，就无法发现局部性生态问题与全球生态危机的隐秘关联"[1]。

在全球性的生态问题中，由于空气、海洋较之土地、植被等具有更强的流动性，因此在环境污染的全球性扩散上具有更高的显示度，作家们在作品中讨论全球性生态危机时经常以空气污染、海洋污染、核污染等为书写对象。在杨文丰的散文《根》中，作家从植物根系承受的酸雨，联想到了墨西哥以及全球飘摇"凄风酸雨"的场景，进而对全球工业化大生产带来的空气污染问题进行宏观把握："要命的是今天土地深处的根，比远古农业文明时代的根，得额外承受人类污染的'关怀'。树冠上的天空，已不清不明，即便清明时节，纷纷的也不再只有雨，还有粉尘。想来天上嫦娥的缟素云裳，已改变颜色。仅墨西哥一个国家，每年向大气中扩散的白色粉尘就达 43 万吨，纷扬如雪。这些'雪花'总要降落苍茫大地。弥漫天空的还有二氧化硫、氮氧化物、亚硫酸酐等有害有毒气体。纯洁的雨水遇上它们，就像贞女遭遇了奸污，只能变成酸雨。粤、桂、蜀、黔，已成了中国西南、华南酸

---

[1] 黄发有：《人类命运共同体视野中的生态文学实践》，《百家评论》2023 年第 5 期。

雨区,十雨九酸。谁料哪一天地球上还可能五大洲四大洋酸雨同时落,出现'酸雨大会师',全球飘摇'凄风酸雨'也未可知。这些酸雨,霏霏,滂沱,迷离,最终都会降落至既无遮拦,也不设防的开放土地,而侵入根。"[1] 徐刚在生态报告文学《风沙线札记》中,从全球土地生态问题的大量存在说到了罗布泊东部的鬼城,表现出一种宏大的国际视野:"地球上所有无序几乎都是人为的,战车碾过土地,炮火炸毁城乡,森林倒地,挖草开荒,捕杀野兽,浊浪的没顶之灾,干旱的煎熬龟裂,都市脚下水泥封闭的沉郁……我们听不见土地的叹息,如同沙漠涌到我们脚下之前,我们熟视无睹沙漠的推进一样。人类历史的一部分,就是土地荒漠史。"[2] 在生态报告文学《飘逝备忘录》中,徐刚对人类未来的生态环境状况深感担忧:"人类或可聊以自慰的是,迄今为止,地球还在运行,四季还在眷顾我们,也就是说我们还有未来。不过,倘若人类继续漠视地球的生命状况,让一切美好的加速飘逝,我们就该自问:未来是永恒的吗?人类还有多少未来?"[3] 在他看来,大地上的生态环境正在不断地恶化,可能永远都不会恢复:"大地之上是飘逝备忘录。飘逝备忘录就是大地的疮痍和斑驳,就是那些不再高耸的失去林冠的寂寞的树根,干裂而痛苦的土地,被风沙掩埋后的绿洲的残痕,长江冲决堤防后的淤泥,黄河下游断流河道上歪斜的小船、手扶拖拉机的车辙,濒临灭绝而成为最后的东北虎的哀鸣,以及都市上

---

1 杨文丰:《根》,《病盆景——自然伦理与文学情怀》,北京:西苑出版社,2017年,第132页。
2 徐刚:《风沙线札记》,《我将飘逝》,北京:中国青年出版社,2004年,第34页。
3 徐刚:《飘逝备忘录》,《我将飘逝》,北京:中国青年出版社,2004年,第209页。

空弥浮不去的悬浮尘粒……"[1]对于未来,徐刚告诫21世纪的人们,他们可能继承的将是一个生态环境日益恶化、生存空间极为狭小的地球,原因是专制者仍将掌握着关系国家生存与命脉的核武器:"飘逝备忘录不是文字没有言说,但可想可读——地球上今天的孩子们啊,你们是幸福的也是苦难的。当各种媒体用各种包装,把你们推向21世纪的主人的位置上时,你们务必要清醒。是的,你们中的不少人将拥有比前人多得多的物质财富,但贫困依然存在。更重要的是你们将继承一个生态环境日益恶化、生存空间极为狭小而且糟糕的世界,清风朗月不再,小桥流水皆无。另外,你们千万要记住,21世纪的'公仆'与20世纪的'公仆'不会有多大差别,可以局部地、整个地毁灭地球的'核按钮'不在'主人'手里,而是由'公仆'掌管着,所谓'主人'云云,不过如此。大地能给予人类的最根本的告诫是:你们要清醒!"[2]中国当代生态文学关注全球性的空气污染、海洋污染、核污染等现象,显示出作家们在中国与世界联系日益紧密的关口,对于生态问题潜在危害的高度警惕与预警式写作。中国作家具有悠久的忧患意识和深厚的承担意识,他们在时代剧烈转型过程中彰显了知识分子的独立精神和自由思想,具有难能可贵的价值。

在全球视域背景下,中国当代生态文学作家们不仅书写中国面临的生态困境,而且也对欧美及其他国家的生态环境历史及现状进行了聚焦,显示出鲜明的全球视野和跨国别写作背景。对于全球人口问题,戴战军、徐永青在《拯救与命运》中通过一系列重要数据的对比,凸显了人口问题在人类生存发展中具有的重要地位:"被称之为'人口大

---

1 徐刚:《飘逝备忘录》,《我将飘逝》,北京:中国青年出版社,2004年,第210页。
2 徐刚:《飘逝备忘录》,《我将飘逝》,北京:中国青年出版社,2004年,第210页。

爆炸'的现象已经对地球的环境造成了极其沉重的压力,人类的数量正在惊人地不断膨胀,1850年,世界人口10亿。80年后的1930年,世界人口20亿。又过了30年,世界人口在1960年增加到30亿。这以后又经过14年,世界人口超过40亿。而从40亿到50亿,时间仅仅用了12年!人口倍增的时间越来越短了。世界人口正以每年1.6%的速度递增,而人均耕地却正以每年3%的速率递减,地球的表土也以0.7%的年率流失。科学家们指出,地球最多只能养活80亿人口,而按照目前的生育率,到下个世纪,地球人口将翻番,甚至可能达到140亿。源源不断降生的人类,正在耗尽各种食物、资源,占满地球上每一寸能够勉为生存的土地。这样下去,50年后世界的耕地将再也养不起世界的人口了。而100年后地球上的表土将流失殆尽,人类将没有土地可耕!"[1]人口问题看似是个人选择和生活观念的问题,但实质却是人类与地球上其他生命体生存资源的争夺。人类凭借着所掌握的科学技术和物质资料,使人类后代的繁衍以几何倍数增加,却忽略了地球生态资源可能的承受极限。

生态问题是全球性的重大问题,具有普遍性,因而作家们对于生态问题的关注也会有相似性。在作家苇岸看来,中国作家和西方作家虽然都有忧患意识,但是西方作家对于未来的悲观色彩更为鲜明:"西方作家入世者在当代普遍具有悲观、忧患意识,这是对人类前途的关注。威胁人类命运的有两个大敌:一是战争,一是环境。核武装的人类每时每刻都受到或因一位疯子领袖或因万一的机器失误而导致的全面毁灭。西德诗人E·弗烈德写了一首被广为流传并印在圣诞卡上的短诗:《现状》——谁要是愿意/世界/保持/现状,//他就是不愿意/她继续生

---

[1] 戴战军、徐永青:《拯救与命运》,北京:国际文化出版公司,1992年,第33—34页。

存下去。生态的恶化愈来愈令人忧虑,人们被关闭在自己制造出来的环境中,紧张忙碌地生活。人改造着自己周围的一切,使自然面目全非……"[1]苇岸指出,在西方作家们失望悲观的背后,是人类情感与自然环境的同时沉沦:"水泥建筑代表物质文明,也代表无情的人际关系。原始的自然环境在消失,人类的朴素的情感在沦丧。"[2]在徐刚的生态报告文学《沉沦的国土》中,作家以汪洋恣肆的笔墨让读者看到了世界各国所面临的共通的生态环境问题:"一艘载有3000吨垃圾的船只正驶离纽约港。这个最富饶的金元帝国,拥有世界上最大的城市,也拥有世界上最大的垃圾堆,由于地面已经无法存放,便用船只倾入大海。这满载的垃圾船使我想起了资源,维持美国式的消费,并进而效尤,不仅是自取其辱而且是自取灭亡。世界上的发达国家消耗着地球上75%的能源和资源,最后则以不计其数的垃圾倾入海洋作为回报。"[3]除美国外,当时的苏联也同样面临着咸海干涸的问题:"咸海曾是世界第四大内陆湖,风光绮丽,资源丰富。掠夺性的捕捞和开发,使今天的咸海已失去了70%的水面。一个帝国分崩离析了,一个咸海干涸消亡了。"[4]即便是少有人烟的尼泊尔,在喜马拉雅山上依然留下了众多游客的身影:"污染已经升级至世界的最高峰,登山者在喜马拉雅山上留下了足迹,成吨的垃圾也开始包围雪峰冰顶。"[5]

面对全球范围内生态问题的巨大冲击,人类社会开始了共同对抗生态灾难的历史。1972年6月5日,联合国在瑞典首都斯德哥尔摩举

---

[1] 苇岸:《泥土就在我身旁——苇岸日记选》,《大地上的事情》,桂林:广西师范大学出版社,2014年,第191—192页。
[2] 苇岸:《泥土就在我身旁——苇岸日记选》,《大地上的事情》,桂林:广西师范大学出版社,2014年,第194页。
[3] 徐刚:《沉沦的国土》,北京:人民文学出版社,2005年,第515页。
[4] 徐刚:《沉沦的国土》,北京:人民文学出版社,2005年,第515页。
[5] 徐刚:《沉沦的国土》,北京:人民文学出版社,2005年,第515页。

行第一次人类环境会议，通过了著名的《人类环境宣言》及保护全球环境的"行动计划"，提出"为了这一代和将来世世代代保护和改善环境"的口号。这是人类历史上第一次在全世界范围内研究保护人类环境的会议，对于全球生态运动的发展和生态文化的普及起到了极为重要的作用。但是即便如此，进入21世纪之后全球面临的生态环境危机依然严重。在分析环境危机为何仍然尖锐存在的原因时，苇岸认为，归根结底还是在于人类内心深处的难以满足的欲望的驱使，使各国为了竞争而始终不愿放弃对地球的掠夺。各国政府虽然知道"只有一个地球"的概念，但是它们考虑问题的出发点始终是自己国家的生存与发展，很少有政治人物会从全球范围考虑地球的未来："人类像一个疯子或永远在恋爱的人，它根本控制不了自己。人类永远处在一个不能驻足的惯性中，虽然它渴望停顿下来，但被某种它自己制造出又控制不住的力量推动着。当人类的欲求超过自身的需要，灾难便开始了。人类对地球的攫夺永无止境，但在很大程度上不是为了生存，只是为了领先的竞争，如同长跑比赛一样，已远远超出了锻炼身体的意义，那种不惜牺牲的较量，仅为一种冠军的荣誉。由此出发，任何一个国家都只会从地球的局部着眼，只有毫无权力的科学家艺术家才会从非现实的角度出发，考虑地球的完整、平衡、未来。'只有一个地球'，哪个政府都不会被这句话左右，它考虑的是自己国家在世界上的地位，为了本国的强大，可以毁灭最后一个物种。"[1]深刻地意识到问题的症结所在后，苇岸对于地球的未来感到绝望："地球的将来，它的无

---

1 苇岸：《泥土就在我身旁——苇岸日记选》，《大地上的事情》，桂林：广西师范大学出版社，2014年，第185页。

法挽救的生命,它将毁灭在人类手中。"[1]苇岸怀着悲愤的心情,对一些人寄希望于未来的虚妄性进行了揭示:"人们仍天真地设想未来,其实'未来'在本世纪已不同于从前人们想象的那样。发展与进步已不是无止境的了,因为人类生存的基础(地球)并不是无限的,有许多迹象已向人们预示,地球将会枯竭。几代人以后,'未来'也许将不存在。在我短短的生命里程中,自然环境发生了多大的变化:河水断流、水井干枯、鸟类稀少、冬天无雪、土地缩小、空气污浊。许多令人缅怀的事物永远消逝了,更长的时间还将发生什么变化?那些赞美发展与繁荣、工业与商品的人,实际是在赞美纵欲和掠夺,期望人类毁灭之日的到来。他们相信地球会取之不竭,他们的眼光从不关注自身之外的事物。"[2]生态环境的保护,似乎更多只能解决一些局部问题,人类的发展欲望与竞争态势或许将导致全球化的生态改善努力难以全面落实。

中国当代生态作家在文学作品中对于自然界异托邦的书写,揭示了为主流话语所遮蔽的自然生态问题,丰富了中国当代生态文学的表现维度,具有重要的价值。当然也应该看到,在对自然异托邦的书写中,一些作家为了强调生态保护的重要性,对工业化大生产采取了排斥、污名化的写作态度,将生态污染现象和工业化生产简单地等同起来,而忽略了现代工业文明对于人类社会进步、生活水平提高所具有的重要价值。正如有研究者所言,"应当科学地理解生态文明与现代文明的辩证关系,生态保护实践应当与现代化进程相互协调","作为世界最大的发展中国家,我国只有持续推进人与自然和谐共生的现代化,

---

[1] 苇岸:《泥土就在我身旁——苇岸日记选》,《大地上的事情》,桂林:广西师范大学出版社,2014年,第185—186页。
[2] 苇岸:《泥土就在我身旁——苇岸日记选》,《大地上的事情》,桂林:广西师范大学出版社,2014年,第209—210页。

才能不断实现人民对美好生活的向往。生态保护要尊重科学规律,个别作家将生态保护简单地理解为人为干预,甚至认为干预越多效果越好,事实上过度的干预有时会干扰生态系统的稳定与平衡,进而削弱生态系统自我调节的能力"。[1]

[原载《山西师大学报》(社会科学版)2024年第4期]

1　黄发有:《人类命运共同体视野中的生态文学实践》,《百家评论》2023年第5期。

全球化语境下中国当代生态文学的恶托邦叙事

恶托邦又称为反乌托邦,指的是一种与理想社会呈相反状态的假想社会,常常表现为违背常识的反人类、极权政府、生态灾难或其他社会性灾难。"作为西方近现代科幻小说中的一个独特文类,反乌托邦(Dystopia/Anti-utopia)小说以对现代西方社会的政治、人性、社会结构、生活方式、文化生态、科技发展等方面问题的深刻省察与反思及其独特的书写方式,'将当今社会、政治和技术秩序中某些令人担忧的趋势投射到灾难性的未来极端状态'(Abrams 302),展示了可能出现的人类社会丑恶、可怕的前景,表达了对于传统乌托邦写作中那种理想社会的'否定'和'拒绝',从而成为一系列足以引起人们警醒和反思的警世之作。"[1]作为对乌托邦叙事的反动,文学中的恶托邦叙事解构了乌托邦叙事常见的乐观预期与美好想象,它提醒人们要注意现实世界的复杂性,应对影响人类生存与发展的生态环境、政治体制、经济发展、宗教道德、伦理观念、科学技术等内容进行审慎的考察,在乌托邦叙事的和谐表象下洞察难以避免的各种问题,借助文学作品揭示出一个充满预警色彩的未来。

---

[1] 姜文振:《反乌托邦小说之"反"的二重性论略》,《贵州师范大学学报》(社会科学版)2020年第3期。

一、生态破坏与价值观念转变

中国当代生态文学的恶托邦叙事发现当代社会在现代化发展与经济水平提升背后的问题，作家们不仅看到了人类通过科技手段开发自然、加大经济发展力度获得的成果，还看到了社会前进背后隐藏的自然环境遭受破坏、人们价值观念紊乱的问题。中国当代生态文学的恶托邦叙事最常见的主题是：传统祥和的生活方式由于现代化建设、经济发展而被打破，人与自然和谐相处的局面被破坏，青山绿水的美好景象一去不返，人们也在追求物质欲望的过程中道德沦丧、精神萎靡，跌入虚无与毁灭的危险境地。

当作家们表现中国的经济开发与环境保护的矛盾时，事实上形成了对于中国当代生态文学恶托邦叙事的集中书写，他们一方面看到了中国需要进行现代化开发的客观性，但另一方面又对破坏生态平衡的盲目开发持有强烈批判态度，看到了农耕文明在工业化进程中遭受的阵痛。在从维熙的笔下，人类成了践踏自然的恶魔，不断地砍伐林木、开山挖石，如同歹徒从孕妇肚中强行盗取婴儿："其实，大自然的生命垂暮和衰竭，完全是人类肆意践踏和无节制榨取的结果。依稀记得，儿时故园的后山滴青流翠，五十年后重返故园，尽管呼喊它时，大山的回声犹如往昔，但是青山已然变成了光葫芦般的和尚头。人们只知道砍伐林木，却不知栽种绿荫，因而那大山绿色的梦，已然不复存在。乡亲们在山脚开山挖石，将其雕成石料，运到城市贩卖，以求手中富有。被开膛破腹的大山，不会呻吟，不会抗议，像个被剖腹的多胎产妇，任铁钎、锐斧以及炸药代替手术刀，在原本是头戴绿色凤冠之青山之腹，挖走一个个'胎儿'。"[1]中国许多地方植物种类丰富，一些还被

---

1 从维熙：《绿色随想……——且当春天织梦》，许正隆主编：《人类，你别毁灭自我》，北京：中国环境科学出版社，1997 年，第 25—26 页。

列入国家一级保护珍稀植物。丰富的植物资源为旅游开发、药材种植创造了条件，但被发财欲望刺激的人们则希望通过更为快捷的方式脱贫致富。叶辛的散文《保护耶，开发乎？》记录了自己在黔东南苗乡之行中对于当地植物资源如何开发的思考。乡民们为了谋取利益，大肆地砍伐林木，使得森林资源不断递减："黔东南苗族侗族自治州的森林覆盖率为27.7%，这个数字是贵州全省森林覆盖率的一倍还多，似乎尚可聊以自慰。但是只要纵向比一比，就不能不引起人的深思。二三十年前，黔东南的森林覆盖率曾经是40%以上，40多年前，它的森林覆盖率甚至是60%以上。我稍一联想，不禁骇然，如若始终以这样的速度递减，我们的下一代还有幸进入这恍如仙境的地方吗？"[1]

中国的森林资源被大肆砍伐、破坏性开发，世界其他国家的情形也不见得都比中国要好。在徐刚看来，森林资源被破坏是世界性难题："世界观察研究所最新发表的报告说，地球上的森林到1998年为止，已经消失了一半，而且还在以每年1600万公顷的速度消亡。16个国际组织历时20年的调查表明：地球上有3.4万种野生植物即将灭绝，这个数字占世界各地已知的蕨类植物、松柏类植物和开花类植物总数的12.5%。也就是说每8种已知植物种类中，至少有1种将要永远地离我们而去，它们来也无声，去也无息。"[2]森林被破坏的后果已经得到了显现，但是各国追求经济利益的人们并不会停止行动，反而对剩下的森林资源展开了更为疯狂的掠夺："地球上80%的原始森林已被伐倒毁灭，大部分饮用水严重污染，大部分湿地退化、消失，大部分可耕地丧失种植能力。《时代》特别提到了俄国，这个拥有全球23%森

---

[1] 叶辛：《保护耶，开发乎？》，张力军主编：《愿地球无恙》，北京：中国环境科学出版社，1997年，第86页。

[2] 徐刚：《飘逝备忘录》，《我将飘逝》，北京：中国青年出版社，2004年，第210页。

林的国家,为了得到更多的硬通货,纷纷和美国、日本、韩国及欧洲的一些伐木公司签约,伐木声已响彻西伯利亚的原始森林。新兴经济的发展总是伴随着对森林资源的疯狂掠夺,在这一点上俄罗斯既不是开始也不是结束。俄罗斯人理应想到的是:俄罗斯文化的伟大,都是与俄罗斯广袤的森林和荒野不可分割的,在失去大片的原始森林之后,俄罗斯还是俄罗斯吗?"[1]俄罗斯的森林资源被大量开发,南美洲的亚马孙河流域更是如此:"这块广袤的热带雨林正遭受着灭顶之灾,人们正疯狂地扑向这块绿色宝地伐木垦荒。在许多公里之外,就能看到伐木者、垦荒人烧毁森林的大团大团的浓烟从森林里腾起。近百年来,亚马孙河热带雨林遭人为破坏减少了700万平方公里。仅在巴西的亚马孙河地区,就有32万平方公里的森林已经化为乌有,面积相当于德国、比利时、荷兰和卢森堡国土的总和。"[2]

近年来科学家对于玛雅文明的突然消失进行了调查,认为最主要的原因在于玛雅人没有节制地滥伐森林,使天然水系毁于一旦,从而导致了玛雅城邦迅速毁灭:"可怜的玛雅人不仅丧失了农业用水,甚至连基本的生活用水都成问题,只得顶着苍茫北风,在自然面前一步步退却,集体迁徙,终于走向灭亡。美国科学家说,玛雅人没有节制地大砍大伐城邦附近的森林,使湖泊一带的天然水系统毁于一旦,是悲剧产生的根本原因。"[3]对于恐龙在地球上的突然消失,历来具有不同的说法。科学家近年来进行调查,发现造成恐龙灭绝的原因很有可能在于地球上植物和小生物的锐减导致的生态失衡:"无数的恐龙拥挤在

---

1 徐刚:《飘逝备忘录》,《我将飘逝》,北京:中国青年出版社,2004年,第210—211页。
2 张应银:《世纪之患:关于中国风沙线的报告》,北京:解放军文艺出版社,1999年,第2—3页。
3 杨文丰:《缘何寻求还魂草》,《自然书》,上海:上海教育出版社,2015年,第198—199页。

一起，争食、杀戮，使植物和小生物锐减，造成严重的生态失衡。不仅如此，众多的恐龙还在一刻不停地污染环境，它们排泄出大量粪便、尿水，破坏了水质和土壤，加速了植被的枯死和小生物的灭亡。由于环境恶化，恐龙的发病率直线上升，尸体横陈荒野，遍布水中，腐烂腥臭，造成瘟疫的大爆发。"[1]

作家杨文丰提出了一个尖锐的问题："谁愿意步玛雅人失魂之'后尘'呢？当今这地球村，失魂犹同苍凉的落日，还魂却未必能像蓬勃的朝阳，对于人类，对于自然，一样如此。"[2]但实际情况是，历史悲剧虽然发生了，并且被科学家调查证实了，但这并不能成为阻挡当代人攫取利益的充分理由。于是当代人在生态破坏的道路上越走越远，不仅山林被挖掘、植被被破坏，河流也无一不被污染。"1972年，罗布泊干涸。1992年，居延海干涸。2005年，滇池全湖出现富营养化，严重污染。2007年，太湖蓝藻暴发，引发一场震动社会的水危机。令人忧心的报道，一个接一个。洞庭湖、巢湖、鄱阳湖的生态系统也遭到了不同程度的破坏。这是怎么了？江河湖泊的气数已尽？还是这个世界疯了？物与物关系的后面，从来都是人与人的关系。"[3]水污染的问题具有普遍性，危害更为严重，导致的生态后果也更为持久。"已经很难找到清澈的河流，流经城市的河段几乎无一例外地被污染，农药残留毒害了农村的小河溪流，工业废水以及工业和生活垃圾每时每刻都在威胁着饮用水的安全。发展中国家有一半人患有与饮水有关的疾病，每天有25000人因此而死亡。发达国家的饮水安全威胁，更多来自工业

---

1 戴战军、徐永青：《拯救与命运》，北京：国际文化出版公司，1992年，第255页。

2 杨文丰：《缘何寻求还魂草》，《自然书》，上海：上海教育出版社，2015年，第199页。

3 李青松：《乌梁素海》，《穿山甲》，郑州：河南人民出版社，2019年，第58页。

污染，它们层层设防却又防不胜防。"[1]人类损坏自然生态的行为从来没有停止过，虽然后果已经显示了多年，但显然并没有引起全球的足够重视。"我们黄河的大动脉在流血，我们的长江也在流血。仅以四川每年流入三峡泥沙量来看，70年代为5.1亿吨，到了80年代，已经高达6.8亿吨，相当于尼罗河、亚马孙河、密西西比河这三条世界大河的总输沙量。"[2]生态破坏得不到有效遏制，工业化程度还在不断加快，自然生态系统的破坏便成为必然结果。"不止一个科学家预言：生态破坏是人类21世纪面临的最大灾难，其后果不亚于一次全球核大战。而这个'最大灾难'已潜伏在中国的土地上。芬兰《赫尔辛基新闻》的文章中说：由于放牧过度，肆意砍伐森林和农田地力枯竭等原因，中国正面临一场严重的生态危机。"[3]

二、现代工业与生存恶化体验

地球生态系统被破坏之后，有毒物质全面渗透人类生存必需的空气、水源、食物，必然产生一系列的恶性生态事件，比利时马斯河谷烟雾事件、英国伦敦烟雾事件就成了中国作家反复言说的对象。

在戴战军、徐永青的《拯救与命运》中，对这两次生态事件进行了介绍："1930年12月，比利时马斯河谷工业区出现逆温，大雾弥天，当地工厂向大气中排放的污染物积聚不散，其中的二氧化硫、氟化物等致使上千居民中毒发病，死亡60余人。伦敦烟雾事件，更是震惊世界的环境公害事故。1952年12月5日至8日，大雾笼罩伦敦，由

---

1 徐刚：《飘逝备忘录》，《我将飘逝》，北京：中国青年出版社，2004年，第214—215页。
2 马役军：《黄土地　黑土地》，许正隆主编：《水啊！水》，北京：中国环境科学出版社，1999年，第148—149页。
3 王治安：《国土的忧思》，成都：四川人民出版社，1999年，第36页。

于两个逆温层结合在一起，使工厂排出的二氧化硫、烟尘等大量聚集，导致伦敦地区数千市民感染呼吸道疾病，短短四天之中死亡4000多人。而十年之后(1962年)，又是在12月份，在类似气候条件下，伦敦再次爆发'烟雾事件'，死亡者达700余人。"[1] 不过，将环境污染问题归因于资本主义对剩余价值的无情榨取似乎过于绝对了，因为环境问题并非资本主义的专利。"在社会主义的中国，随着工业经济的发展，污染也随之而来。起初，人们把烟囱林立、烟雾喷吐，当成社会主义建设热气腾腾、蒸蒸日上的大好景象而加以描写、歌颂，但随着严重污染后果的出现，中国人终于认识到，一味地追求盲目发展而舍弃环境保护，是贻害自我、贻害子孙后代、贻害人类的大错误。"[2]

中国于1978年进入改革开放时代，社会进步明显，经济总量不断提高，但环境污染问题却在很长时间内未得到妥善解决。淮河流域的污染问题早在1974年就被提了出来，到20世纪90年代末期仍然未得到解决，导致淮河流域民众的饮用水成了难题。徐刚在《拯救大地》中这样描述淮河流域的严重污染问题："淮河最后的特大污染是必然的，是人类在经济利益的驱动下，把淮河推上了黑色祭坛。也只是到了这样的时候，人们才确切地知道：把豫、皖、苏、鲁四省网络成一块原先完整的大地的淮河水系，全流域191条较大的支流中，80%以上的河水已经变成黑臭，三分之二的河段完全丧失了利用价值。中国的河流都处在污染的现实中，但，没有一条河流如淮河那样，是从源头开始污染的，源头活水成为源头污水之后，淮河还有救吗？"[3] 安

---

[1] 戴战军、徐永青：《拯救与命运》，北京：国际文化出版公司，1992年，第135—136页。

[2] 戴战军、徐永青：《拯救与命运》，北京：国际文化出版公司，1992年，第136页。

[3] 徐刚：《拯救大地》，北京：中国文联出版社，2000年，第236页。

徽省六安市裕安区的丁集镇本是一个默默无名的小镇，却在中国生态环境史上打上了烙印。丁集镇有惊人的 800 家制革厂，每一家制革厂都需要排放大量的污染物质。徐刚在《拯救大地》中这样描写丁集镇的恐怖污染场景："制革污水，那是剧毒污水，就这样流淌在丁集镇的大沟小河，污水漫流，废渣遍地，臭气熏天。流经丁集镇的谷河的大片河滩寸草不生。含有几十种有毒物质的污水已经渗入地下，使丁集镇的地下水一样被严重污染。所有的水井已全部弃之不用，三千多人生活用水的惟一水源是镇政府院内 300 米深的一眼机井。……丁集镇的物质富裕是以极其严重地牺牲环境为代价的，结果是：富裕了，'小康'了，活不下去了！"[1] 这种生态场景不仅在安徽出现，在河南、江苏、山西等不同省份也存在。在江苏邳州、新沂两座城市中，20 多条河流因水质污染成了"死河"："邳州、新沂两市的 20 条主要河道成为'害河''死河'。20 米深的水井出水呈褐色，有异味，不能饮用。"[2] "害河""死河"还不算什么，更令人恐惧的则是致人中毒、癌症和死亡的奎河。"淮河流域的奎河是污染最为严重的一条河流。八十年代初的一则数据显示：奎河氨氮的最高含量超标 80 倍，化学耗氧含量超标 125 倍，致癌物亚硝酸盐超标 200 倍。奎河的污水中，氰、汞、铬、砷、酚'五毒齐全'，仅以工业废水中挥发性酚的最高容许排放浓度每升 0.5 毫克计，奎河中的最高含量已达每升 750 毫克，超标 1500 倍。"[3]

淮河流域尚且如此，工业化程度更高的国内几座一线城市的污染问题也必然严重。广州在 20 世纪 90 年代是一座十分典型的严重污染城市，不仅空气污浊，珠江的污水排放量、生活垃圾排放量也严重超标："广州的空气是污浊的。联合国排出的世界 10 大严重污染的城市

---

[1] 徐刚：《拯救大地》，北京：中国文联出版社，2000 年，第 237 页。
[2] 徐刚：《拯救大地》，北京：中国文联出版社，2000 年，第 237 页。
[3] 徐刚：《拯救大地》，北京：中国文联出版社，2000 年，第 239 页。

中，广州位居第6。每一天，广州市排入珠江的污水为300万吨，年排放污水量达10亿多吨。每一天，广州人还要向珠江倾倒40万吨生活垃圾。1994年排入珠江的生活污水正好是1984年的125%，目前仍以每年10%的速率递增之中。"[1]肆意污染环境，其结果必然导致人类所需的生存资源紧缺。水，在广州这座靠近海边、水系发达的城市居然成了紧缺物。徐刚用英国人治理泰晤士河的例子质问中国的污染者："英国人先污染后治理泰晤士河，用了近20年时间。中国人在近20年时间中，几乎污染了所有的河流。就这样浊流滚滚走向21世纪吗？"[2]

作为中国的经济中心，上海的城市人口更加密集，对于城市生态造成的压力更大。1988年，上海市甲型肝炎流行，导致当时各大医院患者爆满。专家后来研究发现当年上海甲肝流行并不是甲肝病毒变异导致，而是因为上海市民众习惯生食已被甲肝病毒污染的毛蚶。徐刚在《江河并非万古流》中，这样描述了昔日令上海人恐慌的那一幕场景："其原因盖出于：大量的工业废水、农药和生活污水由河流带入海中，毛蚶栖息生养的沿海水质被严重污染，毛蚶死矣！毛蚶大量死亡在前，上海人继续大啖毛蚶在后。换言之，如果上海人不食毛蚶，上海会不会有别的病蔓延，也实在未可知。君不闻苏州河臭气冲天，君不见黄浦江浊浪滚滚？"[3]在徐刚看来，上海出现严重污染的病症几乎是必然的，原因就在于上海市政府与国内其他地方政府一样，长期漠视生态环境保护："上海的严重污染是和上海的经济同步发展的。除此以外，显而易见的另一种情况是：我们从来没有像重视经济生产那样，

---

[1] 徐刚：《水啊，水——江河之卷》，许正隆主编《水啊！水》，北京：中国环境科学出版社，1999年，第69页。

[2] 徐刚：《水啊，水——江河之卷》，许正隆主编《水啊！水》，北京：中国环境科学出版社，1999年，第69页。

[3] 徐刚：《江河并非万古流》，《伐木者，醒来！》，长春：吉林人民出版社，1997年，第99—100页。

认真对待环境污染，甚至将之轻松地忽略了。"[1]

更令民众难以想象的是，20世纪90年代上海民众生活用水多取自黄浦江，但是居民们产生的粪便、垃圾、工业废水等都一股脑儿地排进了黄浦江："上海每天产生粪便7300吨，每天排放的工业和生活污水537万吨，极大部分未经处理直接排入黄浦江，又每天从江里取走200多万吨成为市民饮用的自来水。再排放，再取水，这难道不是人类生命史上最肮脏、最可怕、最罪恶的循环吗？"[2]面对上海如此严重的污染问题，徐刚向政府官员与污染制造者发出了厉声质问："什么时候，人们能像今天追求物质财富一样追求生态效益？人类往往为了一己私利而损害了人类共同的财富，我们不能不想到历史上曾经有过的教训：一场瘟疫，使一个城市一块国土化为乌有！在中国，大大小小的河流已经或正在成为'流动的垃圾场'，任何流动都会带来沉淀，动态掩盖着静态，于是我们的河流便渐渐地走上了消失的厄运。衰败的又何止是黄河、长江？"[3]

作家余超然从工业革命以来人与自然关系的演变入手，认为技术理性和人类中心主义的思维是罪魁祸首，使人类将破坏生态、掠夺自然的行为合理化、日常化："进入产业革命以来，随着一次又一次技术革命浪潮的冲击和那些'万物之灵'器官的延长，人类拥有了向自然界'开战'的巨大能力。为了应付人口不断增殖带来的种种难题和满足现代文明更优裕生活的企望，人类竟以'征服者'的姿态，对孕育

---

[1] 徐刚：《江河并非万古流》，《伐木者，醒来！》，长春：吉林人民出版社，1997年，第100—101页。

[2] 徐刚：《江河并非万古流》，《伐木者，醒来！》，长春：吉林人民出版社，1997年，第99—100页。

[3] 徐刚：《江河并非万古流》，《伐木者，醒来！》，长春：吉林人民出版社，1997年，第101页。

人类、无私奉献一切的大地母亲'恩将仇报'！"[1] 在作家看来，工业化以来的人类行为已经严重破坏了地球生态系统的平衡，导致工业废气、废水、废渣侵入大气、河流、土地，不仅污染了生物的生存要素，而且直接导致了动植物的灭绝，其严重后果已经可以预料——"如今，自然界逐渐失去了平衡，大地上空披着的那层薄薄的'纱衣'出现了黑洞，整个生物圈找不到应有的和谐。地球已经千疮百孔、危机四伏了"[2]。

三、生态末日景观与文化反思

在中国当代生态文学的恶托邦叙事中，生态末日景象是其中无法绕过的话题。正是由于恶托邦叙事聚焦于生态文学中破坏人与自然关系的恶性事件，因而也从生态审丑的角度对非正常情态下的各类生态破坏案例进行了集中书写。

1990 年 8 月海湾战争爆发，这是冷战结束后世界的第一场大规模武装冲突，对于当地生态环境造成了严重破坏。在《拯救与命运》中，作家这样描写海湾战争与生态环境的关系："据估计，这次泄入海湾的石油达 150.7 万吨，是有史以来最大的泄油事件。在短期内，致使数十万只海鸟丧生，毁灭了波斯湾大部分海洋生物。从远期看，将影响中东、南亚甚至东亚的气候，加剧全球温室效应。而要清除这些油污，需要 10 年时间加上 50 亿美元的资金。"[3] 侯良学在很多诗歌作品中都描

---

[1] 余超然：《地球发生了危机——人类正面临着一场生死攸关的挑战》，许正隆主编：《水啊！水》，北京：中国环境科学出版社，1999 年，第 222 页。
[2] 余超然：《地球发生了危机——人类正面临着一场生死攸关的挑战》，许正隆主编：《水啊！水》，北京：中国环境科学出版社，1999 年，第 223 页。
[3] 戴战军、徐永青：《拯救与命运》，北京：国际文化出版公司，1992 年，第 24—25 页。

写了人类破坏地球生态之后的各种恐怖场景。在《水，哗哗地流……》中，水与血成了同一个事物的两个方面，水的浪费也就意味着血的流失与生命的死亡："水，哗哗地流，哗哗地流，水……/ 血，哗哗地流，哗哗地流，血……/ 血，流干了 / 水，枯竭了 / 尸体 / 尸体尸体 / 尸体尸体尸体 / 尸体尸体尸体尸体 / 尸体尸体尸体尸体尸体 / 你的尸体我的尸体他的尸体 / 她的尸体它的尸体万物的尸体地球的尸体。"[1]《要死大家死》则是对于人类末日场景的若干种描绘："知道吗？北极冰层 / 将在 2012 年的夏天结束以前 / 全部融化 !!/(那又怎么样？)/ 冰层融化将导致 / 海冰溶解 !!/(那又怎么样？)/ 海冰溶解将导致 / 海平面升高　陆地面积缩小 /(那又怎么样？)/90% 的太阳热能将进入海洋 / 海洋变暖　将释放出 / 潜藏在海底的有毒气体 /(开玩笑吧你　嘿嘿)/ 人们将会因吸入毒气而身亡 /……/(算了吧！那有什么？ / 要死大家死 / 又不是你一个死)。"[2] 华海的《工厂，踞坐在河对岸》也是讲工业污染对人体造成的严重伤害，抽水烟的老三爹的癌症与河对岸的工厂有着关联："踞坐在河对岸的工厂 / 喝一口饮马河水 / 吐一嘴粉尘和烟 / 黑的怪味的烟弥漫在水面 / 死去的老三爹 / 抽水烟的老三爹　蹲在青石上的 / 老三爹　朝对岸瞪着红红的眼 / 恼怒的风　吹荡河水 / 吹荡愈来愈浓的夜 / 一口咕噜噜的水烟 / 一阵急促、颤抖的咳嗽 / 老三爹说这水不能喝了 /——这水像他的两叶肺 / 熏满了黑斑 / 这是 X 光片里的黑斑 / 这繁殖癌细胞的毒窝 / 让老三爹陷入最后的弥留 / 抬起双眼　看看灰的山 / 黑的河和河的对岸 / 终于离开了这个——/ 住了七十年却已不认识的 / 村寨 / 那钢铁

1　侯良学：《让太阳成为太阳：侯良学生态诗稿》，太原：三晋出版社，2010 年，第 130 页。
2　侯良学：《让太阳成为太阳：侯良学生态诗稿》，太原：三晋出版社，2010 年，第 73—74 页。

的工厂,黑着一张脸/踞坐在饮马河边/夜色里,看不清它的表情。"[1]

近代以来,随着人类科学技术的迅猛发展,人类面对自然时不再保持敬畏的心理,而将自然作为征服的目标。2004年12月26日,印度洋海啸爆发。这次地震发生于印度洋板块与亚欧板块的交界处,震中位于印尼苏门答腊以北海底,震级达到9.3级。在《海殇后的沉思》中,杨文丰这样描述这场骇人的海啸场景:"地震发生后约半小时,大海——这平日里的柔性巨人,略略收缩了一下拳头,海水就从海岸线猛然急退了近300米,继而以每秒200米的速度,挟雷携电,轰轰然,冲上苏门答腊岛的亚齐省海滩,浪潮壁立,潮高十米,排山倒海;一小时之后,海潮在泰国南部普吉岛登陆;两小时后殃及印度和斯里兰卡;最后,浪冲东非索马里……近20万人葬身海底!这是人类历史上罕见的浩劫!在大海啸面前,生命竟然如此孱弱,如此无助。"[2]作为一名气象学者和生态散文作家,杨文丰对于这场海啸有着自己的思考,人类在强大的自然威力前不过是弱小的孩童,对于自然万物还是应该保持敬畏之心:"海啸后的好多天,面对充盈电视画面的惨状,我痛伤人类在灾难前竟是那么渺小无助,同时心哀人类是那样麻木无知。"[3]

人类肆意破坏大气、江河、土地,影响的终将是人类自己。那些被损害的空气、河流、大地,通过物质的流转与生态系统的循环,最终反作用于人类,成为对人类的有力报复。雾霾是特定气候条件与人类活动相互作用的结果,由于人类经济、社会活动排放大量细颗粒物(俗称PM2.5),日积月累将超过大气循环能力和承载度,导致大范围

---

1 华海:《华海生态诗抄》,北京:大众文艺出版社,2006年,第84—85页。
2 杨文丰:《海殇后的沉思》,《病盆景——自然伦理与文学情怀》,北京:西苑出版社,2017年,第238—239页。
3 杨文丰:《海殇后的沉思》,《病盆景——自然伦理与文学情怀》,北京:西苑出版社,2017年,第239页。

雾霾的出现。由于PM2.5粒径小，面积大，活性强，易附带有毒、有害物质，在大气中的停留时间长，对人体健康和大气环境质量的影响更大。杨文丰在《雾霾批判书》中，用生动的笔触向读者介绍了雾霾对于人类的"复仇"："即使雾霾天戴着口罩，那么，雾和霾的细颗粒物，也可能通过你的口罩表面，被你的鼻子吸入。如此有特色的'口罩风景'，一定程度上，只是一个美丽的幻象。PM2.5——这自然形成，被现代工业排入空气，经由光化学反应形成的二次污染细颗粒物，在高倍电子显微镜下，你的'庐山真面目'，居然周身都朝四面八方挺着尖刺。你一进入人们的身体，就不客气地插在鼻黏膜上、气管壁上……"[1]中国各地雾霾大量出现，使作家联想起了半个多世纪前英国伦敦的那场著名的雾霾："我想起至今仍令人心悸的1952年12月5日那场'伦敦雾霾'。那天，伦敦大气湿度陡增，风无力扬起米字旗，全城烟尘弥漫。尽管市民紧闭门窗，黄褐色的烟雾还是无孔不入。地铁以外，所有的交通工具已全部瘫痪。人们难辨方向。行人甚至已无法看到自己的双脚。到医院看病的人群长得看不到尽头。救护车需火把引路方能勉强行驶。伦敦一世界著名剧院，如期上演歌剧《茶花女》，由于剧场内雾霾越来越浓，观众再也无法看清舞台，只能中断演出。英国政府随后公布的雾霾报告显示，这场伦敦雾霾，至少导致了4000人死亡，至当年底，死亡人数飙升到1.2万。"[2]雾霾影响如此严重，人类理应治理如顽疾。不光是雾霾，城市中大量汽车排放的尾气也是影响居民健康的隐患之一。杨文丰在《不完全是尾气》中，将尾气比作令人恐惧的响尾蛇，不仅是因为尾气与响尾蛇有字面上的相同文字，而

---

[1] 杨文丰：《雾霾批判书》，《病盆景——自然伦理与文学情怀》，北京：西苑出版社，2017年，第60页。

[2] 杨文丰：《雾霾批判书》，《病盆景——自然伦理与文学情怀》，北京：西苑出版社，2017年，第60—61页。

且是因为尾气如同响尾蛇一般具有对人类的重大威胁:"说得精准些,尾气蛇从你的鼻子深入肺部后,滞留呼吸道,会引发呼吸系统疾病,酿生恶性肿瘤。一氧化碳由呼吸道进入血液循环,输氧功能立马被削弱,中枢神经系统随即受害,感觉、反应、理解、记忆力等必出现'故障'。专家说,尾气蛇的有些物质,潜藏在你体内即便过去了十年,还可能诱发癌症。"[1]

生态现实如此令人不堪,未来的世界是否可以变得美好?从生态文学作家的叙述来看,答案是否定的。火山爆发、南极冰川融化、大病毒流行、物种灭绝,几乎是生态文学作家为人类未来描绘的灰暗图景。在苏言、董芮看来,未来美国黄石超级火山爆发有可能导致人类如同恐龙般灭绝:"猛烈的喷发终于过去,但科学家却相信之后的全球降温才是灾难重头戏。黄石超级火山爆发的降落灰层,会释放出大量的硫磺,硫化物一路爬升到我们能见到最高的云上方的同温层,与空气中的水分子混合,生成液态的硫酸微粒,那里没有云或水可以使它们下降,它们会经年累月地留在那里。这些微粒聚集在一起形成反光层,使天空呈现出刺眼的光亮,同时将太阳光散射回太空。地表因得不到太阳光的照射逐渐变冷,地球最终被拖入漫长的冰期,由此形成了'火山严冬'。"[2]

由于全球气候升高,南极冰川融化,世界海平面升高,于是一些岛屿国家将从地球上彻底消失:"你们知道图瓦卢吗?这是太平洋上的一个岛国,由9个环状珊瑚小岛组成,一年四季风景如画,是当今这个热闹到疯狂的世界的世外桃源。因为海平面上升,在未来50年中,已经被海水侵蚀的图瓦卢将会全部淹没在太平洋中。由于人类不注意

---

[1] 杨文丰:《不完全是尾气》,《病盆景——自然伦理与文学情怀》,北京:西苑出版社,2017年,第65页。

[2] 苏言、董芮:《美国倒计时》,南京:江苏人民出版社,2011年,第180页。

保护地球环境，不注意保持生态平衡，由此造成的温室效应导致海平面上升，太平洋岛国图瓦卢的1.1万居民将面临灭顶之灾。惟一的救生之法就是举国搬迁，永远离开这块世代耕种繁衍生息的土地。图瓦卢将迁往新西兰。图瓦卢消失了，这个生于海洋的岛国就要回到海洋中去了。"[1]在哲夫的长篇小说《极乐》中，作家借主人公之一的罗斯教授之口向读者介绍了几个世纪之后的地球生态情形："陆地不能居住后，人类在晚期曾经迁居海洋，那时人类发明了一种作用于液态物体的强磁场，这种磁场的力量来自一个小小的磁场发射器，将这个磁场发射器放入海水后，海水便会随着磁场的波形分开，形状是可以随意调整的……人类居住在海底的梦想彻底实现了。那时海洋还是蓝色的，人类居住在里边如同中国的龙王居住在水府里，只是人类在海底宫殿居住的时间只有近半个世纪，原因是地球彻底沙化，蚕食和侵入了海洋，使海洋面积变的（得）越来越小，最后变成了一片可怕的泥沼。这段历史人类称之为蓝色时期，而随着黄色时期的来到，人类便只好舍弃了地球向太空发展了。"[2]

随着全球化的快速发展，中国作家具有了更为宽广的文化视野，在思考生态问题时形成了可贵的全球眼光。中国当代生态文学的恶托邦叙事，深刻地反映了中国在国家现代化与民族复兴道路上遇到的陷阱与挑战，这场生态危机越来越具有跨国家、跨民族、跨文化的特点。中国当代生态作家创作了内容丰赡、思想前沿的作品，传播了生态文明，引导读者思考中国与世界面临的全球性生态危机。

［原载《湘潭大学学报》（哲学社会科学版）2022年第4期］

---

1 徐刚：《飘逝备忘录》，《我将飘逝》，北京：中国青年出版社，2004年，第204页。
2 哲夫：《极乐》，深圳：海天出版社，1995年，第321—322页。

海洋文明与近代粤港澳大湾区报刊的域外游记创作

海洋既是地球上一切生命的起源之地，也是人类文明的诞生地及不同文明相互影响的通道。西方向中国传播近代文明，以南中国海为中转站进而辐射至中国沿海及内地。在这个过程中，海洋文明也与中国近代文学结下了不解之缘。以往学术界关于晚清时期域外游记的研究，多将其限定于第一次鸦片战争之后，认为是西学东渐的变局导致了晚清人的海外写作发生了近代转型。但是早在第一次鸦片战争之前，在近代粤港澳大湾区报刊中就出现了不少通过诗文、书信、人物特写等形式进行的海外报道，这些报刊史料将中国的近代海外游记的起源向前追溯到19世纪30年代前期，对于重新认识中国近代文学中的海外书写及知识分子的思想观念演变有着重要意义。

在1833年的《东西洋考每月统纪传》上，刊载过一篇《兰墩十咏》，刊物特别介绍"诗是汉士住大英国京都兰墩所写"[1]，兰墩即今天的伦敦。《兰墩十咏》按照中国传统五言律诗的格式写作，分为十首诗歌来描写英国首都伦敦的近代化城市景观与民众生活。除去第一首是对英国地理及英法之间恩怨的介绍外，其他九首则都是对于伦敦环境、

---

1 爱汉者纂：《兰墩十咏》，《东西洋考每月统纪传》道光癸巳年（1833）十二月。

民众生活、城市面貌、交通布局、楼房建筑、饮食习惯的介绍。这篇诗歌中，第二、第三、第八首是对民众生活的描述，如对女性地位的描述："山泽钟灵秀，层峦展画眉。贼人尊女贵，在地应坤滋。少女红花脸，佳人白玉肌。由来情爱重，夫妇乐相依。"[1]也有对伦敦民众喜欢郊游生活的表现："夏月村郊晚，行人不断游。草长资牧马，栏阔任栖平。拾麦歌宜唱，寻花兴未休。相呼早回首，烟雾恐迷留。"[2]还有对于伦敦郊区乡村场景的表现："九月兰墩里，人情乐远游。移家入村郭，探友落乡陬。车马声寥日，鱼虾价贱秋。楼房多寂寞，破坏及时修。"[3]

这《兰墩十咏》里，令汉人惊诧与钦慕的是伦敦城市的近代化水平与舒适的生活状态。在作者的笔下，伦敦成了交通便利、车马奔驰、建筑华美的理想城市，民众生活安逸，歌舞升平。在这篇报道中，伦敦的交通规划很有特点："两岸分南北，三桥隔水通。舟船过胯下，人马步云中。石凳千层叠，河流九派溶。洛阳天下冠，形势略相同。"[4]伦敦的城市经济发达，处处洋溢着富庶的气息："富庶烟花地，人工斗物华。帝城双凤斗，云树万人家。公子驰车马，佳人曳縠纱。六街花柳地，何处种桑麻。"[5]伦敦的城市建筑次第相连，雕龙画栋，精美非凡："高阁层层上，豪华宅第隆。铁栏傍户密，河水绕墙通。粉壁涂文采，玻窗缀锦红。最宜街上望，楼宇画图中。""大路多平坦，条条十字衢。两傍行士女，中道骋骈车。夜市人喧店，冬寒雪积涂。晚灯悬路际，火烛灿是如。"[6]伦敦的民众在生活无忧之后，追求的是精神上的放松与

---

1 爱汉者纂：《兰墩十咏》，《东西洋考每月统纪传》道光癸巳年（1833）十二月。
2 爱汉者纂：《兰墩十咏》，《东西洋考每月统纪传》道光癸巳年（1833）十二月。
3 爱汉者纂：《兰墩十咏》，《东西洋考每月统纪传》道光癸巳年（1833）十二月。
4 爱汉者纂：《兰墩十咏》，《东西洋考每月统纪传》道光癸巳年（1833）十二月。
5 爱汉者纂：《兰墩十咏》，《东西洋考每月统纪传》道光癸巳年（1833）十二月。
6 爱汉者纂：《兰墩十咏》，《东西洋考每月统纪传》道光癸巳年（1833）十二月。

享受，城市的文化娱乐活动非常精彩："戏楼开永昼，灯后彩屏开。生旦姿容美，衣装锦绣裁。曲歌琴笛和，跳舞鼓箫催。最是诙谐趣，人人笑脸回。"[1]

华人到了海外游历时，不仅只留意于西方城市的华丽外表，而且也对西方的现代科技发明极有兴趣。在1838年，已经有华人的海外报道中描述了英国船厂的近代化制造能力："英人建火船只广大美丽，独立无二，所容载之货共计一万九千五百石。内开阔楼与客安居，如若在家堂，内排家伙器用、锦衿绣褥、罗帐花枕一切齐备，四墙画影图形傲山川之灵，令人赏心爽目。又看各等舟只，自古以来所造之各样也。乘此船欲渡大西洋海，自英国之亚默利加比方也，望十四日内涉大海也。诸凡细观此船者，莫不称奇，企仰良深也。"[2]

在《东西洋考每月统纪传》中收录了不少华人与中国亲人之间的通信，如《子外寄父》《侄外奉姑书》《儒外寄朋友书》《侄外奉叔书》等。这些书信以充满感情色彩与文学色彩的句子表达了海外游子心系故国、亲人的思念之情："拜别慈颜，荏苒光阴，傲似九秋。山川修阻，云天向隔，海涯缥缈。翘首故国，眷恋之怀有若饥渴，肝肠欲碎。况游子不获时通音信，可谓不孝之罪愆，渊深岳高，使不肖愧赧无地。惜哉，贪利之情令我奔走风尘。当此之时利路苦难，虽怀寤寐之感，归依双亲之膝下，却不知何日得见仪范而亲承大人之教矣。但可知家严慈颜迩来劫止荣膺多福，甚慰卑怀。"[3]饶有兴味的是，在一些涉及海外的报道常会设置两位华人作为交谈对象，其中一位为海外归来者或思想开明者，另外一位则是思想较为保守者，刊物通过他们的问答来

---

1 爱汉者纂：《兰墩十咏》，《东西洋考每月统纪传》道光癸巳年（1833）十二月。
2 爱汉者纂：《侄覆叔》，《东西洋考每月统纪传》道光戊戌年（1838）九月。
3 爱汉者纂：《子外寄父》，《东西洋考每月统纪传》道光甲午年（1834）四月。

介绍海外近代文明的发展。1835年，一篇报道设置了驾英船回国的李柱与国内朋友陈成之间的对话，通过李柱的回答来展现近代英国的科技发展程度：

> 那大英国人进船，两边作机关，推两个铁轮，以蒸之力使之摇桨若楫一然，不依风，不随潮，自然迅移，大胜我船之速。连这也素常，况且驾火蒸车，一个时间走九十里路，如鸟之飞，不用马，不恃牛，任意飞跑。
>
> 利圭普海口隔曼者士特邑一百三十里路，因两邑的交易甚多，其运货之事不止。所以商贾等作平路，钻山浚濠，建桥以推车之转，作两个铁鞾辘，备其路平坦，无上无下，及车轮非碍。欲用马拖车，便也，其程甚慢。故用火蒸车，即蒸推其车之轮，将火蒸机缚车舆，载几千担货，而那火蒸车自然拉之。二时之间，诸车走一百三十里路。虽作平坦路的，使用共银四千一百万元，却其益便胜经费每年银三十二万余元。况生意的事作迅速来迅去不息。倘造恁般陆路，自大英国至大清国两月之间可往来，运货经营，终不吃波浪之亏。欧罗巴人巧手十分精工。万望作通路，及合四海之兄弟矣。[1]

英国传教士报刊在向早期粤港澳大湾区民众展示欧美各国教育、民主制度优越性的同时，也不忘记对宿敌俄罗斯的监狱制度及其非人道环境给予揭露。在《侄答叔书》中，报道通过名为候活的专家到俄罗斯监狱的考察为线索，揭示了该国监狱的非人环境与囚犯们的艰难

---

1 爱汉者纂：《火蒸车》，《东西洋考每月统纪传》道光乙未年（1835）六月。

生存:"俄罗斯法律森严,除谋反重案拟议死罪外,其余各罪犯则用鞭打而已。此等刑法重于受死,故有犯人情愿贿赂行刑之人,求早速死,免受鞭挞之苦。"[1] 俄罗斯对于犯罪之人给予了严酷刑法,其中有专门对于打人的鞭子的描述:"打人之鞭,乃是一条木,长约一尺,其尾有数条绳,约二尺长,绳尾亦有一条大绳,长一尺五寸,似正指粗大。其行刑之人时常换之因有时打犯血湿则软,故换之也。"[2] 至于囚犯们所生活的监牢,空气闭塞,人员拥挤,甚至还有男女数十人甚至孩童共囚一室的情况:"又到监牢之内探亲囚犯。坐一间广监内,有三十五个重犯罪人气甚热,并无气息相通之房。在他监内见,有七十五个犯罪之奴仆,两脚皆用大木夹住,在四间房内,比前之监更密。又见一间,乃国家新建的大监,内有六十八个囚犯,其中二人为欠债的,又有二十七个游手散荡男女之人,共住在一间小房中。城外另有一监牢,内二十五人以铁箍缚脚,又有十二至十五岁小童,共有八十人在其内,其大半并非因犯罪遭禁,乃因欠债而已。"[3] 囚犯们所处的牢房环境污秽,人员众多,衣衫褴褛,毫无尊严可言:"惟候活自处入新监内见六十九个犯轻罪之人,在欠债人的监内五间房共有百余个极苦楚之人,睡在楼板之上,皆赤身露体。又见六个犯人在一间,候活平生从未见过如此污秽的房。其外亦有一间弁兵的监,只有一房,长约二丈九尺,宽

---

1 爱汉者纂:《侄答叔书》,《东西洋考每月统纪传》道光戊戌年(1838)七月。
2 爱汉者纂:《侄答叔书》,《东西洋考每月统纪传》道光戊戌年(1838)七月。
3 爱汉者纂:《侄答叔书》,《东西洋考每月统纪传》道光戊戌年(1838)七月。

二丈六尺，高九尺，内有一百三十个犯人。"[1]历史上，英国与俄罗斯之间曾经一度有过两国关系的蜜月期，但是从拿破仑时代一直到二战前，英俄为争夺殖民地和势力范围在全球范围内展开了竞争，使得两国之间宿怨不断加深。在英国传教士创办的近代岭南报刊中，俄罗斯的形象仍然没有得到改善。

早期的粤港澳大湾区报刊，留意到了清朝派出的游历者往往喜欢观察，写成文章，向华人介绍西方国家的情况，文学成了中西文化交流的重要载体。报道者显然也注意到了英国派遣到中国与中国派遣到英国的人们之间的差别："其至中国者，皆其国之贵秩显爵富商鸿儒也。而中国之往诣英国者，类皆舵工佣竖俗子敩流，绝少文墨之士，一往游历，探奇览胜，发诸篇章者。惟道光壬寅年间，有浙人吴澹人从美魏茶往居年余而返，作有《伦敦竹枝词》数十首，描摹风土人情颇佳。其后咸丰初年，有燕人应雨耕从今驻京副公使威公往国中，阅历殆遍，既归，著有《瀛海笔记》，纪载颇详。游英而有著述当以此二人为权舆。"[2]报道较为细致地描述了华人游历伦敦时的观察内容，更希望借此机会向中国民众传播伦敦文化，建构近代英国形象，从而有助于中英之间的贸易与交往："兹闻中国所命委员数人，在英京时日出眺览，搜罗奇异，扩开眼界，真有见所未见，闻所未闻者。如园囿之中，奇禽怪兽，不可名状；其水涌地中，有若喷珠溅雪；机坊中，飞梭运轴，不借人工，皆借水火二力之妙。凡其制作，无不巧夺天工。至于山川风土，亦皆触景异观。登临采访之余，殊甚兴感，故各人于耳目

---

[1] 爱汉者纂：《侄答叔书》，《东西洋考每月统纪传》道光戊戌年（1838）七月。
[2] 湛约翰主编：《羊城近闻》，《中外新闻七日录》同治五年（1866）七月廿八日，第2版。

所及寄诸吟咏，他日遄归，必通商传抄，一时为之纸贵矣。"[1]对于长期生活在西方的华人，当地民众更喜欢华人能够学习基督教文化，建立文化认同："现金山地方有花旗国一善士，欲兴建一院，需银一万八千圆。院内有礼拜堂宇、书籍馆塾及技艺、器物、机捩、房屋之属，一切咸备，以待中土子弟。愿入院习诵西土经书或学习各奇巧技艺者，不需其资费，悉听入院安居学习。闻刻下已捐备银万余矣。"[2]

早期粤港澳大湾区报纸的海外报道具有丰富的文化内涵，它们既是传教士向中国读者传播西方文明的渠道，通过文学色彩强烈的叙事性报道勾勒西方社会的发展程度，展示西方文化仁爱、平等、民主的近代性想象，同时这些海外报道也是晚清时期中国知识分子看待西方近代文明的重要途径，他们通过这些真实或代拟的华人海外游历材料，得以触摸近代西方国家的科技创造、政治制度、教育方式以及文化观念，在文化对照中形成初步的国际视野、近代科学知识、地理背景、政治理念。从某种意义上说，早期粤港澳大湾区报刊的海外报道是晚清域外游记的先声，为后来的知识分子睁眼看世界作了思想上的准备。

（原载《创作评谭》2021年第3期）

---

[1] 湛约翰主编：《羊城近闻》，《中外新闻七日录》同治五年（1866）七月廿八日，第2版。

[2] 《近日杂报》，《遐迩贯珍》1853年第4号。

19 世纪中叶的广州城市与社会生活

——基于《广州大典》和近代传教士中英文报刊的对照性解读

当前国内学者、出版机构对于晚清报刊所做的搜集、整理和出版工作颇有价值，但迄今为止国内有关的晚清报刊的研究多是对于单一报刊的研究，尚无研究者从城市视角来对晚清报刊的城市史料尤其是近代广州的报刊城市史料进行整理与研究。基于这样的考虑，笔者采用跨学科的研究方法与视野，一方面以《广州大典》集部别集类为基础，另一方面以近代广州传教士中英文报刊为材料，如《东西洋考每月统纪传》、《中国丛报》(Chinese Repository)、《遐迩贯珍》、《中外新闻七日录》、《述报》等在反映南中国海历史文化中较有代表性的报刊，从双重视野审视近代广州的城市史料，力图勾勒出近代广州城市的发展及其时代特征；在双重眼光中分析传统士大夫与近代传教士、知识分子对于广州城市的不同印象，分析传统知识分子在巨大时代变革中的心理嬗变与文化冲突。事实证明，通过近代传教士的异域之眼观察此时广州的城市发展状况及政治、社会、风俗、人情，常常能够发现传统文人因习以为常而忽略的诸多细节。

一、近代广州的城市发展与畸形消费

作为西方文化进入中国大陆的前沿,近代岭南报刊留下了不少关于近代广州城市消费与城市景观的报道资料。如果说城市地理属于较为浅显的文明层次的话,那么城市消费、城市文化景观则深入了一座城市的精神内核,展现着一座城市独特的魅力。近代岭南报刊对于广州城市消费、城市文化景观的报道,展现了广州这座千年古城在近代化进程中的形象变迁与时代进步,其对理解广州城市史、广州近现代社会经济文化史具有重要的参考价值。

第一次鸦片战争以清朝政府的失败而告终,西方列强迫使中国开放广州、福州、厦门、宁波、上海五处通商口岸,中国逐渐沦为半封建半殖民地社会。在广州等通商口岸,人们逐渐习惯了中西物资的自然流通,在频繁的对外贸易中学会了利用经济规律。在19世纪中期的广州城中,商业贸易持续发展,中外商旅聚集于此互通有无。《广州大典》中收录了清代诗人王邦畿的《耳鸣集》,其中卷一《海市歌》中对广州的海市贸易作了形象的描述:"霓虹驾海海市开,海人骑马海市来。白玉楼阁黄金台,以宝易宝不易财。骊龙之珠大于斗,透彻光芒悬马首。若将海宝掷人间,小者亦能亡桀纣。海市市人非世人,东风皎洁梨花春。海市人服非世服,龙文象眼鲛绡幅。海市人事非世事,至宝不妨轻相示。市翁之老不知年,提篮直立海市前。篮中鸡子如日紫,要换市姑真龙子。龙子入海云雨兴,九州之大无炎蒸。"[1]为满足日渐增多的中外商旅的需要,广州的城市生活逐渐丰富,消费方式也各种各样。广州等沿海城市的开放,客观上促进了城市近代化的发展与经济的繁荣,但这种不正常的开放方式也使得城市消费处于畸形发展

---

1 (清)王邦畿:《广州大典集部别集类第五十六辑·耳鸣集》,广州:广州出版社,2015年,第771页。

状态。随着近代意义上的城市经济崛起,烟馆、茶楼、戏院、妓院成为广州随处可见的场所。

在时人笔下,当时广州城市的娱乐生活颇为丰富:"珠江水面有形形色色的船舶,它们来来往往,纵横交错,有许多甚至比欧洲船更大、更豪华。有的船只成了寻欢作乐的场所,人们在音乐的伴奏下聊天、饮酒和吃饭,甚至还有妓馆。欧洲商行因其挂在高杆上的旗帜而与众不同,每家商行门前都有一面这样的'幌子'。建筑这些商行的地方叫做'十三行',该街就被称为'十三行街'。"[1] 这种城市消费的畸形发展状态,表现得最为明显的是鸦片的公开销售与鸦片走私的盛行。当时广州的报纸曾这样描述广州城市对于鸦片消费的严重依赖,以及广州城鸦片盛行的可怖场景:"鸦片烟即洋药,税则每担征收银三十两,厘金每担十六两,另水脚补纹银水加平等项,核计公烟到省,每颗须费洋银两元半。若复转运别处,沿途抽厘,其费加倍焉,因而走私甚伙,或由火船,或由渡船,或径到省,或半途抛下河里而另雇小艇接济者,巧计百出,莫可名状。以广州销畅计,每不下七百担。今查赴关报税者,不逾三百担,况此三百担况中半是转运西北江者,然则广州城洋药,从何而来,由是推之火船走私者固多。而石龙肩挑来省者,亦不少。"[2]

由于广州通商口岸的殖民地经济畸形繁荣,形形色色的娱乐活动随之兴起,赌博便是其中之一。赌博在19世纪中期的广州城市生活中颇为普遍,它既能为民众提供游戏消遣,又能在某种意义上满足广州市民们对于金钱的渴望,许多民众乐此不疲,屡禁不止。广州近代报

---

[1] 贡斯当:《中国18世纪广州对外贸易回忆录》,纪宗安、汤开建主编:《暨南史学》第2辑,广州:暨南大学出版社,2003年,第368页。

[2] 湛约翰主编:《洋药走私》,《中外新闻七日录》同治五年(1866)十二月廿六日,第1版。

刊中曾对一中年妇女开设赌场一事进行过报道，从中不难窥测当时的城市风气与生活方式。《中外新闻七日录》这样描述妇女开赌博摊馆的情形："闻西关大地有一中年妇人名唤亚肯二姑，平日狡猾异常，巧于逢迎。而凡妇人之与相识者，阳则假以结交游，阴则当鱼肉以资吞噬。伊曾于本月初旬在大地开一女摊馆，其勾引妇人赌博者，鱼贯而来，蜂拥而聚，甚至喧哗杂遝，惊扰邻家者，男女为之衔恨，鸡犬为之不宁。"[1]不过饶有趣味的是，地方官绅闻之极为震惊，迅速将其捉拿归案，并且迅速审判："西关局绅于十六夜闻之，共为切齿，火速着勇目督带壮丁至大地，将女摊馆三面突围，仅开一面，以放各买摊之妇。而各妇惶恐，或为鼠窜蛇行，或为鸟飞兽走，其状不一而足，斯时止剩槁木死灰。带勇者即喝壮丁，以铁链锁其颈，形众噱同声，皆谓从未见妇人身带银铛者也。亚肯二姑丧气垂头，难掩有觍之面目，一路任人非笑之而已。"[2]报刊的编纂者，一方面为妇女开摊馆而叹息，一方面也提出了更尖锐的问题：男性开摊馆数百间相安无事，何以女性初开摊馆即被迅速处理？"吾近日观洪圣庙、福德里、迪龙里、西炮台等处，男人开摊馆者数百间，在官绅竟置若罔闻。今不拿男人，而独拿女人，是不齐其本而揣其末也。扪心自问，其何以自解也耶？"

赌博之危害甚广，让报刊编纂者心有余悸。为此，身处广州的报刊编纂者，大力夸奖广州官员的清廉端正、禁赌得当："试观广东抚宪蒋大人，出示严禁赌博后，省佛地方不敢开场聚赌，一律肃清，粤中端人正士，无不称颂之。"[3]但在另一方面，报纸又借香港等地开设赌馆

---

[1] 湛约翰主编：《西关女摊馆近事》，《中外新闻七日录》同治五年（1866）三月廿六日，第1版。

[2] 湛约翰主编：《西关女摊馆近事》，《中外新闻七日录》同治五年（1866）三月廿六日，第1版。

[3] 湛约翰主编：《香港近闻》，《中外新闻七日录》同治六年（1867）七月初二日，第1版。

之事，猛烈抨击赌博之危害，其用意或许并不仅仅在于谈论外埠之事，而是有着更具针对性的批评与规劝："夫士农工商皆宜由正路以习事业，若使专向贪门以罔利，则品行坏而即窃盗所由兴，从此日甚一日，不知伊于胡底"；"其识明见远者，谅不乏人，岂区区赌博之规银可能动其心者，迹其每年多签银两，请牧师往各方传道教化以及开义学以作育人材，无非欲端人心而正风俗，乃一面讲书以警觉愚民，又一面开财以诱惑子弟，是欲益之，而又损之，此开赌之无益二也"；"各庄口所用之买办多是中国之人，无非以钱银相重托者，假令赌风复炽而庄口之买办见赌动心，保无一时昏迷，为其煽惑而堕其术中，迨输去银两，百计不能弥缝或急而远逃者有之，或逼而自尽者有之，皆赌博者之厉，此开赌之无益三也"。[1]

任何一座近现代化的城市都有着自身的某种独特属性，对于素以世俗生活为旨趣的岭南文化而言，城市消费成为其鲜明的烙印。近代西方殖民者以城市为据点向中国大陆进行渗透，他们为了完成资本的原始积累，有意识地赋予城市以不同的符号、形象、趣味，有意无意之中塑造了城市生活中的某些消费领域。西方近代文明的引入，破除了封建专制思想的愚昧，打破了思想的一统局面，人们的道德观念随之逐渐多元、宽容，价值观念也开始了漫长的转型过程。

二、近代广州的社会矛盾与城市管理

随着海外各国纷纷以广州为中转站，前来城市经商、传教或开设报馆等，广州的外国流动人口也不断增加。清代印光任、张汝霖所著《澳门纪略》中如此描述近代广州的城市生活与经济发展："广州城郭

---

[1] 湛约翰主编：《香港近闻》，《中外新闻七日录》同治六年（1867）七月初二日，第1版。

天下雄，岛夷鳞次居其中。香珠银线堆满市，火布羽缎哆哪绒。碧眼番官占楼住，红毛鬼子经年寓。濠畔街连西角楼，洋货如山纷杂处。"[1]由于晚清地方政府缺乏近代化的城市管理经验，在近代岭南报刊中有关广州城市的报道中常常可见地方政府应对城市治安、社会管理捉襟见肘的新闻。由于国外来广州人员增加，如何管理他们成为摆在广州地方政府面前的难题。就近代岭南报刊中的城市报道史料来看，当时的政府部门似乎从未寻找到有效的管理办法。

由于来广州的外国人增多，华人与外国人如何和平相处成为问题，一些报纸就曾描述外国来者在广州胡作非为、地方政府疲于应付的状态。在《东西洋考每月统纪传》《中外新闻七日录》等报刊中，就记录了不少关于番人违法乱纪的事情。有的是外国人自称为英国人，长期盘踞在广州城内外进行敲诈勒索活动："闻有两番人自称英人，周流羊城内外，专入各铺勒取银两，少则一元，多则三四元，无人敢阻。不知者以为领事官，必保护他，即禀之，亦不信他有勒索之事，或畏番人利害，故不敢触犯。风闻其身并无利器手枪，而各处更夫以及铺伙，皆不敢拿他解官，真不怪也。"[2]有的则是因为华番发生口角，最后导致华人殒命的冲突："又闻闰廿六日，河南有一西洋人酒醉，偶遇一唐人以叫番鬼相犯。在西洋人小不忍，即以匕首刺唐人之胸，此唐人受重伤，不能刻下复仇，即疾走入海幢寺避其锋。至一树下，遂倒地而毙。"[3]更有甚者，长期盘踞在广州的一些外籍人士竟然与官府进行对抗："河南有一钉番部店，其楼上有洋客五名租住，中有一名，曾因

---

1 印光任、张汝霖：《广州大典史部地理类第三十四辑·澳门纪略》，广州：广州出版社，2015年，第345页。
2 湛约翰主编：《中外近事》，《中外新闻七日录》同治四年（1865）六月初五日，第1版。
3 湛约翰主编：《中外近事》，《中外新闻七日录》同治四年（1865）六月初五日，第1版。

在街上刺死唐人业已逃去，尚余居者四人。忽于是月初旬番禺县率差役数十名，至此店围拿，实时捉获洋人三名，有一名凫水逃脱。不料于五鼓后，该逃脱之洋人纠党数人，蜂拥回在，将其孖毡掳去。查此洋人是无赖之徒，常在羊城地面假扮官差，巡私缉捕从中取利，而拐带强掳，无恶不为。"[1] 面对外国来华人士之为非作歹，广州地方政府除了虚张声势地饬差拿获外，并无任何实质性的有效应对办法。在许多涉外的社会治安报道中，最后往往未能缉拿嫌犯，遑论知晓嫌犯是何国人。

除了华番常爆发矛盾冲突外，买卖人口也是经常性的报道题材。当时，西方列强为了在殖民地进行生产、攫取高额利润，急需大量的劳动力，为此催生了极为残暴的人口买卖行业。对于买卖人口的目的地、拐卖方式，报纸也曾有过令人惊悚的报道："按贩人出洋，惟夏华拿、真查洲两处为甚。近七八年来，此种人各种俱往，前在宁波、上海，多于黑夜僻处，以麻袋套人。乡民因失人太多，几至酿成巨变。然拐人者必恃线人为援引，且有窝藏，然后敢肆行无忌。今当惩治拐子，以绝其源，尤当严究线人，以除其羽翼，则此风庶几熄矣。"[2]

对于一座近代化的城市而言，城市官员尤其是地方行政首领的言论、行为往往代表着城市的管理水平、进步程度，成为衡量城市近代化水平的标准。在西方传教士眼中，晚清地方政府的官员思想保守、封闭，对近代科学知识近乎无知；他们崇拜偶像、推崇异端邪说，却自以为是，行为举止愚昧可笑。在1865年的广州城，曾发生过一件地方行政长官带头求雨的事件，被传教士敏锐地记录到了报刊中。该则

---

[1] 湛约翰主编：《河南近事》，《中外新闻七日录》同治四年（1865）六月廿六日，第1—2版。

[2] 湛约翰主编：《拐卖人口近事》，《中外新闻七日录》同治四年（1865）九月二十一日，第1版。

新闻如此叙述事情经过:"三月底羊城上宪见米贵时,值春耕欠雨,即率同僚往观音山龙王庙祈求,翌日果大雨。自三秒至,四月初八日止,远近大喜。在大宪轸念民生,即诗所谓民之父母也。寻有老叟言,前嘉庆时旱,有苏藩台独陟白云山龙王庙祈雨,回署雨遂滂沱。"[1]这一事件中,广州地方行政首领的行为鲜明地体现了近代化过程中广州所面临的思想观念问题,报刊对此有着严厉的批评:"人皆谓天雨施于龙王,彼亦未思龙亦鳞介中之首耳,乃龙而王名,既以物而僭人之号。谓龙能行雨,且以物而具神之灵,不知天之雨实由于主宰,上神主不肯施雨则难使巫尪遍求天地山川群灵,甚至无神不举,仍不见效。至若愚民无知,往往一求而时雨下降皆,上主宽恩也,盖无格物致知之学,妄谓雨出于龙,而智慧之人,则归荣于万物之主矣。"[2]从报道中可以看出,西方人眼中的广州政府行政长官保守、迷信、无知,其作为与广州近代化的历史趋势背道而驰。

广州地方官员不仅对于科学知识十分陌生,无法解释天文地理现象,而且对于行政管理也极不专业。公务活动中,官员们往往依靠贿赂、保护费攫取大量利益,造成政府利益的重大损失。意识到这个问题的严重性之后,广州地方政府开始采取措施:"闻蒋抚宪自禁止省中文武员,私受娼赌陋规之后,深虑捕费,无处可取,且恐捕务从此废弛,因面谕藩臬雨司,酌笔余款,提拨给发各员作为津贴捕费名目,以弥补陋规一项,免各员有所借口,现藩臬两宪议以谬游每月支银一百四十四两,守备每月支银四十四两,千总每月支银十两,外委每月支银五两,额外外委每月支银三两,现闻各武弁,业已纷纷详文,

---

1 湛约翰主编:《论雨非由龙王》,《中外新闻七日录》同治四年(1865)四月十七日,第1版。
2 湛约翰主编:《论雨非由龙王》,《中外新闻七日录》同治四年(1865)四月十七日,第1版。

赴投广州府库中请领矣。"[1]

广州地方官员管理社会的能力和水平低下，广州民众的整体素养同样不容乐观，反映出近代化之后广州民众文化素养的阙如与进步的缓慢。在广州的报纸《中外新闻七日录》看来，广州城民众们文化素养普遍不高，人们只注重于金钱与现世享受，而缺乏探讨学问、认识事物本质属性的兴致。《遐迩贯珍》曾作过的一篇报道，足以反映广州民众对于外国游客的轻慢与冒犯："二月十六日，有英人三名，在广州江浦司一带游览。忽遇附近乡村匪众群起，殴抢，伤人，掠财。"[2]报纸分析了英人在广州城被殴抢的原因，认为最根本的还是民众的异常冷漠："若中土人三名，在英国地方游行，有乡人如此待之，其临近居民必全出诅喝，交口訾之。中土人众，远适异国者，实繁有徒，其声名四扬，可推为识情达理。今似此行为，是禽兽之不如矣。"[3]民众对于于己无关之事的长期缄默，助长了城市的不良风气。发展到后来，广州城市的社会风气逐渐败坏，民众对于拐骗、坑蒙等行为司空见惯："羊城向有拐子，骗买婢子与孀妇，伪为妻妾。迨交银后，假作回里，落艇即驶往别处，换船直往旧金山地方，卖与寮中为妓。倘若不从，则以鞭挞逼之。此等所为，真天良丧尽矣。旧金山六会馆公所之人，见此拐骗，其心恻然，曾于咸丰三年严行禁止，已有明条第日久视为具文。该匪仍循故辙，今月复出长红，标贴羊城各处以惩奸究而悯善良。"[4]

受西方列强产品倾销的影响，传统小农经济日趋凋敝，破产的农

---

[1] 湛约翰主编：《羊城近闻》，《中外新闻七日录》（广州）同治六年（1867）正月初十日，第1版。
[2] 麦都思：《近日杂报》，《遐迩贯珍》（香港）1854年第3—4期。
[3] 麦都思：《近日杂报》，《遐迩贯珍》（香港）1854年第3—4期。
[4] 湛约翰主编：《六会馆复禁卖良为娼》，《中外新闻七日录》（广州）同治六年（1867）正月二十四日，第1—2版。

民不断涌入广州谋求生路。由于广州在第一次鸦片战争后就开口通商，社会、经济受西方近代文化影响有了一定的进步，但在封建社会不断解构、殖民地程度不断加深的情形下，城市的社会治安与公共管理也面临着极大的考验。

三、近代广州城市的中西交流与文化融合

与拥有灿烂传统文化、悠久历史的中国相比，欧美国家近代以来素以先进文明自居，科技的发达、军事的强大、殖民的胜利，使得他们在看待中国城市、中国人时常常带有一种暧昧的立场，既充满猎奇、艳羡的目光，又带有自大、抵触甚至是轻蔑的态度。在经历了近代文明洗礼后的西方人看来，中国是一个矛盾结合体，既古旧、灿烂，又专制保守、公德阙如，民众在封建王朝的威严之下怯懦无声。中国经由鸦片战争的失败骤然进入半封建半殖民地社会，无论是政府体制、官员思想还是社会习惯、规章制度，均难以与变幻莫测的现实情况匹配。因此，随着进入广州城市的外国商人、传教士、游客逐渐增多，不时发生一些不太和谐甚至是尖锐冲突的事件。虽然广州地方政府依照媾和协议对在穗外国人进行了保护，但实际效果似乎并不太尽如人意。

与广州城市中的中国官员沉迷迷信、收受贿赂，以及中国民众冷漠、自私的形象形成对照的是，近代岭南报刊中对来华的欧美人有着迥然相异的报道。来华的欧美人士往往为传教士、医生、使领馆人员，在近代岭南报刊看来，这些人富有牺牲自我、追求真理、服务社会的精神。这固然与近代岭南报刊多为传教士创办或有宗教背景相关，但更主要的或许还是在于文化的差异以及由此带来的视角、思维的不同。在近代岭南报刊有关广州城市中中西方人们报道差异的背后，一方面

可以看到西方近代文明与传统中国文化的巨大观念落差，另一方面也可以明显感受到报刊编纂者传播基督文明的执着、教化民众的信念。一些刊物的编纂者试图通过对来华西人无私奉献精神的刻画，增进中国民众对于西方文化的认同，并借此更为顺利地传播基督福音。

在近代岭南报刊中，常常出现在刊物中的来华西人多为教师。他们开设塾馆，探求真理，传播文化，成为开化中国民众的先行者。广州是西方国家从南中国海域进入中国的前站，来华西人多有在此停留或居住的经历，这为他们熟悉中国语言、环境提供了绝佳的契机。来华西人经常开设私塾学堂，免费或以低廉学费招收中外学生，教他们同时学习英文、中文、地理、物理等知识，使他们能够较早地具有宽广的视野。广州的中外书塾就是其中的一个案例。"羊城中外书塾之设也，是延中国举人与西国名儒主席，专以中外文字教习生徒，历有年所矣。兹又将届一年，必须考选以别其才之优劣，以分其功之怠勤。现于十一月初一日，各国领事府暨中国缙绅及洋商等，均到馆内品定其列：第一班一名虚念劼奖银七元，二名冯维茂奖银三元、寒暑针一枝；第二班一名黄亚德奖银五元，二名黄文炳奖银三元、寒暑针一枝；第三班一名黄菊泉奖银五元，二名黄榕根奖银三元；第四班一名林亚河奖银五元，二名高东成奖银三元。以上各人俱能淹通英文，其中明达唐文者梁耀炳奖银四元，胡永中奖银四元，而胡永中因周年到馆，策力弥勤，特加奖银四元。至终年勤读，且能恪遵规矩者，惟梅亚树，亦奖银四元。此皆鼓舞人材，奖励后进之意。想各学者谅能倍加其功，从此进德修业，由小学而臻大成者，可拭目俟之矣。"[1]

除了私塾学堂之外，许多报刊还通过介绍刊物来宣传西方传教士

---

[1] 湛约翰主编：《中外书塾考试》，《中外新闻七日录》（广州）同治六年（1867）十一月十七日，第1版。

及其文化价值观念。《东西洋考每月统纪传》不定期地刊登一些介绍自家刊物的文章，不遗余力地宣扬中西民众的友情，尤其是显示外国人对于中国民众的友善、帮助，希望以此来增进中国民众对自己的了解，消除中西文化之间的隔膜。《东西洋考每月统纪传》中曾有一篇《招签题》，主要讲述该刊创办的背景和资金来源。该刊真实的出版意图是希望通过刊物的编辑和发行，告诉中国人西方的科学、技术、文化，消解中国人的保守和自满心理，以此来推动西方文化在中国的输入和传播。

在近代岭南报刊中，来华西人中的光辉形象系列中除了牧师、教师、编辑外，最为突出的当数医生。许多来华医生具有传教士背景，或者说传教士以医学为途径来传播宗教。这些传教士通过自身高超的医术为封闭、保守、落后的中国民众解除病痛，赢得他们的信任，并以此为契机传播基督福音，这往往比一般的传教更有立竿见影的效果。在近代岭南报刊中，编纂者对于在广州城市生活、工作的医生的报道多注意其高明的医术、无私纯洁的信念以及仁爱博大的胸襟，中国民众对于这些医生也颇为接受。借助近代岭南报刊中的医生系列报道，传教士们向中国民众传播了西方的文化和价值观念，帮助他们形成对于基督教的想象和对西方文化的认同。近代的岭南报刊，时时不忘提醒华人读者，行医不仅仅是一种科学技术，而且是与基督福音密切联系在一起的："宽仁孚众，是耶稣门生本所当为。今有此教之门徒普济施恩，开医院广行阴鸷书情，真可谓怀赒急之仁。每日接杂病人及各项症效，且赖耶稣之宠祐，医病效验焉。有盲者来，多人复见，连染痼疾，得医矣。四方之人常院内挤拥，好不闹热。医生温和慈心，不忍人坐视颠危,而不持不扶也。贵贱、男女、老幼,诸品会聚得痊。"[1]经过报纸如此诠释与宣传,医者及其背后的基督福音显然具有了更为广泛的知名度。这些医生不仅治病救人,而且还撰写医书,传授治病之理,以此推广近代西医及传播基督教。

  通过对近代岭南报刊中广州城市史料的搜集与梳理,可以发现西方殖民者如何影响广州这座城市的近代化进程,从本质而言,这也是西方资本主义对被迫开放的中国城市进行运作、管理的内在逻辑。透过近代岭南报刊中有关广州城市的史料,我们得以重返近代广州的地理、日常生活、城市消费、社会问题、人物塑造等现场,它勾勒出了西方殖民主义对于近代城市的治理观念,以及广州城市在中西文化夹击中迅速发展、逐渐趋于近代化的历史进程。对于广州城市历史的回溯,可以丰富人们对于广府文化的认识,对于广州历史文化名城建设的重新审视;可以吸取近代化广州城市化过程中的教训与启示,为当前的广州城市化建设提供借鉴,推动广州历史文化名城的建设。

[原载《湖南工业大学学报》(社会科学版)2018年第4期]

---

1 爱汉者纂:《广东省城医院》,《东西洋考每月统纪传》(广州)道光乙未年(1835)六月。

贰 热点透视

对"网红审美"应少些迎合

随着新媒体的迅猛发展,具有极高人气和流量的"网红"频现。于是,"网红打卡点""网红奶茶""网红餐馆""网红服饰"等成为很多人追逐的目标。人们对网红审美现象早已习焉不察,自觉或不自觉地投身其中:工作时选择网红设计,打扮时选择网红爆款,吃东西时选择网红美食,休闲时听网红口水歌,无聊时看磨皮滤镜网红影视剧,旅游时到"想你的风吹到了××"之类的标牌处打卡拍照……网红审美现象借助媒介力量迅速占据大众日常生活空间。

随着网红审美的流行,原本丰富多彩的审美体验不断缩小为对于网红范本的模仿,社会审美标准逐渐变得整齐划一,但这种审美标准与现实生活的多样性和复杂性并不相符。审美标准的单一,一方面会扭曲大众审美,让一些人放弃对美的独立思考,导致审美肤浅化,比如一些并无多少审美价值的网红标牌不过是跟风模仿之作,一些没有多少营养价值的网红奶茶不过是商家精心营销的结果,但仅仅因为看到别人"喜欢",一些年轻人就跟着追捧起来;另一方面,不管是文艺创作,还是产品生产,为了迎合所谓的大众审美,都会进一步强化作品和产品在审美上的"标准化",久而久之,会落入模式化窠臼,丧失创新活力。

审美是一个主观而多元化的概念，不同国家、不同文化背景的人会有不同的审美观。网红审美，最多只能算是审美的一种，可为何有那么多人追捧它？人们对于网红审美的接受和追捧，很大程度上是在从众心理下对集体归属感的确认。古斯塔夫·勒庞在《乌合之众：大众心理研究》中指出："群体永远漫游在无意识的领地，随时听命于一切暗示，表现出对理性的影响无动于衷的生物所特有的激情。他们失去了一切批判能力，除极端轻信之外再无别的可能。"群体之所以具有如此强的蛊惑力，就在于个体只有在融入群体后，才会获得与周围世界达成一致的归属感与安全感。一旦个体无法融入群体，他或她就在某种意义上脱离了稳固的阵营，不得不在心理、舆论和行动上承担未知的恐惧。

人们在面对景观、食物、服饰等诸多可选择的事物时，内心更在意外界如何评价、别人如何抉择，他们渴望通过复制群体的行为来体验大众的喜好、节奏，获得个体的存在感，同时也建立一种融入社会的心理安慰或幻想。网红奶茶是否与其他品牌存在口味差别，网红景点是否那么漂亮，网红标牌是否很有地方特色，这些对于个体而言通常并不重要，重要的是人们通过对网红审美的尝试，再次获得了对大众心理的体验，缩小了个人经验与外在世界的差距，重新确认了自己与群体在审美立场上的一致性。

在信息爆炸时代，注意力日渐稀缺，除了极少数自带话题热度的人物和重要事件外，一般的人和事很难获得大众关注。要想在巨大信息密度的资讯空间中脱颖而出，没有背后"推手"的助力是很难实现的。这个"推手"很多时候是资本。网红奶茶、网红打卡点、网红服饰的背后，都隐藏着资本的身影。资本通过各种途径制造网红人物和网红现象，利用自身力量使之在媒介社会进行辐射，人为营造民众对于网红审美的体验需要,"帮助"人们人为制造兴趣。个体在接收到无形大手传递的网红审美信息后,猎奇心和从众心被激发,他们被一步步引导前往网红打卡点亲身体验。反过来,这一行为又进一步强化了民众的需求感和体验兴趣。因此,一些所谓的"网红",不过是资本刻意包装以增加流量或销量的道具。人们如果缺乏独立审美意识,一味地追逐所谓的网红审美,最后可能就会沦为被资本收割的"韭菜"。

各种网红都是通过媒介尤其新媒介塑造出来的。著名学者马歇尔·麦克卢汉曾说:"任何新技术最明显的感知'关闭'或心理影响,正是人们对它的需求。汽车问世以前,谁也不需要汽车。电视节目出现以前,谁也不会对电视感兴趣。技术产生一种迫使人需要它的威力,但是这一威力并不能摆脱技术而独立存在,技术是人体和感官的延伸。"新技术催生出新媒介,新媒介制造出新需求。在资本的操纵下,新媒介会通过制造"社会需要什么""公众在想什么"的幻觉,引导人们在网红审美的幻境中进入其设置的场景。一旦人们缺乏清醒认识,自然接受各种信息投喂,就可能将思考的权力让渡给对方,将个体理性交付给各类媒介及其背后的资本。正如马歇尔·麦克卢汉曾经所告诫人们的那样,"一旦拱手将自己的感官和神经系统交给别人,让人家操纵了——而这些人又想靠租用我们的眼睛、耳朵和神经从中渔利,我们实际上就没有留下任何权利了"。因此,对网红审美保持警惕,也是对新媒介潜在裹挟力与诱导力的警惕。

总之,网红审美现象的不断出现和传播,反映了一些商业机构大力制造关注焦点,努力从眼球经济中套现的动机。资本通过媒介塑造网红审美,引导人们追逐网红审美,根本目的是炒作其热度、提升其价值,以便收割流量或销量红利。面对不断涌现的网红审美现象,我们应多些警惕，少些迎合，在大众狂欢中冷眼观察，在人声鼎沸中敢于质疑，只有这样，才能在众声喧哗、纷繁芜杂中发现真正的美。

（原载《光明日报》2023年10月29日）

火热的网络文学呼唤文学批评

近日,由中国社会科学院文学研究所发布的《2022年中国网络文学发展研究报告》显示,去年中国网络文学用户达4.92亿人,网络文学市场规模达389.3亿元。报告显示,中国网络文学已经进入了蓬勃发展的时期。

中国网络文学起步于20世纪90年代,经过二三十年的发展,业已成为中国文学一种重要类型。进入新世纪后,网络文学空前繁荣,主要表现为以下几方面:一是网络文学优秀作品大量出现,囊括了现实、历史、青春、玄幻、科幻等诸多题材,为新时代社会发展提供文学观照和思想启迪。二是网络文学创作手法不断成熟,作家们锐意创新,努力讲好中国故事。随着网络作家群体的增大和创作经验的丰富,作家们不甘沿袭既有题材内容和叙事手法,不断更新讲述方法、视角、策略,有意反套路叙述,展现创作新类型,融合不同类型、媒介展开故事,从而衍生出新的写作趋势和多元风格。三是网络文学IP爆发,作品被大量改编为影视剧作,满足了不同受众的审美需求。同时,还有不少网络文学作品被改编为动漫、游戏、有声书等,爆款作品不断出现。四是网络文学为社会提供大量就业岗位,推动社会分工持续细化和社会经济发展。一些文学网站或聚焦精品,加快IP转化效率,或在某些文学类型上独树一帜，推动类型文学创作；或是加快付费阅读步伐，提高运营商和写作者的经济收益。网络文学的迅猛发展，使文学在民众生活和社会经济发展中重新焕发活力。

与网络文学的蓬勃发展相对应的是网络文学批评的成绩斐然。新世纪以来，随着网络文学的快速发展，一些学者敏锐地注意到了这一新兴的文学类型，对其进行了持续关注和研究。在学术界，欧阳友权、夏烈、单小曦等长期从事网络文学批评，发表了一系列研究著作，为网络文学批评的崛起做出了贡献。不过与网络文学作品发布后收获的大量线上文学批评相比，线下的学院派文学批评对于网络文学仍显生疏，不仅从事网络文学批评的研究者人数较少，而且学术界对于网络文学的认识和评价与实际情况还有一些出入。

文学批评来源于文学创作实践，火热的网络文学呼唤批评家的介入。对于从事跟踪批评的批评家而言，不应忽略网络文学这股文学新势力的崛起，而应该在阅读、理解的基础上客观评价网络文学，纠正学术界过去形成的关于网络文学的单一、刻板印象。批评家应该努力熟悉网络文学批评的新话语，建立评价网络文学的新标准，适应网络时代文学批评的新要求，对这一具有旺盛生命力的文学类型进行系统深入的研究。

一时代有一时代之文学，一时代亦有一时代之文学批评。网络文学诞生于新媒体迅猛发展的新时代，新技术、新环境、新机遇赋予其无穷的发展空间，文学创新、文学改编与媒介融合将在未来继续推动网络文学发展。网络文学已渐成门类，文学界和批评界应该对新事物的成长持宽容态度，鼓励其进步，以发展的眼光看待尚不完善的事物。只有这样，网络文学才不会只活跃于民间，而在主流文学界、批评界存在感不强。网络文学已经成为重要的文学现象,文学界、批评界理应给予更多回应与指导。

(原载《光明日报》2023 年 4 月 18 日)

投身火热的时代现场方能写出一流作品

第二届王蒙青年作家支持计划·年度特选作家近日揭晓，薛超伟、大头马、三三入选。王蒙激励青年作家，希望他们将写作当作一项长期的事业，既要对生活有欣赏的态度、灵动的把握，也要有一种较劲和苦钻的精神，敢于面对生活中的挑战和问题。

1956年，22岁的青年王蒙在《人民文学》上发表了短篇小说《组织部新来的青年人》，作品直面问题，揭露官僚主义对于革命事业的危害，引发社会各界激烈讨论。在耄耋之年，王蒙深切寄语青年作家，希望他们不仅要欣赏生活，还要与生活较劲，直面生活挑战，意味深长。

正如鲁迅在《热风·随感录四十一》中说过："愿中国青年都摆脱冷气，只是向上走，不必听自暴自弃者流的话。"当代青年人面临着迥异于王蒙青年时代的挑战，但对于有能力、有抱负、有远见的青年人而言，现实生活中的挫折和困难并不可怕，只要解放思想，勇于拼搏，一样可以实现梦想。

学者张江认为："一些经典文艺作品能够穿越时空，具有永恒的价值。这种永恒价值的形成，不是因为作品脱离了自身所处的时代，恰恰相反，优秀的文艺作品，总是首先扎根自己的时代，然后才能为不同时代的人们所欣赏，从而具有永恒性。"对于有追求、有较劲意识、有前瞻精神的青年作家而言，努力融入当下时代，深刻理解社会生活，敏锐把握住青年人的时代际遇，从而为一个时代立此存照，这样才能在深邃、广博的生活里捕捉到最震撼人心的文学现场，使作品具有恒久的价值。

上海70后作家、鲁迅文学奖得主陈仓的"进城系列八部曲"包括《父亲进城》《女儿进城》《麦子进城》《傻子进城》《米昔进城》《小妹进城》《小猪进城》《影子进城》八部作品，作家聚焦于在日常生活中观察到的农民为进入、融入城市而经历的悲欢离合，敏锐地切中了中国城镇化进程中的痛点，为一代进城者进行精神素描，从而使作品具有了文学、历史学、社会学意义上的多重价值。出生于云南保山的80后作家甫跃辉，其长篇小说《嚼铁屑》从日常生活入手，描绘了以侯澈、卢观鱼、高近寒三人为代表的都市白领、"996"程序员、毕业大学生们的人生选择，刻画出他们在情感危机、职场困境、金钱诱惑中所作的选择，昭示着青年人摆脱世俗、抵达精神彼岸的可能途径。由于这些作品无限趋近时代与生活，深入民众生活的里层，因而能精准把握时代脉搏，使作品具有鲜明的时代气息、厚重的思想内涵。

习近平总书记在庆祝中国共产主义青年团成立100周年大会上讲话强调："实现中国梦是一场历史接力赛，当代青年要在实现民族复兴的赛道上奋勇争先。时代总是把历史责任赋予青年。新时代的中国青年，生逢其时、重任在肩，施展才干的舞台无比广阔，实现梦想的前景无比光明。"面对澎湃的时代浪潮，我们的青年作家只有直面生活、咀嚼时代、思考社会，才能创作出优秀作品。中国青年作家都应该摆脱冷气，投身于火热的时代现场，扎根于当代中国环境，深刻领会人民关注的重大问题、核心诉求，创作出无愧于伟大时代的优秀作品。

（原载《光明日报》2023年9月25日）

让革命文化遗产融入现代城市生活

近期，上海市文化和旅游局、上海市文物局正式发布了《上海市不可移动革命文物保护利用报告（2018—2022年）》，系统梳理了上海市的革命文物资源，全面回顾了革命文物的保护和开发情况。这是目前国内首部不可移动革命文物白皮书，为当前城市发展中如何保护、利用革命文化遗产提供了诸多启示。

革命文物是一种宝贵的物质文化资源，记录了优秀中华儿女为国家、民族英勇拼搏的历程，凝聚着特定时代中国人民对于美好生活的执着追求。正如习近平总书记对革命文物工作所作的重要指示："革命文物承载党和人民英勇奋斗的光荣历史，记载中国革命的伟大历程和感人事迹，是党和国家的宝贵财富，是弘扬革命传统和革命文化、加强社会主义精神文明建设、激发爱国热情、振奋民族精神的生动教材。"

革命文物承载着中华民族独立自强的奋斗历史、蕴含着革命先烈的抗争精神，利用好革命文物可以弘扬革命文化传统，传承爱国主义精神，意义十分重大。但在实际生活中，民众却常常触摸不到革命文物，青少年一代对于流血牺牲的革命历史更觉陌生。造成这种现象的原因很多，革命文物资源盘点不清、保护程度不够、系统开发不足、利用方式单一等是重要原因。如何让革命文物保护与开发利用融入现代城市生活，如何让革命文化遗产契合民众的日常生活，使其更好地满足人民群众的文化生活需求、服务中华民族的伟大复兴，这对各级革命文物管理部门提出了新的挑战。

上海是中国共产党的诞生地，革命文物资源丰富，见证了中国革命历史不同阶段的重大事件、重要人物。为了让革命文物融入城市生活，上海市有关部门作出了许多有益的尝试：调动资源对革命文物进行活化利用，在革命文物周边的公园、绿地、广场等处设置革命主题雕塑；利用微信小程序、公众号、网站以及虚拟现实技术等开展线上宣传，对外开放的革命文物中大多数提供现场讲解；注重革命文物外部空间环境的纪念性与开放性，与街区绿地、步行街道、小区广场等活力公共空间的更新激活相结合，如打造"红色一平方公里"行走路线、"鲁迅小道"等，既发挥了公共空间的文体休闲功能，又增强了市民对革命历史的共情。革命文物本身充满了时代性、故事性和励志性，但是其中的宏大理念、爱国精神、奋斗牺牲又与民众的日常生活存在一定的距离，因此需要以革命文物为空间和素材，将革命文物和健康生活、热点技术、视觉故事等进行深度融合，以春风化雨、通俗易懂的方式介绍革命文物及其历史文化信息。

上海市文化和旅游局、上海市文物局正式发布的《上海市不可移动革命文物保护利用报告（2018—2022年）》，既是对上海革命文物资源的盘点，又是对如何全面开发、系统利用、多样呈现革命文物的一次经验介绍。这些成功实践说明，革命文化遗产不仅能够与现代城市生活一起发展，革命精神与文体生活可以相互促进，而且通过民众对于革命文物的现场体验和对于革命者勇于牺牲精神的情感共鸣，还可以助力建构一种更富于历史底蕴、奋斗精神的城市文化传统。

（原载《光明日报》2023年1月13日）

不套用西方理论剪裁中国人的审美

在电视剧《觉醒年代》中，陈独秀、李大钊、胡适、钱玄同、刘半农等人编辑的《新青年》杂志，成为当时年轻人争相阅读的作品。《新青年》在当时的青年群体中影响巨大，这与编辑部同人善于使用青年们喜闻乐见、具有鲜明民族特色的文艺理论与评论话语密切相关。

任何时代的文艺作品都有其独特的形成与发展环境，与之相应，文艺评论也必然与国家、民族、地理、文化、语言等要素密切相关。中华民族在漫长的历史发展进程中，形成了独具特质的审美思维，从《诗经》到《楚辞》再到唐诗、宋词、元曲，无一不彰显着优秀传统文化对于中国人审美观念的建构。因此，鉴赏中国文艺作品也必然应以生长于斯、深谙其神韵的中国评论话语为主体，在创作与评论相互理解的基础上进行深度对话，推动中国文艺理论与评论体系的发展。

近日，中央宣传部等五部门联合印发了《关于加强新时代文艺评论工作的指导意见》（以下简称《意见》），提出"构建中国特色评论话语""建设具有中国特色的文艺理论与评论学科体系、学术体系和话语体系，不套用西方理论剪裁中国人的审美"。当前中国文化发展正经历着由侧重学习、借鉴异域向发掘本土、重视传统的转型，《意见》的出台契合了这一重要的历史节点，是对历史上文艺理论工作经验教训的借鉴与吸收，明确了新时代文艺评论工作的新要求、新目标，鼓舞了文艺理论与评论工作的专家学者。

改革开放之后当代西方文艺理论与作品被全面引进、移植到国内，西方话语凭借其科学性与系统性"鸠占鹊巢"般地占据了中国文学理论的教学与研究格局。在中国文艺理论与评论界，一旦缺少了西方理论与话语，不少学者、批评家几乎不会评价作品，套用西方理论剪裁中国人的审美曾经并且至今仍然是中国文艺评论界一大怪象。

很长一段时间内，一些学者在西方文艺理论的强力裹挟下亦步亦趋，逐渐迷失于外来话语的自我滋生与庞大体系中。尽管如此，仍然有很多富于民族责任感与前瞻意识的学者自觉地肩负起了中国文艺理论话语重建的使命。20世纪90年代正是西方文艺理论被狂热吸收的时段，杨义以中国文学的经验和智慧为本，同时又参照西方叙事学理论，写作了具有现代中国特色学理体系的《中国叙事学》，被一些重要的文学理论专家认为是首部建构中国叙事学理论体系的力作。张江发现新世纪之后的中国文论产生了"失语"的焦虑，中国学者在面对本土作家的文艺作品时必须倚重西方概念和范畴才能进行阐释，于是陆续发表《强制阐释论》等系列论文，出版《作者能不能死——当代西方文论考辨》等著作，对当代西方文艺理论的问题与局限进行全面反思，有力地促进了学术界民族特色文艺理论意识的觉醒，推动了中国特色评论话语建设的发展。

《意见》指出，构建中国特色评论话语，既要继承创新中国古代文艺批评理论优秀遗产，又要批判借鉴现代西方文艺理论，以此为基础建设具有中国特色的文艺理论与评论学科体系、学术体系和话语体系。《意见》指明了建构中国特色文艺理论与评论话语的渠道，即在立足中国古代文艺批评理论优秀遗产的基础上，合理地汲取现代西方文艺理论的营养，以中化西，兼容并蓄，锻造出有中国特色、民族风格的话语体系。

《意见》的出台，反映了党和国家对于中国评论话语建设的高度重视，是对当前国内评论界过度推崇西方话语、民族特色话语削弱现状的精准把脉，具有十分重要的意义，其价值与影响将在不久的将来日益呈现出来。

（原载《光明日报》2021 年 8 月 11 日）

用好北京冬奥会的文化遗产

北京冬奥会为世界人民留下了无数精彩、难忘的瞬间，在赛事结束之后回眸，这一届冬奥会还给我们留下了什么呢？

现代奥运会始于1896年，它既是世界各国之间体育、科技、精神能力的一次集中展现，又是人类为推动竞技在政治、经济、文化等各个领域不断追求进步的过程。奥运文化是一种以体育为载体的文化形态，体育是奥运文化的外在形式，但奥运文化还有着更为内在的文化价值，这是其与一般体育竞赛的重要区别。北京冬奥会除了体现国际奥委会前主席萨马兰奇所说"一种将身体、精神与意志和谐统一在一起的人生哲学"，也为世界奥运史留下了一份弥足珍贵的文化遗产。

北京冬奥会开幕式、闭幕式追求一种人民性，鲜明地表现了快乐奥运理念。开幕式中200多人的人民群体，由各行各业的代表、国家功勋以及各民族的代表组成；闭幕式的1300名演职人员同样是来自各大中小学、各行各业的普通群众。这些安排让更多普通民众走近、融入奥运会，感受奥运会的快乐、温暖、感动。人民是国家的主人翁，广大人民的参与和喜爱，才是奥运会在中国得以扎根、发芽、生长的内在动力。北京冬奥会注重人民性理念的传达，既是中国政治、经济、科技、文化等行业迅速发展后文化自信的必然呈现，也是中国人民热情洋溢、团结友善欢迎全世界朋友态度的自然流露。

北京冬奥会追求中华优秀传统文化与科学技术的融合，鲜明地表现了奥运会的中国文化特色。优秀传统文化早已内化为中华民族的内在追求和审美趣味，代表着中华民族独特的气质。习近平总书记强调："中华优秀传统文化是中华民族的精神命脉。要努力从中华民族世世代代形成和积累的优秀传统文化中汲取营养和智慧，延续文化基因，萃取思想精华，展现精神魅力。"在开幕式上，二十四节气从"雨水"开始到"立春"落定，将中国古代关于岁月的算法及其体现出的人与自然和谐相处的观念进行了一次生动展现。开幕式"奥运五环"的亮相则采用了李白诗歌中"黄河之水天上来"的构想，让黄河水铺满整个大地，水凝结成冰后，在鸟巢舞台中央拔地而起。北京冬奥会不仅重视中华优秀传统文化的呈现，而且以科技手段、时代精神重新激活中华优秀传统文化，对优秀传统文化进行了创造性转化。

北京冬奥会追求疫情防控与体育竞赛的协调，鲜明地表达了中国人民与世界人民互爱互助、休戚与共的人类命运共同体意识。在世界疫情此起彼伏、新冠病毒感染人数仍然众多的背景下，如何保障冬奥会期间世界各国运动员的安全，北京交出了一份优异的答卷。北京冬奥会闭幕式用红色作为闭幕式的主打颜色，这是中华民族最喜爱的颜色，它不仅代表着喜庆、祥和与幸福，而且氤氲着千百年来的秦汉气息、唐宋遗风、元明清神韵，还象征着近代以来中华民族的革命史、奋斗史。当前人类正处在面对疫情的艰难时刻，红色寓意着世界人民在苦难中的坚守与温暖，寓意着全球一起抗击疫情、面向未来的勇气与希望。北京冬奥会既是一场体育赛事，也是世界人民相互了解、团结一致的聚会，中国红将这种温暖以视觉化的方式传递到全球。

冬奥会不仅是体育竞技的赛场，也是展示世界各国文化的绝佳舞台。音乐是人类通用的语言，能够起到文字难以传达的微妙作用，它能起到振奋运动精神、带动现场气氛、提升观看体验等多重效果。冬奥会开幕式主题歌《雪花》，歌词简洁而视野阔远，"天下一家"构成了主题曲的核心价值观念。北京冬奥会建设了冬奥赛时音乐曲库，囊括了全世界的主流音乐风格。正是这些精心挑选的或激昂热烈或舒缓悠扬的音乐，将中国人的审美旨趣与世界各地的文化审美进行融汇，它们是人类共同的精神财富。而北京冬奥会相关的音乐、影视、文学艺术、雕塑、邮票、绘画、摄影等丰富的周边作品，也将在今后很长的一段时间内，被提起、被传播、被牢记。

北京冬奥会已经落下了帷幕，它不仅留下了无数令人振奋的比赛、令人难忘的时刻，而且也留下了各国运动员相互鼓励、抚慰人心的感人瞬间，更留下了走向富强的中国，注重人民性、快乐办奥运、创新中华优秀传统文化、以开放多元心态拥抱世界等可圈可点的记忆，这注定是一笔弥足珍贵的冬奥会文化遗产。

（原载《光明日报》2022年2月23日）

古装剧应在细节中传承历史文化

近日，国家广电总局召开电视剧创作座谈会，强调要坚定文化自信、传承中华文明，古装剧美术要真实还原所涉历史时期的建筑、服装、服饰、化妆等基本风格样貌，不要随意化用、跟风模仿外国风格样式。国家广电总局的这一要求旗帜鲜明地强调文化自信和历史真实，对提高古装剧艺术水平有直接的指导意义，也有很强的可操作性。

从20世纪90年代开始，大众文化消费需求高涨，一些古装影视剧为迎合市民群体的审美趣味，不断增加插科打诨内容、男欢女爱情节、穿越古今历史、模仿国外样式，虽然一时制造了噱头，却与传承宣传中华文明相去甚远。这些流行于一时的电视剧暴露出了许多问题：虚化人生场景，日常生活隐遁于剧情；淡化历史语境，人物生活在真空世界；消解社会关系，沉浸于男女之情的纠葛。在这些玄幻、空洞的古装神话剧、仙侠剧、玄幻剧的氛围里，历史时代成了虚无背景，人生意义转换为男欢女爱。更有一些设计，与历史相左，与情理相悖，毫无文化因素，古装剧成了无脑剧。一些作品缺乏起码的古代社会生活常识，胡编乱造，肆意添加外国元素，随意穿越古今阶段，对广大电视剧观众尤其是青少年产生消极影响。

有文学批评家认为，作家创作应具有合乎情理的逻辑、绵密的细节、于环环相扣中建立的说服力，只有将这些基础打好了，一部作品才可能打动人心："读者对一部小说的信任，正是来源于它在细节和经验中一点一点累积起来的真实感"，"一部小说无论要传达多么伟大的人心与灵魂层面的发现，都必须有一个非常真实的物质外壳来盛装它"。对于小说细节价值的强调，同样适用于古装剧的制作。一部电视剧选择通过古装形式拍摄，必然是因为主人公和故事发生于某个特定历史时代，电视剧美术应努力打造与这个阶段相匹配的建筑、服装、服饰、化妆、语言、钱币、礼仪等生活场景，从而在历史语境中呈现出人物的精神风貌和时代气息。只有将古装剧发生的历史时代背景安排得扎实，人物特质及时代氛围才能自然形成，观众才能通过一部古装剧更深刻地领悟一个历史时代的社会场景、生活细节，电视剧才有了一个坚实的物质外壳。

一度流行的古装神话剧、仙侠剧、玄幻剧等古装剧，淡化了故事的历史背景和时代语境，它们虽然不否定历史文化、民族文化，但却通过电视剧虚幻的场景、空洞的情节、抽空的社会语境，事实上淡化了文化历史，消解了民族传统与精神，在刻意渲染的神话、玄幻、仙侠的表象下，使大众只见到美轮美奂的画面和俊男靓女的情感故事，久而久之，受众会对真实历史、人的社会价值与人生意义等基本问题形成隔膜，在钝化的情感世界中虚化历史认知与现实感受。一些观众甚至会把流行剧与历史相混淆，形成颠覆混乱的历史印象，进而形成畸形的历史观、人生观。

国家广电总局在电视剧创作座谈会上强调，古装剧美术要真实还原所涉历史时期的日常生活场景，有着明确的指向性和导向性。"观乎人文，以化成天下"，努力将对优秀传统文化的传承落实到具体的、真实可感的文艺作品中，让艺术集中展现出传统文化的动人魅力，人们在生活中对传统文化的继承和发扬才会更加自觉、自然。从这个方面看,电视剧的服装、美术绝非小事。

(原载《光明日报》2022 年 7 月 13 日)

书法进入一级学科　弘扬传统文化落地

近日国务院学位委员会、教育部印发《研究生教育学科专业目录（2022年）》，将"美术与书法"正式列为一级学科，2023年下半年启动招生的研究生培养计划将按照新版学科专业执行。这个消息对于中国书法界无疑是一场及时雨，在国家大力弘扬中华优秀传统文化的时代背景下，书法也迎来了宝贵的发展机遇。

书法是中华民族最具代表性的文化象征之一，它融合了多种艺术形式，润泽了无数代中国人的心灵世界。王羲之的《兰亭集序》、欧阳询的《皇甫诞碑》、张旭的《古诗四帖》、颜真卿的《颜氏家庙碑》、柳公权的《玄秘塔碑》、苏轼的《黄州寒食帖》等历代书法精品，在一撇一捺、起承转合中展现书法家多方面的感悟，成为中华传统文化的重要载体。书法家通过一支毛笔纵横纸上，能将山河沉淀为多变的笔画，将或炽热或沉郁的情感镌刻进人心，昭示着审美高度与深厚底蕴。

从这个意义上而言，书法正式成为一级学科并可设置博士学位具有重要意义。将其从美术学下的二级学科脱离出来，成为具有独立属性的学科门类，是对研究生阶段书法专业价值的重新认识，有利于专业学位类别的完善，显示出教育部门从学科专业上更加重视书法。同时，书法从艺术学、美术学门类中独立为一个专业，也与当下国家大力弘扬中华优秀传统文化具有密不可分的关系。

20世纪90年代中期以来,党和国家制定了一系列政策,大力推动中华文化复苏与发展。

2017年,中共中央办公厅、国务院办公厅印发了《关于实施中华优秀传统文化传承发展工程的意见》,在全国掀起了学习中华优秀传统文化的热潮。与此同时,电视、新媒体也纷纷推出《中国诗词大会》《国家宝藏》等节目,为传统文化发展与传播助力。中国书法具有变化多端的笔法、结构和章法,优秀的书法作品可谓是一首无言的诗、一幅无声的画、一支有形的舞。社会各界大力弘扬中华传统文化方兴未艾,将书法列入一级学科,可设置博士学位,很显然是对传统文化复兴潮流的准确认识与强力推动。

中华文化积淀着中华民族最深沉的精神追求,是中华民族生生不息、发展壮大的丰厚滋养。保护与弘扬中华文化具有重要价值,但如何使之落到实处却值得思考。将书法列入研究生教育学位专业目录中的一级学科,是从顶层设计上重新布局书法专业,通过提高其学科地位,夯实后继人才支撑,从国家层面为书法专业硕士生、博士生拓展发展空间,这显然比一些以弘扬中华文化名义举办的短期性活动更有深远意义。书法成为一级学科,为我们重新理解"如何弘扬中华文化、怎样培养传统文化接班人"的命题提供了新的启示。

(原载《光明日报》2022年9月30日)

保护原创网络文化生态当成共识

近日,习近平主席签署中华人民共和国第六十二号主席令,宣布自 2021 年 6 月 1 日起实施修订后的《中华人民共和国著作权法》。值得关注的是,在这次的著作权法修订中,第十三届全国人民代表大会常务委员会针对著作权法在社会生活中的实际情况,将视听作品、信息网络传播权及符合作品特征的其他智力成果纳入著作权范畴。

1990 年 9 月 7 日,第七届全国人民代表大会常务委员会第十五次会议通过了《中华人民共和国著作权法》,这标志着中国在著作权保护上取得了突破性进展。随着社会生活的发展与著作权法在实践中不断遇到新的问题,全国人民代表大会常务委员会分别在 2001 年、2010 年对《中华人民共和国著作权法》进行了第一次、第二次修订。尽管如此,著作权法在面对网络著作权利的保护、新闻单位工作人员职务作品的权利等方面还是存在着不少模糊的地方。此次修订中,全国人大常委会针对当前社会实践中存在的诸多著作权法的争议,将这些问题纳入了法律的管辖范围,使著作权法真正做到了与时俱进,有力地回应了社会生活中大众的关注与呼吁。

从 20 世纪 90 年代末互联网进入中国以来,虽然只有 20 多年的发展时间,互联网却已显示出强大的生命力,日益成为民众日常生活学习不可或缺的重要工具。不过互联网带来的一系列社会、法律问题却一直难以得到有效的监管。在网络文化的发展中，出现过诸如网络恶搞、影视作品下载等侵权现象，这些现象多与著作权相关。究其原因，一方面在于侵权现象普遍存在、侵权举证艰难等问题，让一些侵权人存有法不责众的侥幸心理；另一方面还在于相关法律缺乏对于新媒体时代著作权内容保护的更新及司法实践环节的细化，粗放式的法律条例必然带来管理上的疏松。《中华人民共和国著作权法》第三次修订案的公布及实施，反映了国家治理能力的不断完善及其精细化发展。全国人大常委会根据著作权在社会实践中遇到的问题，及时地修订法律条文，对司法实践进行引导，将有力地改善新媒体时代的互联网生态。

在互联网上，作品保护情况最能考验一个社会面对知识、面对原创的态度。在一个法制观念淡漠、不当获利普遍存在的环境中，原创的知识人步履维艰，著作的发布或出版同时也意味着盗版、侵权的开始。只有尊重开创、保护原创成为社会公约后，知识者的创造力才能够源源不断地被激发，才能够形成知识就是生产力的良性循环。将包括视听产品、符合作品特征的其他智力成果纳入著作权法的保护范围，反映了社会法治观念的健全与进步。

著作权法实施30年以来，有力地推动了社会对于著作权的认识。作为一个发展中国家，我国在著作权保护方面做了许多工作，也存在着一些不足。著作权的保护是一项系统工程，面临的问题也十分复杂，需要在长期的实践中不断地修订法律、指导司法实践。著作权法历经3次修订，及时吸收司法经验与社会生活实际情况，对新近出现的著作权案例进行分析、厘定，不断丰富法律条文，显示出了与时俱进、革故鼎新的精神。新版著作权法实施后，尊重知识、推崇原创必将逐渐成为社会共识。

（原载《光明日报》2020年11月16日）

中国生态文学召唤本土批评话语

相对于生态文学创作的日趋火热，中国的生态文学批评话语建设则明显滞后。如何在借鉴西方生态批评话语的同时，建构具有本土特质的生态文学批评，成为中国生态文学批评界亟待解决的重要问题。

一时代有一时代之环境，一时期亦有一时期之文学。文学作品的形成得益于特定的历史时代与自然环境，相应地，文学批评也必然与历史、社会、自然等要素具有密切关系。近些年中国当代文学中出现了一批颇为引人注目的作品，如李娟的《遥远的向日葵地》、艾平的《隐于辽阔的时光》、沈念的《大湖消息》、哲夫的《水土——中国水土生态报告》、刘醒龙的《上上长江》、华海的《蓝之岛》、侯良学的《自然疗法》、杨文丰的《病盆景》等，推动了生态文学浪潮的进一步发展。鉴赏中国生态文学作品，必然要求深谙其审美气质和思想特质的中国生态文学批评话语，以便在创作与理论并行发展的基础上，使二者进行有效对话，推动中国生态文学的发展。然而相对于生态文学创作的日趋火热，中国的生态文学批评话语建设则明显滞后。如何在借鉴西方生态批评话语的同时，建构具有本土特质的生态文学批评，成为中国生态文学批评界亟待解决的重要问题。

20 世纪 80 年代以来，西方生态批评话语不断被引介到国内，推动了社会各界对于环境破坏与污染问题的重视,促进了中国文学生态意识的觉醒。不过也应该看到,西方生态批评话语的强势进入,也导致了中国生态文学批评中普遍存在着以西方理论剪裁中国生态文学、以西方生态批评话语强制阐释中国生态作品的现象。

要解决中国生态文学批评过度依赖西方生态批评话语的问题,应该从以下三个方面着手进行改进:首先,中国学术界需要清理中国古代生态文化资源,重新镀亮民族传统文化的生态要素。中国古代文化史上留下了很多具有生态因子的表述和概念,如"人法地,地法天,天法道,道法自然"(《道德经·第二十五章》)、"不违农时,谷不可胜食也;数罟不入洿池,鱼鳖不可胜食也;斧斤以时入山林,材木不可胜用也"(《孟子》)、"天地与我并生,而万物与我为一"(《庄子·齐物论》)、"子钓而不纲,弋不射宿"(《论语》)、"万物各得其和以生,各得其养以成"(《荀子》)等,但这些表述和概念含义繁杂,既有契合自然生态的因子,又有更多的哲学、社会学因子。面对丰富的文化遗产,我们需要做好溯本清源的工作,厘定这些表述和概念的生态要素,对其进行生态文学批评实践的尝试,使之成为可供生态文学研究使用的有效概念和理论。

其次,学术界需要从中国生态文本中提炼出具有民族特色的生态概念,使之成为在批评中行之有效的术语。中华民族在历史发展中,形成了独具特质的审美心理、文化沉淀和思维方式,从《诗经》《楚辞》至唐诗、宋词、元曲、明清小说,处处昭示着历史、文化、地理、思维等因素对于国人审美趣味和价值观念的深远影响。中西方在历史阶段、民族文化和思维方式等诸多方面存在着显著差异,中国作家的生态文学写作必然带有鲜明的中华民族审美旨趣和价值诉求,只有浸润其中而提炼出的本土术语,才能精妙地概括出中国生态文学作品的内在气质和价值。例如作家艾平多年来从事生态散文写作,她长期生活在内蒙古呼伦贝尔,对于大草原上蒙古族的历史、现状和民众的生活、信仰、心理有着常人难以企及的深刻理解。作为地道的草原人,艾平与牧民们相爱相知,她在作品中对于隐藏于草原密林深处的万万年前的潮湿、温度和气韵的感知,对于泥土一样质朴价值观的追求,鲜明地呈现出草原人民的生态诗兴智慧,而非西方的生态伦理学、生态哲学。只有对于中国作家的生态写作中的观念、体验、表述等进行提纯,才有可能提炼出独树一帜的本土生态批评术语。

此外,中国生态文学批评应该努力回到文学本位,强调生态审美的价值。生态文学归根结底是一种文学,审美属性是它的根本属性。一旦忽略了这一点,那么生态文学就会成为生态社会学、生态政治学、生态伦理学、生态哲学等观念的跑马场,而丧失了其文学审美内涵。新世纪后出现生态文学及其批评的繁荣,最根本的原因就在于现实生活中的生态危机日趋严重,作家和批评家们为了引起社会各界对于生态危机的重视,因而通过各种耸人听闻的生态灾难、人祸进行传达。这既是生态文学迅速出圈引发舆论关注的契机和前进的动力,但也为生态文学批评带来了诸多束缚。批评家们对中国生态文学作品所作的思想主题和社会认识的重视,已经远远超过了对于作品文学审美性的关注。换言之,很多中国生态批评家们关注的是生态文学作品中的生态事件及其背后隐藏的社会理念,对生态文学是否展现出了审美的精神性则较少关注。

中国当代生态文学正处于方兴未艾的状态,优秀生态文学作品不断涌现,社会各界对于这一题材倾注了更多关注。火热的生态题材召唤着中国作家,优秀的生态作品期待着中国生态批评的关注。相信随着中国生态文学创作队伍的迅速壮大和生态批评民族本土意识的强化，建构独具特色的中国生态文学批评话语将不是遥远的梦想。

（原载《文学报》2023 年 9 月 28 日）

叁 坐拥书城

生态视野下的现代文明省思

——评陈应松长篇小说《森林沉默》

作为一个在森林深处进行人生体悟与文学创作的作家，陈应松在以往的"神农架系列"里向读者展示了一个瑰丽玄奇的神农架王国。而在长篇小说《森林沉默》中，陈应松则创造出一个庞大的森林世界。在这部小说中，陈应松对近百种动植物进行了图谱式描写，细致地表现了森林中的自然生态，带领读者走近原住民那充满粗野蛮力和本真信仰的生活。陈应松带着人们走进现代社会很少涉足的森林世界，当人们为这片森林的浩瀚、雄丽称奇的时候，陈应松又引出一个沉重的问题：当这样的森林之美在现代文明的发展之下日益消亡，我们如何听到森林的痛哭和呼喊？在还原森林原始面貌的同时，陈应松看到了时代的车轮强势地碾过这片森林的必然命运，以山区飞机场的修建为切入口，陈应松写出了现代话语下原始森林的悲痛遭遇，以及原住民们在被物质文明侵袭之后的凄惨命运。在探寻答案的过程中，陈应松表达了对现代生态处境的担忧，也透过森林的悲剧对现代社会和人类进行了一次沉痛的审问。

一、权威的解构与现代文明的审问

《森林沉默》是一部在想象与现实的边界游走的作品，读者既可以在小说中看到许多与现代文明截然不同的玄幻想象，又可以欣赏到许多只存在于神话传说里的动植物，陈应松还在故事里别出心裁地注入了许多现实元素。正如陈应松所说"写生态，更要表达广阔的现实世界"，他始终紧贴现实去进行想象。在这样的故事架构之下，纯朴的森林原住民便与现代社会产生了密切的交会，现代人也由此走进森林。对于进入森林的现代人，陈应松始终用审视的目光凝视着他们，并对他们身上所代表的现代权威进行了拷问。

当现代人现身于故事之中时，首先便被赋予了一种身份的权威特征，陈应松对他们在现代文明中的社会身份进行了多次的强调：来抓捕麻古的领导是保卫科科长；来视察头发树的李工是林业局的总工程师，是一位从华中林业大学毕业的林业专家；花仙、牛冰劼和他们的导师都是具有博士学位的高级知识分子。当这些人的身份被凸显出来，他们就被设立于一个高高在上的位置，既享受着社会的名利，又拥有着山区居民们的敬畏。但是陈应松又很快地将他们从"神坛"上拉了下来。当这些现代人进入森林并与原住民们进行接触之后，他们身上的平庸、粗俗、丑恶都被一一揭露了出来。小说描写了许多啼笑皆非的情节：保卫科的保安像一群饿狼一样抢着喝野猪肉汤；林业专家喝了戴老泉的溜溜酒，脸肿得像猪头，眼睛肿得只剩下一条缝；花仙在大自然之下彻底释放自我，与半人半兽的戴獶进行了肉体的交媾。这是陈应松对现代人毫不留情的嘲讽，他们在社会上的权威身份与在森林中的粗野行为形成了强烈的对照，在两极对比的描写当中，现代人的社会地位和文化身份都成了可笑的装饰，他们所代表的社会权威也因此被消解。

陈应松对现代人身份的消解与对他们所代表的社会权威的解构，体现了陈应松对现代社会文明虚弱性的体察。在陈应松的笔下，森林外面的世界是可怕的，即便现代社会中没有森林中横行的猛兽，但是却有很多由虚伪的现代人组成的"社会怪兽"。高校教授牛冰玦便是被陈应松痛斥的一个"社会怪兽"，陈应松通过花仙的日记对牛冰玦表达了不齿和愤恨："你有严重的偏见，你扎挣和纠缠在那个污浊社会的名利中不可自拔，而一个研究者的灵性被榨干，面目全非，成为了一匹社会怪兽。"陈应松还将戴玃跟牛冰玦进行对比，戴玃被牛冰玦断定为唐氏综合症患者，但是他在花仙眼中却是"山中精灵，几乎就是一个传说中的存在，是神一样的存在"。通过两者的对比，陈应松对牛冰玦这样的伪君子进行了无情的奚落，牛冰玦在学术名利圈中挣扎、沉沦，他费尽心思得来的社会名誉和地位，远远不及戴玃纯净的灵魂可贵。但是让陈应松失望的是，森林中只有一个戴玃，但是这个社会上却有千万个牛冰玦。而且更加讽刺的是，反而是这样肮脏的人格，获得了权力场争斗的胜利，善良的花仙及其老师却死于非命。通过牛冰玦这个"社会怪兽"，陈应松展现了对失控的社会规则的不满，以及对现代人类脆弱的人性的不安。

二、文明与野性的对立话语建构

在陈应松所建造的森林世界里，存在着两个不同的话语体系，一个是以新建的飞机场为代表的城市先进文明，一个是以森林原住民和鸟兽为代表的原始生命野性。咕噜山区的人们拥有着原始的野性和蛮力，因此他们得以顽强地在这片远古森林里存活。但是咕噜山区飞机场的建设打破了他们简单而坚实的生活模式，咕噜山区原住民古老而纯粹的生活观念无法与来势汹汹的现代文明和谐相处，文明与野性的强烈对立在这片远古之地确立。

在陈应松以往的创作中，"对立"并不是一个罕见的主题，其中最为常见的便是人与自然的对立,正如陈应松所说:"对立无处不在,世界的秩序就是猎杀与被猎杀。"但是在《森林沉默》中,陈应松的对立话语建构从人与自然的矛盾冲突中跳脱出来,进入了一个更广阔的层面——文明与野性的对立。这看似相似的两组概念,实际上有着不同的内涵,人与自然的对立是不同的生命形态之间的矛盾,而文明与野性的对立是不同的生存模式之间的冲突,陈应松在《森林沉默》里试图建构的是一种因人类不同的生存观念所导致的对立悲剧。在很多时候,人们更多看到的是经济发展之下人与自然的矛盾问题,而忽略了人类在时代的浪潮之下所产生的群体差异和文化割裂。在历史的巨浪之下,陈应松看到了两种截然不同的生存状态,一种跟随着历史的脚步飞速前进,完美地融入现代物质生活中;另一种则被按下了历史的暂停键,在时代的洪流中坚守着原始的生活信仰。

戢獂的叔叔麻古的故事很好地体现了这两种生存模式的对立。飞机场建成之后,麻古失去了自己的土地,养的几万只蜜蜂也离他而去,麻古从此失去心灵的归依。后来村长为他谋得一份机场的工作,在现代人眼里在机场工作比在田野里劳作轻松,但是麻古仍然心心念念他消失的土地。他甚至在机场的草坪里偷偷种下一小株庄稼,将这一抹绿色作为自己的灵魂依托,那是他对自我生命最原始也是最深切的渴望。当这份小心翼翼的渴望也被无情击碎后,麻古选择攀上咕噜山区的高峰,以惊人的毅力在那里建筑自己的理想国,最后凄惨地死在断裂的鹰嘴岩上。土地是以麻古为代表的原住民们最原始的信仰,他们依靠着大地而生存,但是飞机场的修建使得咕噜山区再无庄稼,原住民们朴实的生活轰然倒塌。在麻古死去之前所唱的儿歌里有一句"不种庄稼吃个啥",这是麻古在临死前对渴求的土地最后的呼唤,也是对死去的森林和消失的田野的挽歌。"他以自己的整个身心致力于一种没有效果的事业，而这是为了对大地的无限热爱必须付出的代价。"通过这样一个西西弗式的悲剧英雄形象，陈应松看到文明与野性的对立之下野性消亡的悲痛事实。当物质文明在这个偏僻贫瘠的山区开始横行，飞速进步的时代却无法保证原住民们基本的精神渴求，他们在现代文明面前毫无抵抗之力，只能随着命运一起沉没下去，在文明的侵袭下悲惨地死去。

在麻古的死亡背后，是陈应松对文明与野性对立的思索。陈应松无意创造一个桃花源式的世界，在他笔下的森林从来都不是孤立存在的，现代文明对原始森林世界的介入随处可见，麻古最后的死亡是物质文明倾覆原始生活的结果。森林死去，野性消亡，百兽逃奔，这些都是文明在带来繁盛的同时给予的痛苦。陈应松也曾在《森林沉默》里用想象涂抹出一点儿希望，在飞机场正式修建之前，戴獭在白辛树上看到一场天空之战，是一架飞机与一只苍鹰的搏斗，而这实际上是文明与野性在这片森林的搏斗与厮杀。在陈应松的描写中，那是一只英勇的铁鹰，它与它的同伴把飞机啄得千疮百孔，这是陈应松对野性抵抗文明侵袭的美好想象。但是美好的希望终究幻灭，"推土机沉重的履带将把那些生活了千年万年的种子和根须埋入地下，让它们永远不再生长"。文明最后还是吞噬了野性，森林也失去了它原本的生命活力，陈应松透过这一切看到人类现代文明所附带的伤痛。在物质文明日益发展壮大的时代话语之下，陈应松敏锐地察觉到人类原始生命力的委顿，以及剧烈转型的时代对人类灵魂野性的破坏。

三、神灵世界之下的罪罚循环

在看到现代人性的脆弱与丑恶、文明与野性的对立悲剧之后，陈应松又进一步洞悉了人与自然之间循环上演的生与死、罪与罚。陈应松让神灵在这片远古森林里现身,《森林沉默》中到处都有神灵的踪影,正如陈应松所说的"要让神农架跟奥林匹斯山一样住满神灵"。他在咕噜山区放置了月亮山精、白毛精、膏肓神、黄芪精等各式各样的神灵形象,而这些神灵的现身往往带来自然对人类的惩罚。

在《森林沉默》的神灵世界之下,善恶报应的因果循环故事一直在重复上演。杀豹人杀害了森林中的最后一只豹,而他剥下的豹皮让孔不留在月亮之下发疯。被孔不留割掉的豹尾成为戴獏一生的噩梦,并且让他在恐惧的驱使下爬上白辛树,在那里度过一个又一个漫长的黑夜。麻古跟其他工地上的人合谋杀死了老熊,吃了熊肉,并且导致了小熊凄惨死去,后来他在鹰嘴岩上辛勤耕种时,一道天雷劈断了从地面通往鹰嘴岩的路,麻古无法重返地面,最后抱着他还未种好的庄稼独自迎接死亡。人们在森林中尽情地开拓自己的疆土,一窝蜂地去天音梁子抢宝,破坏了珍贵的何首乌,而何首乌喷出的白液却间接造成了指挥部一个工程人员的死亡。还有那个在咕噜山区以一种强势的姿态存在的飞机场,它的修建破坏了整个咕噜山区的生态平衡,鸟兽的生存空间被压榨,甚至很多生灵因此失去生命。女博士花仙的导师所乘坐的那架飞机最后在雷暴天气中坠毁,自然的征服者却在他们引以为傲的现代文明中死去。人们对自然的伤害和亵渎,森林都以同样的形式对人类进行报复。人们对自然进行的迫害最终都回旋到自己身上,他们以相同的方式失去了自己的生命。

但是这样的因果报应并未使得故事多了几分报复的快感,整个故事、整座森林依旧被一种沉重感笼罩着,这是因为陈应松在这样的罪罚循环之下,写出了人与自然搏斗的无解性。在看到人类对森林所造成的伤害之后,陈应松让神灵现身惩罚了残害生灵的人类,但是人与自然的相互搏斗、厮杀并未结束,森林的故事仍旧在继续着,新一轮的搏斗、杀戮又在上演着。陈应松的忧思是极为现实和紧迫的："这就是世界的未来、地球的未来。一个生命的轮回周期结束了，一个繁茂和砍伐的周期结束了，新的生命周期又会开始。"陈应松笔下的森林成了一个循环往复的屠场，人类在这里经历了猎杀和被猎杀，而下一批猎杀者仍然会出现在森林中。《森林沉默》里的开头与结尾也构成了一个循环，故事以森林里最后一只豹的死亡展开，又以戡獯种下的一棵全新的白辛树而结尾，生与死、罪与罚形成了一个无法挣脱的闭环。当杀戮的罪恶与惩罚在这个世界不断重复，人与自然之间的悲剧命运就会无休止地上演。

（原载《长江丛刊》2021 年 7 月上旬。杨思琪为第二作者）

扬文化之帆，发时代之声

——读伍第政《中国精神》

中国精神的核心价值是什么？这些精神文化现象对于中国特色社会主义建设有何意义？文化历史研究学者伍第政在其新作《中国精神》中，从历时性的视角深入追溯和分析了中国历代具有代表性的精神文化现象，为我们在新时代的语境中更好地认识中国传统文化提供了一个新的视角。

以爱国主义为核心的民族精神和以改革创新为核心的时代精神共同形成了中国精神。《中国精神》分门别类地考察了中国历代最具代表性的以精神命名的各类文化现象，从传统文化篇、革命斗争篇、艰苦创业篇和改革开放篇四个角度梳理了中华民族精神、时代精神，对儒家精神、道家精神、法家精神、红船精神、井冈山精神、延安精神、南泥湾精神、大寨精神、红旗渠精神等精神文化现象进行了历时性梳理，论述了它们的发展过程、表现方式以及文化意义。在作者看来，中国历代精神文化现象虽有着不同的起源、发展、传播过程，但它们对于今天中国社会发展依然具有重要的信仰意义和启迪作用。伍第政在书中强调："中华民族在多民族的共同发展、相互交融中形成了多民族的共同融合、多样文化协同发展的精神格局，孕育了以厚德载物、自强不息、公而忘私、亲仁善邻、谦敬礼让、修身自省、言行一致等为主要内容的古代中国精神,成为历代中国人精神世界和价值追求的底色。"在此基础上,中国人民在时代发展进程中又涌现了许多精神现象,尤其是在中国共产党率领全国各族人民进行革命斗争和社会主义现代化建设过程中形成的红色精神,逐渐沉淀为中华民族新的精神气质。作者通过对历代精神文化现象的再现与阐释,重返历史现场,使其焕发出新的文化活力和人格魅力,让读者在抚今追昔中不忘初心,牢记自己所肩负的时代使命和社会责任。

在《中国精神》中,伍第政辩证性地看待中国历代的各种精神文化现象,给予全面而到位的评价。该书一方面大力发掘不同时期各类精神文化的历史价值、文化影响和社会意义,旨在通过对中国精神构成要素的系统揭示,展现中华民族的厚重积淀与文化自信,但在另一方面,作者也并不讳言传统文化中存在的消极因素,以此提醒人们在吸收传统文化精神养料的同时弃其糟粕。在谈到儒家精神对于中华民族历史思维模式的影响时,伍第政既看到了中国人将思维对象置于历史坐标、习惯从历史进程中获得经验和知识的长处,又发现了其历史局限性。在分析儒家精神对儒者身份的影响时,作者看到了传统知识分子对于政治和社会知识更为敏感,也指出他们对纯粹知识的探索有所不足。这样全面辩证的思考,在对道家精神、法家精神、墨家精神、中华武术精神等现象的分析中俯拾皆是,显示出作者把握精神文化现象时思考的深度与判断的审慎。

《中国精神》的重要价值在于将"中国精神"历史化。中国不同历史时期出现过许多在当时具有重要影响的精神文化现象,但是随着时代变迁,不少昔日盛极一时的精神文化现象渐渐消逝于历史的浩瀚烟尘之中,即便是依然具有潜在影响的精神文化现象也在粗粝、世俗的生活中面貌模糊。有鉴于此,伍第政在著作中对众多具有代表性的精神文化现象进行追本溯源，将其放置于具体的历史起源语境中加以勾勒，努力还原其形成、演变的不同阶段，从而立体式呈现出它们的阶段特点与时代内涵。不同于许多学者喜欢在著作中进行理论推演与抽象演绎，该书努力追求有血有肉的历史真实感，作者通过对一些重要事件背后的历史细节进行补充，使人们对于与此相关的精神文化现象有了更全面、更符合逻辑的理解。比如，对"焚书坑儒"事件内在原因的分析，对武术走上戏曲舞台的历史梳理，都是通过一系列细节的引入，使我们对于中国历代精神文化现象的发展脉络及其影响不是停留于朦胧记忆与混沌感受的层面，而是有了更深刻更丰富的理解，无疑也增强了其作品的可读性和趣味性。

追求对各类精神文化现象的内涵提炼及其现实意义是这部书的核心价值。伍第政不满足于对历代各种精神现象发展脉络的梳理，而力图在此基础上提炼出不同精神文化现象的丰富内涵。这部著作的根本目的在于追溯中华民族的精神文化传统，召唤精神信仰的力量，坚定中国特色社会主义道路自信、理论自信、制度自信、文化自信，为中华民族的伟大复兴贡献力量。换言之，这部著作的核心理念其实在于通过对历代文化精神现象的脉络梳理，提炼出具有恒久价值的精神理念，并对它们在现实生活中的功能和意义进行揭示，从而将中华民族传统文化精神与时代精神重新输入当代社会之中。从这个意义上来说，《中国精神》的文化意义值得我们反复思考。

（原载《光明日报》2019 年 9 月 28 日）

中国现代诗学如何建构主体性

——读陈希《西方象征主义的中国化》

中国现当代文学研究在很长一段时间内，处于借鉴西方文学理论与文化资源来表达自我的尴尬处境。究其根本，则是西方中心论、殖民主义意识形态还在潜在地制约中国学者的观念，使许多受西方文学理论滋养成长起来的学人难以摆脱思维的桎梏，从而导致中国现当代文学研究因袭西方话语、套用西方理论。著名文艺理论家张江用"强制阐释"这个概念来形容西方文学理论的霸权，即背离文本话语，消解文学指征，以前在立场和模式对文本和文学作符合论者主观意图和结论的阐释。20世纪80年代以来，中国重新融入世界，当代西方文学理论被系统地翻译到中国，在中国文学的领地内进行了大量的文本操练。但由此而形成的西方文学理论支配中国文学研究、制约中国学者思维方式的问题，随着中国文学研究著作民族话语与理论建构的稀薄而日益成为一个问题。幸运的是，中国文学研究界一些学人植根于中国文学的历史传统、现实处境、审美文化，敏锐地领悟到中国学术的使命感和民族文化的责任感，一改长期以来中国文学被视为西方文学影子与复制品的窠臼，而着力于厘定中国文学的主体特质、接受个性，在中国文学研究领域内默默耕耘，创造了令人瞩目的成果。

在新近出版的《西方象征主义的中国化》一书中，陈希教授这样描述自己对于创造本土文学批评话语的追求:"本书讨论的不是既往的中国现代文学所受西方象征主义影响这样一个陈年旧话,而是另辟蹊径,侧重探究中国现代文学接受象征主义后的'变异'问题,也就是西方象征主义的中国化","从'变异'的角度切入,运用'接受研究'方法,以中国文学(1915—1949年)作为接受主体,着重论述中国现代文学对西方象征主义进行选择和变异、转化的情形、动因及其意义,揭示中国文学的审美现代性追求呈现出不同于西方象征主义的风貌而显示自己的民族性和本土特色"。陈希的西方文学影响本土化观念的提出和研究实践,为我们重新定位中国文学的发展脉络、理解中国文学在传统与异域合力作用下的历史提供了新的视角,具有重要的学术价值。

《西方象征主义的中国化》一书对国内学术界长期以来形成的仰仗西方文学理论与创作来评判中国现当代文学的惯性思维进行了反思,认为应该将中国文学视为一个接受主体,它不是被动地接受异域影响、消极地被外力进行塑造,而是具有鲜明主体性的存在,是可以通过自主的过滤、选择来建构新的自我结构。陈希毫不隐晦自己对于中国文学主体性的强调,在他看来"象征主义中国化首先是传导型,但在接受和学习、借鉴过程中,西方象征主义与中国文学的具体实际日益结合,中国文学的现代因子被激活,蜕变升华,化茧为蝶"。为了厘定象征主义与中国现代文学的真实关系,该书具体探讨了象征主义中国化的动因、过程和转变形态,分析了中国文学的接受语境、主体特质及创造性,进而讨论了异质文学交流变异的特点和规律,从而为中国文学研究摆脱西方话语桎梏、确立民族自我提供了可资借鉴的范本。在陈希看来,中国文学之所以能够与西方文学进行互动,根本原因还是在于中国文学中的东方因子起着潜移默化的作用:"中国新诗吸纳西方象征主义,正是在这种走向'他者'的现代性追求过程中,他乡遇'故知',唤起了遥远的'自我',构成现代与传统的接通,并建构现代民族诗学。东方因子等因素构成'接受/变异'的元结构,对接受异质文学产生或隐或显的亲合或制约作用,显现奇异生动的接受偏离和转化图景。"作者以莫言为例,认为其小说之所以能够获得世界范围的认同,一个非常重要的原因在于作家没有剑走偏锋,刻意去追求形式的西化,而是植根于中国民间,融化传统,才形成了自己独树一帜的风格:"莫言在最传统的形式中表达最当代的理念,用独特的个人话语解构了意识形态和宏大历史叙述,建构起了穿透历史的生命本体叙述。"

很长时间以来,学院派文学研究被人诟病的理由之一即文学研究与创作实践的脱节。学院派学术研究习惯以理论方法的运用、观念的演绎、史料的发掘为立场,强调学理性、严密性、规范性,但却忽略了文学作品内在的情感性、思想性,使之成为文学研究理论的试验田、西方话语的跑马地。陈希在《西方象征主义的中国化》以实践矫正这种不良的研究习气,这本著作不仅注重理论归纳与史料发现,而且注重中国现代作家的创作实践。陈希指出,不少研究者在进行中外文学现象的比较研究时多注意的是西方文化对于中国文学的影响,而忽略了中国文学自身的选择主动性和吸收外来文化的包容性:"剥离审美体验,不从中国文学自身的历史实践出发,则出现创作上的中体西用和批评上的西体中用的错位,无法做出切合实际的判断。"针对学院派研究过于推崇理论演绎而匮乏生命体验的缺陷,陈希特别强调文学研究中的审美体验,希望以此来弥合学者在理论梳理与创作实践中的偏离,希望借助有血有肉的普遍心理、审美情景来全面还原作家接受、转化象征主义的具体情形。作者指出借助审美体验的重要意义,"即'以体去验',审美主体(创作和批评)在艺术活动中的全身心投入和绝对在场，最充分高扬和展示创造者或欣赏者主动、自由、自觉的能动意识","审美体验就是注重具体的审美语境，以文学创作实际和中国文学自身的历史进程为切入点，不以外在的悬空虚妄的诗学概念和内在的静止孤立的语言本体来肢解作品，而是还原复活历史语境，以'进行时'形式来进行诗美阐释和分析，强调建构主体——中国现代文学的自律性和特质，不以假想的西方标准为参照（西方实际上也无共同标准）来硬套中国新文学，或者简单地把中国新文学看成是西方文学的投影"。在该书中，陈希通过对李金发、戴望舒、卞之琳、冯至、穆旦等作家创作实践的探讨，分析了他们接受象征主义之后如何在具体的文学创作中进行吸收、转化与传达。通过与作家情感的体认、与中国经验的契合、与传统思想的对接、与古代精神的转化，中国现代作家们顺利地实现了异域熏陶与本土资源的融会贯通。

《西方象征主义的中国化》一书不满足于仅仅对象征主义在中国的传播与接受、转化进行深入细致的分析，而且还期待为中国现代文学乃至中国文学解决经常需要面对的异域/传统、西方/本土问题提供可资借鉴的范本。为此，陈希在探究象征主义中国化过程中的变异问题时，重新厘定了中国化、接受主体、接受个性、东方因子、现实契机、审美体验等重要概念。从这些概念出发，作者实际上对传统比较文学中的影响研究、平行研究进行了扬弃，在肯定这些传统研究方法价值的同时，也指出了它们存在的不足，希望用变异研究来矫正西方文化中心论的认识误区，努力建构起富于中国特色的文学主体及其文学批评理论。作者首先强调的是比较文学研究中应该树立的"中国化"意识，认为"西方象征主义的中国化，即是以'接受—变异'的角度切入论题，从中国文学作为一个接受主体出发，在世界文学背景下，探讨中国现代文学接受象征主义过程中，通过文化过滤，所进行的选择、变异和转化"。而西方文学中国化之所以成为可能，是因为中国文学有着自身的接受主体，它所凸显的是"西方／中国，影响／接受这一结构中主体间的平等关系，强调中国文学不是西方文化移植和模仿，不是西方文学的影子"。唯有确立了这个理念，才能在世界文学格局中发现中国文学的主体价值，否则就有放弃文学特质而一味求同于西方文学的症候。接受个性又有东方因子、现实契机、审美体验三个要素，它们共同构成了中国作家面对西方文化影响时的复杂情形。

值得一提的是，《西方象征主义的中国化》是一部篇幅近六十万字的、厚重而有趣的诗学著作，陈希为撰写、修订这部书稿前后花费了十余年的时间，皓首穷经，远绍旁搜，搜集了中外报刊两千多册、著作三百余部，至于所参考、引用的学术著作、期刊论文和诗学文本更是难于统计。作者用心之刚毅、信念之执着、用功之持久，在当今学术研究快餐化倾向日益明显的环境中令人感慨，更令人钦佩。"板凳须坐十年冷，文章不着一字空。"这是老一辈学者治学经验的总结，当代学人却很难如此，这其中既有科研导向、考核体制的问题，也有学者个人品质、修养、追求的原因。陈希的《西方象征主义的中国化》，让人读后感佩之余，不禁陷入长久的沉思。

（原载《星星诗刊》2019年第32期）

《瓦尔登湖》作者的"复杂存在"

——序王焱《一个别处的世界：梭罗瓦尔登湖畔的生命实验》

1982年8月，著名诗人、翻译家徐迟在上海译文出版社出版了修订本《瓦尔登湖》，从那以后，这部名著及其作者亨利·戴维·梭罗在中国赢得了越来越多的读者、研究者的青睐。时至今日，数十种不同的《瓦尔登湖》译本不断在中国大陆与香港、台湾一版再版，书中的一些篇目还入选了高校专业课程及普通高中教科书，影响日益广泛。当今中国社会的高速发展与日常生活现代性困境的凸显，加之梭罗《瓦尔登湖》在一个半世纪前对于现代生活方式谶纬般的书写，更赋予了这部作品以神奇的魅力。

与《瓦尔登湖》声誉日隆相伴的，则是不断传出的对于"瓦尔登湖神话"的质疑、解构。不过令人遗憾的是，尽管国内对于梭罗及《瓦尔登湖》的研究成果颇为丰硕，却很少有学者深入地探讨梭罗在瓦尔登湖畔独立生活的始末与动机，更无人对萦绕在《瓦尔登湖》左右的毁誉之论加以辨析。在不同论者的笔下，梭罗不断分裂为迥异的系列形象。正是在这个意义上，广东外语外贸大学中国语言文化学院王焱教授的专著《一个别处的世界：梭罗瓦尔登湖畔的生命实验》显示了其重要的学术价值。这部著作在大量占有文学史料的基础上，借助多种学科的理论与方法，将梭罗在瓦尔登湖畔两年零两个月的隐居生活视为其探索生命意义与思想观念的实验过程,为我们还原出梭罗独居生活的原委、过程及其成败得失。

由于学者的学科背景及思想观念的差异,国内对于《瓦尔登湖》的研究往往呈现出片面的认同或否定。王焱教授意识到,以往的研究者太过于注重梭罗的亲述文本《瓦尔登湖》,而忽略了作家在努力呈现给读者的诗意空间之外的复杂存在,"这样的研究有失客观,因为文本往往会对思想构成遮蔽或是伪装"。为此,作者尽可能地搜集中英文材料,将梭罗的日记、书信、同时代人的评价、各类传记及梭罗的其他作品纳入研究视域中,在对照中解读,于矛盾中辨析,"充分考虑到梭罗话语及其人格的复杂性,力戒把梭罗抽象为一种平面化的精神标本,注重对其隐秘、矛盾的一面进行考察,以期对梭罗多维、复杂的人格进行揭示"。这部著作将新批评的文本细读法与历史研究的客观性紧密结合,既注重文学批评中对于细节的理解,呈现出话语背后的思想与情感状态,又注意勾稽史料,在翔实的材料中进行切中肯綮的分析。

得益于作者深厚的学术积累,对梭罗日记、作品全集、书信等史料的熟稔,王焱教授在《一个别处的世界:梭罗瓦尔登湖畔的生命实验》中以丰富的文学史料为基础,对以往学术界在梭罗研究中存在着的薄弱环节及错讹之处进行厘定,论从史出,推陈出新,重新勾勒了一个有血有肉、思想立体的梭罗形象。不少学者喜欢将梭罗与陶渊明进行比较,在他们相似的归隐行为中发现了二者对于社会失望、向往自然的思想旨趣。但王焱却透过这一表象,敏锐地发现了梭罗与陶渊明的本质差别:"前者是实验性隐居,属于浪漫主义思潮背景之下文人的一时兴起,以退为进,而后者则是生存性隐居,是迫于政治环境而不得已为之。"在作者看来,"梭罗真正想拥有的,是隐士和英雄之间的一种和谐,他以退为进,怀着英雄的进取心和使命感,从社会隐退;

他去过隐士的孤独生活，却代表着整个人类的利益，去探索真正有意义的生存方式，并宣告给世人"。

王焱通过对梭罗相关材料的仔细阅读与宏观把握，洞悉了这位作家情感深处的矛盾力量，这种无处不在的矛盾既影响了作家的生活与创作，也为后世对其不同理解埋下了伏笔："梭罗的身上总是奇异地交织着两股矛盾的力量：隐士与斗士，救世与避世，自我与重名，博大与狭隘，悲悯与冷漠，怀疑与独断，钟情孤独与喜欢交际，逃避社会与热心政治……这'两种不一致的本性'或'第二重人格'，不仅使得梭罗总是对自己说'不'，同时也总是对别人说'不'。"作者熟悉美国文学与文化，凭借扎实的史料、娴熟的理论，重返历史现场与社会氛围，借此建立起理解历史人物的坚实基础，从而为我们理解梭罗及其创作提供了新颖的视角和饶有兴味的发现。

王焱教授在《一个别处的世界：梭罗瓦尔登湖畔的生命实验》中以多学科视野观照文学，将哲学、心理学、生态学、社会学等学科的理论与方法运用到了研究中，将梭罗的立体形象加以呈现。如果说学术界较多从生态批评角度切入《瓦尔登湖》，将其视为世界生态文学的先驱的话，那么从哲学、心理学、社会学等角度进行把握则体现了王焱锐意创新的追求。在该书中，无论是从人格心理学的角度对梭罗来到和离开瓦尔登湖的原因进行分析，还是从哲学角度阐述超验主义之于梭罗的瓦尔登湖畔之旅的思想动因，抑或从社会学理论考察梭罗政治行为与政治主张背后的个人主义情结，都显示出了作者开阔的理论视野、娴熟的文本分析能力及敏锐的思想洞察力。

著名学者张江先生曾指出："我们的时代不缺有才华的文艺家，我们缺的是文艺家不为世俗诱惑所动的定力和板凳甘坐十年冷的勇气。文艺界存在的急功近利之风需要高度警惕，这种风气吞噬作家艺术家的才华，销蚀文艺作品的质量。"在学术界，急功近利的风气同样普遍存在。老一辈学者强调做学问应该耐得住寂寞，板凳要坐十年冷，文章不写半句空。这种治学精神在当下追求权威期刊、重要项目等标志性指标的氛围里十分另类，但这恰恰是其可贵之处。《一个别处的世界：梭罗瓦尔登湖畔的生命实验》是王焱教授的博士后出站报告，历经10年打磨终于出版。这部学术著作在理论、方法、史料、观点等方面的创新，再一次向我们昭示了优秀作品所能具备的厚度与深度。"十年磨一剑，砺得梅花香"，此之谓也。

（原载《博览群书》2021 年第 7 期）

京派文学都市文化空间属性的还原与思考

现在人们谈到京派文学时，除了想到现代文学史上著名的"京派""海派"之争外，便是将充满东方情调、融汇诗情画意于一体的乡风民俗书写与京派文学建立联系，京派文学俨然成为乡土抒情小说及古典式浪漫的代名词。在一些知名的中国现代文学史著作中，京派文学也以其乡土色彩被研究者进行强调。钱理群、温儒敏、吴福辉的《中国现代文学三十年（修订本）》强调了京派小说对于宗法农业社会的关注："这个小说流派所显现的是乡村中国的文学形态。他们在工业文明缓慢侵入长江以北广袤、衰颓的宗法农业社会，近代的激进政治急剧地冲刷着传统文化堤岸的时候，从中国相对沉落的地区，由'常'观'变'，提出其乡村叙事的总体。这些小说家虽然不乏学院派的文化精英，却热衷于发现各自的平民世界，除了沈从文的湘西世界，还有废名的黄梅故乡和京西城郊世界、芦焚的河南果园城世界、萧乾的北京城根的篱下世界，等等。"[1]凌宇、颜雄、罗成琰主编的《中国现代文学史》更是将其视为乡土抒情诗小说，指出其内容上侧重表现乡风民俗的特点："京派小说把东方情调的诗情画意融合在乡风民俗的从容隽

---

1 钱理群、温儒敏、吴福辉：《中国现代文学三十年（修订本）》，北京：北京大学出版社，1998年，第269页。

逸的描述之中，形成一种洋溢着古典式的和谐和浪漫性的超越的人间写实情致。这种乡土抒情诗小说，结构上以舒卷自如代替严谨拘束，情节上以故事的疏淡代替因果的坐实，它把小说的传统特征的一部分让位给诗和散文的因素，因而削减了小说的史诗力度，却增添了小说的抒情神韵。"[1]即便是有的文学史著注意到了京派文学有不少关于城市的作品，仍将其视为京派乡村世界的一种对立性存在，乡村书写才是京派文学的核心价值所在："而城市的描写，则作为与乡村世界对立的人生，被纳入到京派宏大的叙述总体之中。"[2]京派文学对于乡村书写进行关注的一面，被研究者以论著加以定型，而知名京派作家如沈从文、废名、芦焚等的代表作又加深了人们的这一印象。于是在学术界和一般读者眼中，人们认为京派文学的成就主要在于展现了文学作品里的东方神韵和乡土习俗，而对于其现代性色彩缺乏关注。

然而在文学武教授看来，京派文学是中国小说寻求现代性过程中的一份独特遗产："京派小说家接受现代主义，这既有现代主义在全球广泛传播的强大外在因素，但同时还有着内在的因素，即中国社会和文学也存在输入现代主义的社会心理动因，而后一部分或许更为关键。"[3]他从京派作家所处的社会存在、生活方式、教育经历、作品内容等进行综合分析，发现了他们对于现代性观念的接受及其文学作品的体现。不过与现代派文学否定传统、瓦解秩序相比，京派作家对于传统与现代之间的关系显然更为理性："作为受到五四启蒙精神影响的一代知识分子，京派作家对待传统文化是有着清醒的重估意识的，并非

---

1 凌宇、颜雄、罗成琰主编：《中国现代文学史》，长沙：湖南师范大学出版社，1999年，第321页。
2 钱理群、温儒敏、吴福辉：《中国现代文学三十年（修订本）》，北京：北京大学出版社，1998年，第269页。
3 文学武：《故都的文化记忆与文学书写——京派文学与中国现代都市文化空间关系研究》，北京：东方出版社，2022年，第261页。

简单地照搬，也不是简单地回归，而是一种新传统化的过程，也是中国文学现代化的组成部分。"[1] 从这个意义上而言，文学武教授《故都的文化记忆与文学书写——京派文学与中国现代都市文化空间关系研究》一书的出版具有颠覆性的作用，这部沉甸甸的著作不仅突破了以往文学史著将京派文学视为乡土写作的惯性观点，而且不再局限于从传统的文学角度讨论京派文学，而是代之以都市文化空间的理念重新审视京派文学的发生现场，将其视为鲜明地域色彩和特定都市文化环境的产物，以此凸显京派文学及作家丰富多彩的创作个性，研究京派文学与现代大学教育、媒介出版、城市文化生活、建筑等都市空间的关系，为京派文学、中国现代知识分子精神状态研究和重写中国现代文学史提供了重要的视角及发现。

《故都的文化记忆与文学书写——京派文学与中国现代都市文化空间关系研究》一书旗帜鲜明地提出了京派文学与中国现代都市文化关系密切的判断："京派文学作为较为成熟文学流派的出现和中国现代都市文化空间有着密切的关系。都市空间孕育了现代知识分子群体，孕育了现代知识分子赖以生存的文化形态，诸如报纸、杂志、书局、大学、图书馆等，也强烈地改变着传统文学的形态，赋予其浓厚的现代意识。更为他们的文学书写提供了丰满、复杂、开放、现代的都市题材。同时，知识分子也以自身独有的方式积极能动地参与都市文化和城市精神的建构，改变着城市的气质，甚至他们自身的存在也是都市一道流动的风景。"[2] 这些对于京派文学颠覆性的认知，与作者所提出和运用的研究思路密切相关，即将文学现象视为一种整体性的文化现象

---

[1] 文学武：《故都的文化记忆与文学书写——京派文学与中国现代都市文化空间关系研究》，北京：东方出版社，2022年，第260页。

[2] 文学武：《故都的文化记忆与文学书写——京派文学与中国现代都市文化空间关系研究》，北京：东方出版社，2022年，第9页。

进行研究。学术界以往对于京派文学的研究成果斐然,但几乎都是将其作为一个纯文学现象加以讨论,却忽略了京派文学的形成与都市文化空间的内在关联。有鉴于此,文学武进行了这样的设计:"把京派文学这种以往人们仅仅从文学现象入手的文学个案提升为一种整体性的文化研究,从都市文化的角度来观察文学现象,研究京派文人的公共生活、公共空间、公共领域以及他们所凭借的各种社会建制(如报纸、杂志、书局、学校、社团、沙龙等),以此对京派文学的外部文化生态进行深入研究。"[1]换言之,该书之所以能够为京派文学进行富于新意的发现,与文学武教授能跳出单一的文学考察视角,在更为宽阔、更具深度的维度思考京派文学与现代都市空间的关系密切相关。在大量占有文学史料、广泛阅读期刊杂志的基础上,对于研究对象进行缩小性处理,使之与周边的环境产生内在关联,是学术研究过程中的一种重要的治学思路和创新路径。

都市空间视野的运用使过去遮蔽在京派文学之上的误解被重新厘清,现代性是都市空间的核心要素,讨论都市文学必然会涉及对现代性内涵的讨论。由于没有了乡土、传统等概念的限制,文学武教授得以用都市空间的视角重新看待京派文学作品,对不少作品进行了全新的阐释,新见迭出。何其芳的诗歌《小园》一直以来被认为是一首情诗,而文学武教授在现代性视野的引导下,却发现了其中蕴含的现代性要素:"事实上诗作的内涵却复杂得多。诗人想把这朵花寄给情人,但却连花的名字都无从知晓,甚至比作自己的坟墓,这不正是世界荒谬不可知的象征吗。生命的全部意义都是在与世界的关系中得到体现,然而在这首诗中,'我'与'她'、'我'与'花'却都处在隔膜状态,

---

[1] 文学武:《故都的文化记忆与文学书写——京派文学与中国现代都市文化空间关系研究》,北京:东方出版社,2022年,第8页。

彼此的关系是分裂的,'荒谬本质上是一种分裂。它不存在于对立的两种因素的任何一方。它产生于它们之间的对立'。"[1]而在谈到废名的《理发店》一诗时,文学武教授这样进行阐释:"'胰子沫''剃刀''无线电'等作为现代文明的象征,其实是遭到废名的某种厌恶和排斥的,它们与人类之间彼此孤零零地存在,无法建立实质性的紧密联系。冰冷的'剃刀'给人们'画得许多痕迹',写出的正是自我与他者的异化和对立关系。"[2]对于文学作品的再解读,看似是研究者切入角度的简单变化,实则还隐藏着更为深沉的文化原因。角度的变化源于立场的转型,立场的转型则又与思想嬗变、认识范式有着密切关系。文学武教授认为:"空间尤其是都市空间完全颠覆了传统社会人们交往和生活的法则,对于现代知识分子的重要性是不言而喻的。而本课题把京派文学放置在中国现代都市空间的文化背景下进行梳理和考察,首先可以凸显文学流派以及作家丰富多彩的个性,使中国现代文学的研究立体化、层面化和动态化,从而加深对中国现代文学的整体性把握,具有认识论和方法论的价值。其次,京派文学的产生有着鲜明的地域色彩和特定的都市文化环境,研究京派文学与现代大学教育、媒介出版、城市文化生活、建筑等都市空间的关系,可以揭示文学与外部文化生态环境的互动及发生机制。最后,从都市文化史的角度考察京派文人的公共交往和社会活动,可以较为清晰地展示中国现代知识分子的精神状态,开拓知识分子研究的新视角。"[3]都市空间视野的运用颠覆了过去人们将京派文学视为乡土写作的误解,即 20 世纪 30—40 年代的北

---

1 文学武:《故都的文化记忆与文学书写——京派文学与中国现代都市文化空间关系研究》,北京:东方出版社,2022 年,第 238 页。
2 文学武:《故都的文化记忆与文学书写——京派文学与中国现代都市文化空间关系研究》,北京:东方出版社,2022 年,第 239 页。
3 文学武:《故都的文化记忆与文学书写——京派文学与中国现代都市文化空间关系研究》,北京:东方出版社,2022 年,第 8 页。

京已经作为一个现代意义上的都市被置于研究者面前,这需要学者更新研究观念,以激活京派文学丰富的历史内涵。

学院派研究与文学批评之争近些年逐渐引起人们重视,实际上在中国现代文学史上也存在印象式批评、感悟式批评与学院派研究之间也存在龃龉。印象式批评、感悟式批评强调文学批评应该有丰富的感性体验,借此激活作家与读者的精神沟通,但这些批评方法也存在着明显的短板,即缺乏系统性的理论和思辨,从而给文学批评陷入理性匮乏、感情泛滥、结论随意等一系列问题。文学武教授以朱光潜的《诗论》为例,讨论其学术研究中体现的学术规范和理论自觉:"作者在写作上具有明确的理论自觉意识,由此带来了全书严密的理论框架和结构。虽然它大量引用了古今中外的文学事实,但正是由于最高逻辑力量的统帅它们之间形成了有机联系。而全书的各个章节之间也同样是不可分割的有机体,彼此互相呼应,互为补充,在整体上形成了网状结构。它始终严格地遵守了现代学术的规范,始、叙、证、辩、结几个部分都很清晰,根本没有中国传统文论散漫、随心所欲的架构。"[1]文学武教授对于朱光潜《诗论》学术规范的凸显,并非学者对于同行研究的认同,而是因为他对于印象式批评较为随意、经常变化、认识不深等问题的认识,因此将文学批评的学院化作一种矫正措施,希望能够为文学批评赋予学术精神和学术规范:"京派文人文学批评的这种学院化倾向,实际上既是对现代大学强调学术规范、学术精神的呼应,也是研究方法自觉意识越来越强的客观呈现。"[2]同样基于这个原因,文学武教授对于朱光潜的学术实践及其代表的学术精神给予了高

---

[1] 文学武:《故都的文化记忆与文学书写——京派文学与中国现代都市文化空间关系研究》,北京:东方出版社,2022年,第177页。

[2] 文学武:《故都的文化记忆与文学书写——京派文学与中国现代都市文化空间关系研究》,北京:东方出版社,2022年,第179页。

度评价："朱光潜在文学批评中秉持独立、公正和宽容的批评精神，具体诠释了自由主义文艺的理念。朱光潜心目中的批评家不是一个法官和裁判，而是美的欣赏者，需要的是公平和自由，因而他推崇印象派的批评，而对于攻击和谩骂式的批评尤为反感。"[1] 文学武教授将朱光潜放在中国现代文学批评的链条上进行考察，看到了他们在具体的批评实践中所建构起来的对于精神自由与人格独立的品质的追求："正是周作人、朱光潜、李健吾、梁宗岱、李长之在文学批评中的可贵坚守，谱写出了那个年代知识分子最可珍视的人格和独立精神。"[2] 更具有现实意义的是，文学武教授从学院派批评的特征及其影响方面进行发掘，肯定了学院派批评对于文学健康和大学精神传承所具有的重要意义："由于身处大学之中，现代大学体制化的特征使得他们所从事的文学批评带有典型的学院派特征，诸如批评的程序和话语越来越呈现现代批评的模式，对文学发展中面临的焦点问题展开学理性的辨析和探讨，学术性和学理性较强。他们还对大学中涌现的后起之秀着力评价和推荐，扩大其在文学公共性领域的知名度和影响力；他们的文学批评追求独立、自由的文学思想，极力维护文学的纯正和健康，与大学的精神相吻合。"[3]

在《故都的文化记忆与文学书写——京派文学与中国现代都市文化空间关系研究》一书中，文学武教授将京派作家放在世界文化背景中进行考察，讨论二者之间的异同之处并分析原因所在。事实上，京派批评家不少具有海外留学背景，在进行文学评价和判断时经常会自

---

[1] 文学武：《故都的文化记忆与文学书写——京派文学与中国现代都市文化空间关系研究》，北京：东方出版社，2022年，第188页。

[2] 文学武：《故都的文化记忆与文学书写——京派文学与中国现代都市文化空间关系研究》，北京：东方出版社，2022年，第191页。

[3] 文学武：《故都的文化记忆与文学书写——京派文学与中国现代都市文化空间关系研究》，北京：东方出版社，2022年，第175页。

觉不自觉地运用其西方文学经验:"凭借着比较方法的意识,京派批评家往往跳出了一种文化模式的局限性,而在中外文化的坐标上对大量的文学现象进行比较和分析,寻找出它们共同或相异之处。"[1]在该书中,文学武教授以朱光潜的《诗论》为例进行讨论,既有从宏观层面对中西诗学发展的考察和比较,又有从微观上对中西诗歌的音律、节奏情趣、意象等进行的异同点分析,其根本目的就在于从中发掘可以为当前中国文学及文学批评现代化提供启示的经验:"对于20世纪30年代的中国批评家和文艺理论家来说,他们把很大的精力用在中西文学的比较,其根本目的并不是为比较而比较,其深层的动因在于在对中西文学的比较中借鉴西方现代文学的经验,对古今中外的艺术现象进行阐释,最终为中国文学的现代化寻找出路。"[2]在这部著作中,文学武教授运用比较研究方法有两个成功的尝试:一是在对京派文学、新感觉派小说和左翼文学作品城市描写的比较中,发现了三者之间的根本性差别。新感觉派小说对于都市文化非常熟悉,并在作品中大量描绘都市生活中的各种炫目的景观,以此来激发读者的阅读想象和审美愉悦:"新感觉派的出现和上海这座中国最大、最现代化的都市是密不可分的,它们中的大多数作家都和这座城市有着很深的渊源,他们对现代都市的生活最为熟悉,都市中的外在场景以及代表性的生活方式在他们的作品中得到了最大限度的展示,充分显现出现代都市五光十色、快节奏的感性色彩和魔幻的魅力。"[3]和其他文学流派不同的是,新

---

[1] 文学武:《故都的文化记忆与文学书写——京派文学与中国现代都市文化空间关系研究》,北京:东方出版社,2022年,第289页。

[2] 文学武:《故都的文化记忆与文学书写——京派文学与中国现代都市文化空间关系研究》,北京:东方出版社,2022年,第290页。

[3] 文学武:《故都的文化记忆与文学书写——京派文学与中国现代都市文化空间关系研究》,北京:东方出版社,2022年,第331页。

感觉派小说虽然对于现代都市也有批判，但这种批判是短暂的、次要的，它们对于现代都市的生活方式呈现的更多是欣赏和流连。与之形成鲜明对比的是中国左翼文学对于现代都市的批判性描述，作家们注重表现都市社会阶级的分化与对立："中国现代左翼文学本身就是国际左翼文学运动的组成部分，它把历史唯物论作为自己的理论基础，认为文学是一种社会意识，是对社会现实的客观反映。同时把唯物辩证法作为自己的创作方法，致力考察作家的创作倾向和背后的阶级立场，注重阶级分析。因此在看待城市尤其在看待上海时，他们无一例外地都从历史唯物主义的观点出发，把城市视为罪恶的化身和帝国主义殖民统治的大本营，以及民族屈辱和帝国主义侵略的代名词。"[1]与前者形成对照的是，京派作家对北京这个古都城市的文化认同，虽然也表现出了现代都市在教育、生活、观念等方面的进步意义，但是"他们一方面并不认同现代都市所代表的生活方式，往往把都市文明的产物都看成了压抑人性、扭曲人性的物化形式，因此对都市的文明进行了尖锐的讽刺和反思；另一方面又对故都北京有着难以割舍的情绪，在不少文章中表达了对故都北京所代表的文化和生活方式的认同感，这两种感情常常纠结在一起。即使他们揭露和讽刺都市人生的作品，也主要是从人性的角度来观察的，认为都市文明所代表的物欲、卑鄙和贪婪对乡村文明起到了瓦解和破坏的作用，是造成人性堕落的罪魁祸首，而不是从社会、经济等更深的层面剖析现象产生的原因，因此他们也不认同左翼文学的社会反映论模式"[2]。新感觉派小说、左翼文学和京派文学的特质，在对现代都市不同面貌的书写中得到了鲜明的体现。二

---

1 文学武：《故都的文化记忆与文学书写——京派文学与中国现代都市文化空间关系研究》，北京：东方出版社，2022年，第337页。

2 文学武：《故都的文化记忆与文学书写——京派文学与中国现代都市文化空间关系研究》，北京：东方出版社，2022年，第342页。

是在对京派文学与布鲁姆斯伯里文化圈的比较中，该书将中英两个文学圈的文化生态进行了对照，从中发现了二者之间的高度相似性及其影响。文学武教授认为沙龙与其他的公共文化空间相比的一个显著特点，是有一个才貌双全的女性在其中扮演最重要的角色，她同时具有沙龙秩序维护者和最有身份、品味和发言权的人物的双重角色。如果说弗吉尼亚伍尔夫是布鲁姆斯伯里文化圈的灵魂人物，那么林徽因就是京派文学的中心角色。为何是林徽因而不是其他人物承担了这个角色，在文学武教授看来无外乎她代表了知识、智慧和精英文化的多重角色："林徽因的这种地位是由多种原因所决定的。林徽因具有类似'卡里斯马'型的风范和气质，她出身名门，自幼受到中国传统文化的熏陶，稍后又留学海外，受到西方文化的侵染"，"另外，林徽因才貌双全，气质典雅，爱好文艺，亲和力很强，热心社团活动，是社会上得到广泛认可、知名度很高的公众人物"。[1] 换言之，林徽因虽然不是京派最重要、最出色、成果最多的作家，却是这个文学流派能够持续发展的内在组织者，能够起到其他男性作家所不具备的凝聚作用，她组织的京派文学沙龙形塑了后来的京派文学构成，影响了20世纪三四十年代中国文坛的发展，其重要性不应被林徽因相对有限的文学作品数量及影响力而遮蔽。

历史的丰富性和复杂性经常需要通过大量的细节加以呈现，因此如何回到历史现场就成为决定能否呈现历史现场的决定性因素。在《故都的文化记忆与文学书写——京派文学与中国现代都市文化空间关系研究》一书中，文学武教授为了凸显历史细节的真实性，大量使用相关作家书信、日记、回忆录等材料，充分展现了民国时期北京所具

---

[1] 文学武：《故都的文化记忆与文学书写——京派文学与中国现代都市文化空间关系研究》，北京：东方出版社，2022年，第378页。

有的丰富多彩的都市文化，为人们还原了一座久被乡土面纱遮蔽的北京都市形象："事实上，京派文学和民国时期北京的关系正如新感觉派和上海的关系一样，是故都北京的文化土壤和气候孕育了京派文学的厚重、理性和成熟，而京派作家在用文学书写故都北京的同时，也把自己的生命和情感熔铸于这座城市，成为城市精神的守护者和创造者、传播者。"[1]尤为值得称道的是，文学武教授是一位严谨、视野开阔的中国现代文学学者，但这部学术著作读来并不枯燥，反而充满了许多对于北京都市日常生活细节的细腻发现和精彩分析，对于作家的都市生活方式及其交际范围也有着饶有兴味的书写，从而为著作增添了一种别样的魅力。

（原载《长江文艺评论》2024年第3期）

---

[1] 文学武：《故都的文化记忆与文学书写——京派文学与中国现代都市文化空间关系研究》，北京：东方出版社，2022年，第428页。

恢复被概念、常识压抑的自然感知

——评大解诗集《山水赋》

中国有着悠久的诗歌传统,诗歌既是中国文学的源头,又是中国古代文学的主体。作为一种抒情言志的文学体裁,诗歌通常借助高度凝练的语言、生动形象的情境、一定的节奏和韵律来表达丰富的情感。从这个意义上说,凝练的语言、生动的情境和鲜明的节奏,是一首诗歌作品重要的构成要素。这些要素对于诗歌而言具有重要的价值,但并非判断一首诗作是否优秀的全部标准。丰富的、奇特的想象力,对于一首诗歌而言同样具有不可忽视的作用。优秀的诗歌可以让人获得焕然一新的视野,重新在习焉不察的生活中发现新奇的事物。在俄罗斯文学评论家维克托·鲍里索维奇·什克洛夫斯基看来:"那种被称为艺术的东西的存在,正是为了唤回人对生活的感受,使人感受到事物,使石头更成其为石头。艺术的目的是使你对事物的感觉如同你所见的视象那样,而不是如同你所认知的那样;艺术的手法是事物的'反常化'手法,是复杂化形式的手法,它增加了感受的难度和时延,既然艺术中的领悟过程是以自身为目的的,它就理应延长;艺术是一种体验事物之创造的方式,而被创造物在艺术中已无足轻重。"[1]

---

1 什克洛夫斯基等:《俄国形式主义文论选》,方珊等译,北京:生活·读书·新知三联书店,1989,第6页。

大解的诗集《山水赋》就是这样一部充满了新奇发现、独特体验的作品，它通过对自然山水的表现，激发了读者一种崭新的自然意识，呈现出一幅与众不同的自然景观。自然山水对于人们而言，是一种日益成为常识的、程式化的认知结果，至于它们的本来面貌、物理特性、表现形态等已经逐渐为人们所漠视。大解的《山水赋》用陌生化的艺术手法，对人们熟视无睹的自然进行了赋予新意的改写，他通过对于山水位置、物理属性、外表呈现、文化寓意的重新书写，恢复了读者对于山水的感知。在《愚公移山》中，诗人对这个古老的神话进行了重述："愚公搬走了太行山，/他家门口不拥塞了，却阻挡了/华北平原。/千里沃野止于此，/你说，这算不算捣乱。/我想再写一篇寓言，让他把山搬回去。/如果他不服气，我就自己动手，/先搬石头，再搬阴影，最后，/搬白云。"大解改写了愚公移山的神话，用近似倒叙的方式重新讲述了愚公移山的过程，只不过起始被调换了顺序。诗歌的价值很大程度上在于恢复人们对于世界的惊奇，诗人不应用常人的眼光看待世界，而应着力于通过语言建构出一个跳出世俗经验的新的世界。在《哀牢山记事》中，大解将自己以哀牢山为背景，为一个胖女人拍摄照片的行为进行了聚焦："没有退缩的余地，我瞄准谁，/谁就将被掠夺，被压扁，/和固定，/被迫呈现出迷人的风景。/我不能枉来一次哀牢山，/我不能只是对美发呆，/眼看着黄昏从千里之外向这里奔袭，/夺走属于我的这惊颤的一瞬。"照相机被按下快门定格哀牢山与胖女人形象的行为，在诗人这里成了一场充满力量感的较量过程。诗人按动照相机快门，被描绘为"我"对自然和女人的"掠夺""压扁""固定"，相机中的"迷人的风景"也是"被迫呈现出"的。

日常经验有助于人们建构起一套较为完整的生活系统、价值观念。吊诡的是，一旦人们熟稔了某种生活系统、价值观念后，又很容易陷入其中而丧失对于新事物的感知能力，日趋保守。美国语言学家艾弗拉姆·诺姆·乔姆斯基曾说："当一些现象太熟悉、太明显时，我们就觉得不必对其进行解释了。"具有崭新视野、陌生手法、鲜明特征的优秀诗歌可以打破长久形成的思维观念、审美认识，引导人们摆脱千篇一律的认知方式，重新激发大家对于生活的惊奇发现和哲理审视。在《乌蒙山》中，大解首先描绘了乌蒙山被河流穿过的客观存在："河流穿过峡谷，/左边是乌蒙山，右边也是乌蒙山。"这样的自然景观，在诗人笔下很快就成了被"钝刀"切开后的结果："乌蒙山被钝刀切开，裂成两半。/我用手比画着，又切了几下。/我似乎听到，/另外的河流在山后轰响，/左边是乌蒙山，右边也是乌蒙山。/乌蒙山，就这样被剁成/血流不止的/断……裂……带……"在诗人的描述中，乌蒙山原来是被"我"用"手"而切开为两半的，从峡谷穿过的河流便是"血流不止"的断裂带。仅用寥寥数语，诗人就将河流经过峡谷的自然现象进行了创世想象，使读者对于乌蒙山的地理特点有了深刻印象。在《大渡河》中，大解捕捉到了大渡河的湍急与气势。大渡河起源于四川省中西部，历史上被视为长江支流岷江的最大支流，其河段落差巨大、水量丰沛、河谷狭窄，为地质灾害高易发区。诗人从一开始就告诉人们："缓慢，温柔，清澈，是不可能的。"原因呢，则是其所经地区的险要环境："在绝壁下，在大凉山里，在吓死人的/咆哮和轰鸣中，镇定也是不可能的。"在这样的环境里形成的大渡河，只能是湍急、咆哮、气势汹汹的："大渡河太急了，它没有闲心跟你聊天。/它不容忍败笔。/就像人潮从地平线上涌过来，不可阻挡，/凡是人，就必须赴死。"到这里，诗人已经将大渡河当作一个人来写，它没有闲心，以"赴死"的气概奔涌向前，难以遏抑。大解这样一表现，大渡河的特点顷刻间烙印在读者脑海中。

  大解的《山水赋》不是一部以保护生态环境、展现人与自然和谐关系的作品，而是一部以自然为对象、通过新奇手法恢复人对于自然感知状态的诗集。诗人以陌生化的形象、充满动作感的语言、奇特的想象、颠覆性的观念，努力恢复读者久为概念、常识所压抑的自然感知力。《山水赋》改变了人们对于日常山水的印象，解构了知识和经验所塑造的山水概念，以新颖的、个性化的诗歌叙事，将司空见惯的事物进行了全新表现。大解在这部诗集中所作的创新尝试，既是对于传统观念、刻板印象、固化思维的破坏，又是对于诗歌乃至文学艺术想象力的一次成功实践。对于诗歌作品而言，空灵的、穿透性的想象力，有时比语言、形象和节奏更加重要。

（原载《诗刊》2022年第11期上半月刊）

生态诗歌召唤摩罗诗人

——序侯良学《自然疗法》

在生态文学领域中，生态诗歌一直是其中颇为薄弱的环节。尽管从 20 世纪 80 年代以来，陆续有一些诗人创作了具有生态意识的诗歌作品，但在诗歌创作整体疲软的趋势下，从事生态诗歌写作的作家人数并不太多，且缺乏持续性。进入新世纪后，虽然在全球性生态思潮的影响下涌现了一些生态诗人，但中国传统诗歌的山水写意趣味与作家们的逍遥意识，使得不少生态诗人沉溺于对于自然山水的歌颂、向往，他们总是力图消弭个人的主体意识，似乎只有在自然的审美中忘却生态的灾难、不堪的现实，才算是真正达到了物我两忘的唯美境界。哈佛大学比较文学系、东亚语言与文明系的卡伦·劳拉·索恩伯教授敏锐地注意到了这一点，她在其巨著《生态含混：环境危机与东亚文学》中充满警觉地写道："长期以来东亚的艺术家们和哲学家们理想化了人们与他们周围非人类环境的互动。他们的陈述予人一种印象，即东亚人对于环境具有天生的敏感，这一点和美国人和欧洲人不同，他们热爱自然并且与自然可以友好共处。但是对于人与他们周围的环境之间亲密关系的浪漫化处理，更多的是被事实否定，而非被经验主义地反映。与大多数人相同，东亚人数千年来重新塑造甚至利用了他们周围的环境。此外，许多现代和一些前现代的东亚小说及诗歌描述了人们毁坏了所有的事物，从小的空间到整个大陆。"卡伦·劳拉·索恩伯教授发现，东亚文化存在一种歌颂人与自然和谐关系的传统，这个传统无视人对于自然的严重破坏，甚至在生态危机严重的时刻作家们仍然具有浓郁的诗情，幻想着人对于自然的亲近与共处。令人遗憾的是，囿于中国诗歌的表达传统和审美习惯，表现自然、亲近自然一直是生态诗歌的重要内容，相反地，在诗歌中直接议论生态现实、批判生态灾难的诗歌作品因其与读者趣味的差异、审美意味的匮乏而长期处于诗歌的边缘地位，久为研究者所忽略。

值得庆幸的是，来自生态重灾区山西的生态诗人侯良学承担了摩罗诗人的角色。侯良学并非专业诗人，任教于晋南小县城闻喜二中的他只是在课余从事生态文学创作，并且尚未引起全国生态文学研究者的普遍关注和足够重视。然而恰恰是这位在生态诗歌领域率性而为的诗人，将他在欧美文学中汲取的末世主义思想、颓废的审丑意识和在现实中发现的触目惊心的生态灾难结合起来，创作出了以生态审丑为审美特征，运用夸张变形手法，强烈批判现实的生态诗歌新路径，对习惯于亲近自然山水、寄情于花草的诗歌传统进行了有意的背叛。侯良学不愿对现实无动于衷，不想随波逐流吟唱人与自然和谐共处的颂歌。侯良学之于生态诗歌的意义在于，他是这个时代的生态呐喊者。侯良学生态诗歌中的代表作具有浓郁的审美属性，它们和之前的口号式诗歌、符号化写作有了本质的区别。他的生态诗歌以赤子的热情、鏖战的斗志、艺术的惊悚深深地激动着读者，使人们在强烈的悲剧氛围与炽热的社会使命感中烙印下生态意识的种子。时代召唤生态文学，生态诗歌呼唤摩罗诗人，侯良学的出现仿佛天意，刺破了皈依自然的生态诗歌写作模式。他似乎就是人们企盼已久的生态诗歌领域的摩罗诗人，一位生态诗歌的叛徒，让沉溺于生态中国美好前景中的人们发现了冰冷的现实。侯良学的创作，是当下这个时代的叛逆者，他打破了人们习以为常的融入自然的写作惯性，是生态诗歌中最激烈、最昂扬、最震撼的声音。

但是习惯了鸟语花香、秀丽山川的读者和同行们，则对这位摩罗诗人怀着莫名的警惕与恐惧。于是侯良学的生态诗歌在同行中得到的反响并不太热烈，于是学术界做着高深莫测学问的学究们告诫说他的作品是人类中心主义的，是解构的，是虚无主义的，是为艺术而艺术的，只有逐渐摒弃人类中心主义和环境主义才可能创作出优秀的诗歌。所幸的是，侯良学的艺术自觉并未为这些有意无意的忽略、扭曲所误导，他依然坚持着自己独特的生态审丑立场，以此观照日益严峻的现实生态问题。诗人曾这样阐述自己创作的文学渊源："西方现代派文学对我产生了极其深刻的影响，托马斯·史登斯·艾略特的《荒原》对西方工业文明的批判是全面而彻底的，使我深刻地认识到西方工业文明对人的异化、对人与人之间的关系的异化、对人与社会之间的关系的异化和对人与自然的关系的异化"，"卡夫卡给我的恐惧感异常激烈，每次读他的作品都感觉浑身冰冷、头皮绷紧，他描写的人的变形、《地洞》里的地鼠的心悸、永远打不完官司的《诉讼》、永远到达不了的《城堡》，都加深了我对恐惧的理解，直到我的恐惧变成了人类的恐惧——人类的毁灭"。很显然，是西方现代派的荒诞意识、人的异化处境，再加上生态灾难的现实，一并促发了侯良学的生态诗歌创作。忽略了这一点，将诗人的创作归功于某位伟大文学导师、天才生态舵手的指引无异于痴人说梦。

侯良学是我近十年来非常推崇的优秀生态诗人、诗剧家，他八年前的生态诗集《让太阳成为太阳》即表现出迥异于同代诗人的特质，他善于发现现实生态中触目惊心的事件，在强劲有力的细节刻画中凸显出现实的荒诞、灾难的严重与精神的惶恐，犀利、形象，而又力透纸背，充满着对于当下社会现实与时代精神的深刻领悟。在这部新诗集《自然疗法》中，侯良学将近几年在精神苦闷中对于中国生态现实、社会现实、精神现实的思考作了集中呈现，在看似恬淡的清丽文字中继续表达着对于人性、国民性、消费欲望的批判力度。

在《自然疗法》中，侯良学执着于对生态灾难中的荒诞场景的偏执兴趣，他对人们习焉不察的生态乱象进行了戏剧化的表现，在极端化的语境中表现出人们精神世界的紊乱、社会感知的异样以及对于生态恶化的忧心忡忡。侯良学的诗歌以异化的现实映照了理想化的正常，以病态的思维昭示了健康的日常，以畸形的欲望呼吁了简单朴素的生活，在鬼魅的坟地、紊乱的精神病院、一地鸡毛的扭曲心理中表达着对于健康精神、饱满细节和理想信念的感知。侯良学在充满精神张力的极端叙述场景中让我们意识到，纵容的权力、充斥的欲望与人心的萎缩构成了当下生态现实的时代幕布。

侯良学的生态诗歌对于恐怖场景、丑陋形象、恶劣行为充满了浓厚兴趣，在自我搭建的戏剧性舞台上，诗人发现了这个时代的精神病象。《坟地》《在精神病院朗诵诗歌》《过年》《蝉蜕》等系列诗作，鲜明地表现出了诗人对于生态诗歌审丑艺术的坚持。在诗人的眼中，坟地是生态现实的一个生动的写照，钢铁城市与社会乱象让现代人进入了另一个意义上的坟地："坟地里的遗骨被悄悄移走 / 被移走的还有长在坟地里的野花和杂草 / 推土机推走了野花和杂草们的根 / 大风吹来钢筋、水泥、砖块 / 一夜间从大地深处飞速窜起 / 一座叫巴别塔的摩天大厦 / 楼里住满讲着杂乱语言的人 / 变乱的语言引发战争和地震 / 那些活着的骨头继续留住在大楼公寓里 / 有的骨头开花 有的骨头长出杂草 / 一个爬动的婴儿追赶一只猫 / 那只猫追赶一只会跳舞的老鼠 / 老鼠唱着歌想要变成一只戴胜鸟。"《过年》则对民众的习以为常的恶习进行了聚焦，口头上的生态主义与实际生活中的肆无忌惮构成了鲜明的对比："春晚还没开演／已经有人放鞭炮／狗狗阿然对着窗外吠叫／电视屏幕上开始倒计时／好像全国人民一起数／九、八、七、六、五……／外面的鞭炮声越来越密集／睡觉的阿然突然惊醒／我在梦里／走到大街上／车挤着车　人拥着人／街道两边挂满／被剥掉皮的羊／羊头在地上滚动／被一声炮炸醒／更多的人燃放／更多的鞭炮／好像夜色被鞭炮炸掉／天色越来越亮／太多的人燃放太多的鞭炮／漫步在羊年的大街小巷／人人面戴一个防护口罩。"以夸张、变形为手段，以丑陋、恶习为聚焦点，他关注的却是这个魅惑的时代，关注着民众精神世界中的承袭、挣扎、痛苦、沉沦与绝望，从而使生态诗歌的写作通向了一个更为广阔的空间。

《自然疗法》中所记录的还有诗人近年来对于人的精神与自然生态关系的敏锐观察，他在对于人们精神危机与生态危机的同构性书写中，一次次地勘探着生态灾难与精神困境的关联程度。这样的写作之所以困难，在于诗人常常难以建立精神困境与自然生态之间的隐秘关系，并且在精神的病相上为二者建立合理的因果关系。侯良学的生态诗作，恰恰朝着这样的方向不断努力着，在作者的批判、讽刺艺术中，我们发现了一个个已发生或正在发生着精神颓丧、信念阙如的故事，以及它们与自然生态的隐秘勾连。《亲爱的，终于下雪了》《野猪伤人事件》《千里追凶》《到田间购买有机草莓》《被修剪的自然》《在迎泽公园与颗颗一起看两栖动物》等诗作，集中表现了当代人精神世界的虚无、无根的迷惘与远离自然的内在关系。《野猪伤人事件》聚焦于新闻报道，将野猪误入城市之后的人畜冲突及人类文明的外强中干进行了强烈的嘲讽："疯狂的野猪宛如阶级敌人或者犯罪分子／逃窜到一家

厂区 / 被困在一张铁丝网内 / 没几分钟，它又撕破铁丝网，继续疯狂逃窜 / 我特警队员持冲锋枪紧锣密鼓地追赶 / 下午四时许 在另一家工厂 / 民警连射八枪 成功将其击毙 / 记者调查后发现 / 被野猪撞伤的三位老人 / 浑身多处软组织受伤 / 衣服被撕咬得七零八碎。"看似没有关联的事物，经过侯良学的审丑聚焦与戏剧化处理，顿时生发出浓厚的生态批判意味。

　　侯良学的诗歌口语化特色鲜明，他不断进行着语言的组合、排列，以集束式的冲击波彰显汉语的魅力与精神的震撼。狂欢的语言对应的是民众精神的颓废与价值的空虚，人们在穷奢极欲的物质享受、肉体满足与精神畸变中加剧着自然生态的承受极限。在这本诗集中，《品尝一只鸡》《池塘》《风干的动物尸体》等作品是侯良学语言实验的代表作。《品尝一只鸡》批判的是饕餮大餐的饮食传统与追求口腹之欲的消费心理，即便人们知道禽流感潜藏于鸡群中，依然无法摆脱内心对于食物的极端追求："我们还在网上阅读了 / 鸡的药用价值与鸡肉的综合营养 / 美食成分 / 鸡肉含蛋白质高、脂肪含量较低 / 富含维生素 B12、维生素 B6/ 维生素 A、维生素 D、维生素 K/ 也是磷、铁、铜、锌的良好来源 / 美食功效 / 鸡肉补益五脏 治脾胃虚弱 / "鸡蛋蛋白外涂解热毒红肿 / 生服解胡蔓草毒 / 蛋黄治心悸怔忡 / 蛋黄油生肌长肉 / 喜蛋（孵化成鸡胚的蛋）补虚损、治眩晕 / 鸡肝明目治夜盲 鸡苦胆治百日咳 / 鸡血治出血和喘咳 雄鸡冠调经。"诗人高频率地使用生物学概念，以此凸显人们对于极端营养的追求和科学名义浇灌下的食欲，那些看似严肃的科学概念在这里骤然变得异常触目而无趣。《风干的动物尸体》则对人类为了追逐利益而导致的动物园全体动物死亡的惨剧进行了批判："炮火连天 炮火连天 炮火连天 / 爆炸 爆炸 爆炸 爆炸 爆炸 / 加沙地带 / 人群逃离 逃离 逃离 逃离 / 动物们锁在动物园里的 / 铁栅

栏里 / 没有食物　没有　没有食物 / 没有食物　没有　水水水 / 一只动物到底能被饿上多少天 / 水水水水水水水水　水 / 一只动物到底能被渴过多少日　倒在地上　走不动了 / 走不动了　倒在地上 / 体内的水分被蒸发 / 干透了　变成一件件标本 / 风干的狮子　风干的鳄鱼 / 风干的狒狒　风干的老虎 / 风干的野猪　风干的刺猬 / 风干的天鹅　风干的鸵鸟。"诗人在难以遏抑的批判激情下，通过叠加的动作、重复的名词、排列的动物尸体表达对于人类社会的复杂认识与情感。

仍然是卡伦·劳拉·索恩伯教授，这样谆谆告诫人们应该重视生态文学的力量："文学拥有可以深刻地改变我们的力量，因为它可以揭露人们如何统治、损坏和毁灭彼此以及自然界。文学同样允许我们想象出可以替代的脚本。"侯良学通过独具魅力的生态诗歌写作，为我们所处的时代留下了一份可贵的档案，那些不公的悲愤、权力滥用的后果、无力的百姓、贫富的对立、商业的裹挟、欲望的宣泄、科学的偏执等熔铸到作品当中，以此完成了为社会写真、为自然呐喊的历史使命。侯良学以其肆意挥洒的诗情、纵横捭阖的激情、舍我其谁的担当，为中国当代生态诗歌开拓了一片广阔的天地，也为转型时期的中国留下了一份沉重的文学记忆。对于文学书写而言，直面丑恶时常比空想美好更有价值，离经叛道也比循规蹈矩更为真实。

（原载《自然疗法》，北岳文艺出版社 2018 年版）

自然书写中的土地气息

诗人的创作总是与其长期生活的地理空间具有内在的关系，地理空间形塑了诗人的感知方式，诗歌作品反过来又凸显甚至建构了人们对于一定地理空间的深刻印象。著名文学史家杨义指出："文学地理学的根本，在于使文学接上'地气'，考察土地的气息，包括山灵水怪，草木精灵，气象民风，由此产生的原始信仰和原始思维方式，以及民族家族代复一代的文化承传和流动，等等，对文学者的精神渗透、滋育和植入文化基因。"对于一位优秀的诗人而言，他在自然书写中呈现的不应该仅仅是客观的自然景象、建筑地标、生活场景，而应该有着对于其聚焦的那一片土地上的民风、民气、精神、生态的深入发现。换言之，衡量一位诗人优秀与否的一个重要标准，就是看诗人是否超越了对于客观物象的简单描摹，而上升到了对于一个群体隐秘而内在的精神气质、文化传统、思维状态的深刻领悟。

刚杰·索木东出生于甘肃卓尼，饱蘸着故乡文化的气息，在自然书写中张扬着灵魂深处的气质。刚杰·索木东的组诗《擀毡》将西北高原作为自己的书写对象，他的创作灵感起源于长期生活的故土的滋养，通过诗歌创作又反过来强化了西北高原给予人们的印象。可贵的是，他的诗歌创作没有停留于对于西北高原自然景观、日常生活的简单描摹，而是透过日常现象、自然景观表象，深入了时代语境、乡村历史、民族文化的里层。在《桑科》中，刚杰·索木东首先描述了西北高原的自然景象："高原托出一轮薄薄的月亮 / 静谧的海子是遗落人世的铜镜 / 余晖洒下的金顶传来梵音 / 整个世界的白就落了下来 / 雪线之上，狮鬃、豹影、羚角 / 和一朵自由绽放的雪莲 / 在夜色里颤颤巍巍 / 獒犬沉闷的短吠声里 / 大地的凝重，遥遥而至。"如果说诗歌的前两段描写的高原、海子、金顶、梵音、雪线、雪莲、獒犬等都是人们在作品中较为常见的自然物象的话，那么到了作品的最后一段则笔锋一转，深入到了藏族的价值观念底层："一堆篝火没入巨大的夜空 / 秋后的草地就发出疲惫的叹息 / 起身的时候，露水开始凝霜 / 归去的路就走得趔趔趄趄 / 精通十明的智者说——/ '一只脚尚未站稳，抬双脚肯定摔跤'。"萨迦格言警句的使用，生动地反映了藏传佛教对于人们日常行为的约束和指导，整首作品一下就从对于自然景物的描写深入了民族精神信仰和行为的层面。

在《擀毡》中，诗人讲述了擀毡人背着锅盖和长弓走村串巷的情形："黑牦牛的毛、白绵羊的毛和不知来路的毛 / 在巨大的幔帐上，逐一抖散、摊开、晒晾 / 满院的灰尘、草屑和膻味儿散尽的时候 / 擀毡人，和白雪一般蓬松的毛 / 一起卷入昏暗的炕角——/ 铺匀、压实、喷水……密密匝匝的制作 / 诡异、神秘，一如遮遮掩掩的午后。"在讲述擀毡人的生活状态后，诗人笔锋一转，转向了对于村人们精神状态的刻画："很长很长的时间里，我们的村庄 / 朴素，慵懒，简陋，狭隘，一成不变 / 拥有手艺的人，是灵巧之辈 / 不事稼穑，备受喜爱，却也无人尊崇。"这段很短的句子，却很深刻地揭示出了藏民们长期以来的精神状态：朴素，单纯，隐忍，却也慵懒，沉浸在藏传佛教的教义中，在幻想中期待美好的降临。历史上藏文化曾经辉煌一时，但很快就在历史上沉寂下去，对此阿来在《果洛记》中进行过深刻反思："马上英雄的时代很快就结束了，蒙昧的人们被高踞法座上的人教导引领，把自己的生境构想成一个坛城般庄严圆满，且一切具足的世界，只需要祈祷与冥想，转动的时轮会把一切有情带到世界美好的那一面那一端。可是，世界美妙的那面与那端，我们灵魂寄居的此一肉身上的双眼却不得亲见。可以亲见的，却是传说中那个辉煌的英雄时代不再重现。"在《山南记》中，阿来进一步分析道："我知道，从历史到现实，把一切该认知的加以认知，把一切该廓清的晦暗加以整理，然后，一个失去活力的民族以理性而觉醒的姿态主动融入现代社会，主动建设一个现代社会的时候并没有真正到来。"刚杰·索木东在《擀毡》中仅用寥寥数语，就概括出了历史上藏民们被祈祷与冥想驯服，导致了思想上的保守、单纯，以虔诚信仰和恪守佛法为唯一追求，虽有不尊崇金钱的恬淡，却又存在思想简陋、观念狭隘、生活慵懒的种种问题。这就是优秀诗歌的穿透力，它不用长篇大论，却能精辟地概括内在、深沉的问题，与最前沿的思想碰撞。

如果说刚杰·索木东擅长通过对于西北高原自然景观的书写，进而发现潜藏于生活表象下的民风、民气和隐形的传统，那么出生于云南玉溪的童七则吸收了云南丰富多彩的自然滋养和多元灵动的文化视角，在自然书写中彰显着敏锐的感官体验。在组诗《夜郎谷》中，童七充分展现了无拘无束的审美洞察力，他解放了自己的视觉、触觉、嗅觉、听觉、味觉，肆意发挥着诗人的想象力，创造了给人印象深刻的审美境界。在《筇竹寺的白山茶》中，童七以动写静，将白山茶生长过程中周围的动静进行了描写，但最终作品却营造出了一种趋于静谧的白山茶远景图："白山茶开得正好 / 落花曾立于止塔之上 / 让几块古砖萌生新意 / 和尚安睡处 / 有蜜蜂在石缝间筑巢 / 冬日，群蜂忙碌 / 太阳穿

过白山茶 / 来到止塔旁的空地 / 我坐在空地上看 / 蜜蜂从白山茶处提来花蜜 / 经过我，进入止塔的缝隙中。"在这首作品中，诗人使用了一系列的动词，如"开""立""萌生""安睡""筑巢""忙碌""穿过""来到""坐""看""提""经过""进入"等，动作的主体有白山茶、落花、古砖、和尚、群蜂、太阳、我、蜜蜂，可谓群物联动，动态十足，但最后却给人一种白山茶静静开放，人与自然浑然一体的静态效果，可谓出奇制胜，将诗人的想象力发挥得淋漓尽致。在《在高原平坝遇雨》中，童七将诗歌语言的新奇性又进行了创造性发挥："脚步被雨水拦住了。/ 在这里，花朵 / 可以摘到星星，群山 / 赋予了雨帘重叠的背景 / 雨水有了颜色：朦胧的 / 高远，深远，渺远 / 近处的花朵是水墨中 / 唯一的彩色。再往下 / 平坝里的水睁着黑色眼睛 / 深邃犹如野果落进深崖 / 雨过天青的黄昏时分 / 水中花朵开花的声音 / 又唤醒了那群星星。"诗人描述了在高原平坝遇雨而看到的景象，高原平坝上的花朵仿佛近到可以摘取星星，群山让雨水形成了雨帘重叠的效果，在这种背景下，远近不同的雨帘就有了高远、深远、渺远的差别。诗人的敏锐观察力接下来得到了展现，他发现近处的花朵还可以看见颜色，"近处的花朵是水墨中 / 唯一的彩色"，但远处则是黑暗一片，平坝上的水如同"睁着黑色眼睛"，那种墨黑中的神秘悠然而出。诗人用"深邃犹如野果落进深崖"来形容不可见的平坝的水、不可知的动静、不可描述的大雨带来的内心的震动，令人拍案叫绝。

　　童七的诗歌不仅以新奇的语言、意想不到的词语来唤醒读者对于生活的体验，而且他还以诗人的智慧从日常生活中发现时代的症候，在人们习焉不察的细节中捕捉到了时代的巨变。在《走进空地》中，诗人讲述了自己在孔庙喜欢的不是威严的庙宇，而是喜欢古树林中的静寂，以及没有被束缚住的事物："在孔庙，我喜欢的不是庙宇的威严/而是古树林的静寂/走进林中空地/地上啄食的鸽子们忽然飞了起来/一些没有被束缚住的事物，比如碎叶/和尘土，跟着它们起飞/它们的起飞，是柏树落在地上的种子/我的脚步所到处，它们拥有齐刷刷响动的自由。"整首诗没有一句话谈到围绕孔子形成的沉重的思想负重，仅仅用"庙宇的威严"就隐晦地传达了诗人对于儒家文化背后权力存在的抗拒，历史上的统治者不断将儒家学说作为驯化民众思想的有力工具。诗人欣赏的是那些没有被驯化的、被束缚的事物，哪怕是微小如鸽子，甚至是碎叶、尘土，都拥有一定的自由空间。在作为儒家文化重镇的孔庙里畅想自由，诗人的反思意识不可谓不强烈。在《空村》中，诗人描绘了一幅人去村空的寂寥场景："一个村落的美已经被固定住：/墙根和太阳共同赡养一位老人/褐色的牙快落光了/瘪着嘴巴说着一些别致的方言/他是从末世来的/村庄被他的预言围住/走不到明天/没有太阳的时候，这里的雾很大/距离我们要到达的地方/永远差着一方柳暗花明。"随着城市化的迅速发展，越来越多的中青年进入城市谋生，昔日喧闹的村落逐渐空荡起来。诗人接下来描写了村落中的几个孩童，讲述他们留守村落与父母留在城市背后的经济之手："几个孩童游散在雾深处/像是另一道谜语/谜底在他们远方父母的口袋里/他们的父母已经被远方的买卖/剥夺了作为父母的权利/她们的乳汁正变得苦涩/他们的口袋里再也掏不出糖果/他们生育时的辛苦也被卖了/买走这些东西的/是这片茫然大雾/还是雾中隐约传来的乌鸦声？"造成存在逐渐衰败的原因找到了，资本雇佣了村落的中青年劳动力，他们被迫将老人、孩童安置在村落，以青春、汗水甚至生命换取微薄的报酬。人们何尝不知道自己进城谋生，是以牺牲家庭、亲情为代价，剥夺了他们作为儿女、父母的权利，但人们没有选择的机会，只能被迫在为数不多的工作机会中全力以赴。这首诗从村落的落寞入手，简简单单地描写了孤独的老人、留守的儿童、进城的父母，寥寥数语，却充满了对于现代性、城市化发展模式及其制造的一系列社会问题的批判和反思。诗歌的力量，就在于它的洞见。

（原载《诗刊》2024年第10期）

肆 个案聚焦

曹林时评的附加值、写作技巧与时代使命感

　　曹林是近 20 年来引人瞩目的知名时评家，其时评作品关注社会转型过程中的各类问题，敢于质疑公权力、批判社会丑恶现象，显示出浓郁的人文精神。曹林在《中国青年报》从事时评编辑工作之余，还勤于写作，在国内不少媒体开设了时评专栏，先后出版《拒绝伪正义》《不与流行为伍——对中国社会流行谬误的批判》《时评中国——用理性反抗坏逻辑》《时评中国 2：用静能量对抗狂热》《时评中国 3：用温和的坚定抗拒冷漠》《守脑如玉——用暖评差评反抗带毒"10 万 +"》《时评写作十讲》《时评写作十六讲》等著作，其评论作品多次荣获中国新闻奖，还在北京大学客座讲授评论写作课程，任复旦大学新闻学院评论业界导师、华中科技大学兼职教授。尽管曹林的时评已经在评论界和读者中产生了长期而广泛的影响，但是学术界的研究却严重滞后于其评论作品的创作与传播速度，还有很大的研究价值与空间。讨论曹林时评写作的风格，将有助于厘定其作品的思想追求与人文精神，理解他的选题思路与创作理念，从而加深对于时评写作价值与方法的认识。

一

曹林的时评文章具有鲜明的思想性，他在介入社会公共话题时敢于厉声批判，并能在大众关注的新闻事件现象中发现背后的因素。曹林的时评写作以思想性取胜，想得深、讲得透是其一大特点，而这得益于他的知识结构的多元与善于读书、勤于思考的习惯。在曹林看来，新闻专业出身的人的优势不在于专业精深，而在于广泛涉猎与视野开阔，在面对不同类型的新闻工作时可以凭借广博取胜。在他看来，评论写作者也应该多读书，积累不同的知识背景，这样在遇到新闻事件时就能凭借多元的知识结构发现人们难以意识到的问题："多读书是为了积累自己的问题意识。写评论不是光靠那些冥思苦想的点子，也不是光靠一个个火花，靠的是有没有相关方面的积累。"[1]在资料检索日趋方便的时代，曹林依然坚持评论写作者应该多读书，不能够满足于对于网络的依赖："多读书才能在思想资源的积累上，摆脱对网络的过度依赖。评论写作需要知识的资本积累，有一个健全、完整的知识结构，才能写出好的评论。"[2]对于如何写好评论，曹林的经验是厚积薄发，只有当评论者拥有了健全的知识体系后，才能进入深度思考的层次，面对不同的社会现象时具有视野的穿透力与思想的深刻性："厚积才能薄发，有完善的知识体系才能有健全的判断，碎片化的网络知识带来的只会是肤浅同质和情绪化的思考，既无法给读者带来附加值，也无法在写作中提升自己，只会越写越空。"[3]曹林主张在专业增量中寻找评论的附加值，意思是评论写作者应该通过向专业人士或著作寻求帮助，以便拥有足够的知识积累进入某一领域的评论资格："评论员不可能是

---

[1] 曹林：《时评写作十六讲》，北京：北京大学出版社，2020年，第16页。
[2] 曹林：《时评写作十六讲》，北京：北京大学出版社，2020年，第16页。
[3] 曹林：《时评写作十六讲》，北京：北京大学出版社，2020年，第16—17页。

'万事通',面对很多话题时,'认知线'可能跟很多读者一样,处于一种平均的水平线。如果要获得'评论资格',就要超过这一'大众平均认知线',往前面推进一点。只有当你比大众对这个话题掌握更多的专业知识和背景信息,你在构思的时候才能看得更远更深更广,提出让人眼前一亮的观点。"[1] 曹林将评论写作的过程看作学习不同学科知识、拓展思想文化结构的机会,在开放而非内卷的状态下从事时评的写作,"每一次评论写作的过程,应该是一个通过学习相关专业知识、增长自己见识、扩展自己视域的开放过程,而不是一个透支自己脑洞、把自己写空的过程"[2]。正因为有了这样的思想观念,曹林的时评写作才能经历时间的淘洗,即便新闻事件尘埃落定后,其评论作品依然散发着思想的光芒与思辨的力量。正如陈小川所言:"许多时事热点虽然过去了,可由于发展的惰性和体制的迟滞,问题依然存在,常识需要不断重复,所以文章的价值依然存在;所依附的新闻由头虽然远去了,但评论的核心在于思想,那些蕴含在评论中的思想仍然有着丰富的价值。"[3]

重新来看曹林早年的时评作品,可以发现,尽管一些新闻早已烟消云散,但其评论中充满批判力度、反思深度的话语仍然超越了具体事件的时间限制,至今仍具有振聋发聩的力量。在《权力通吃下,我们都是陪舞者》中,曹林在多年前湖南省株洲市天元区教育局局长要求辖区内 30 多名女教师为同学聚会陪舞的新闻中,跳出了民众义愤填膺的情绪化表达的浅层,而看到了以权谋色丑闻背后那只神秘的大手:"不要拿'三陪'这样的污辱化字眼羞辱那些受害女教师了,不要为她们的遭遇而震惊和悲哀了,不要带着一种事不关己的心理优势向受害

---

[1] 曹林:《时评写作十六讲》,北京:北京大学出版社,2020 年,第 196 页。
[2] 曹林:《时评写作十六讲》,北京:北京大学出版社,2020 年,第 196 页。
[3] 陈小川:《理性是评论的力量(丛书序)》,曹林:《拒绝伪正义》,北京:中国发展出版社,2010 年,第 6 页。

者优雅地布道：在权力大于一切、权力通吃的制度背景下，手中掌控权力的人，没有资源不想垄断，没有东西不想占有，为了利益没有什么可以敬畏的，谁也难以体面地保持那一份尊严，不仅是女大学生、女教师们，我们实际上都可能会成为权力的陪舞者！"[1]在《特权，不要误解人们看你的眼神》中，曹林在并非执行公务的特权车驶过街道而强迫平民充当夹道群众的现象时，看到的不是特权的威风与民众的仰望，而是中国传统社会中臣民意识的遗传："这是一个民权已然觉醒的公民社会，而不是未受启蒙的臣民时代。民众敬仰和膜拜特权，这是臣民时代的民众意识，因为那样的社会在根基上本就不平等，人们把不平等当作一种与生俱来、不证自明、理所当然的现象。社会有等级，人际有差别，权力有势差，有些人天然地高人一等。"[2]在《吃的是纳税人的钱，挤出的是垃圾建议》《不搭院士身份，抄袭已很难成为新闻》《自主招生：想象的公平与可控的公平》《"要不要买版面发论文"的中国式焦虑》《民间人人都是"反腐硕士"》等系列时评中，都有耐人咀嚼的经典观点阐述和深入骨髓的反思。曹林的时评能够经得起时间的检验，一个重要的原因就在于写作者热爱读书，建构了自身较为完善的知识结构，介入公共事件时能够形成独特的切入点和深刻的思想观点。

人们普遍具有一种思考的惰性，对于新闻事件常常只能看到客观的经过和表层的原因，容易形成一种普遍的、庸常的认识。评论员的价值就在于他们可以利用自身的知识结构、新闻素养与严谨表达，穿透现象的迷雾而进入大众忽略的区域，提醒人们注意新闻事件中的报道盲区，呈现更为全面而客观的整体情形。曹林认为："评论员通过在大众停止思考的地方做进一步的思考，引导大众看到被忽略的事实，

---

1 曹林：《拒绝伪正义》，北京：中国发展出版社，2010年，第3页。
2 曹林：《拒绝伪正义》，北京：中国发展出版社，2010年，第12页。

看到完整的真相,看到不同立场不同角度不同身份的思考,从而在此起彼伏的热点变换中,用多元的思考为一个社会强化它的价值观,增进大众的智识。"[1]曹林的时评作品覆盖范围广泛,从权力腐败、民生民意到社会文化、网络现象,等等,他的评论都能够超越大众的一般认知水平,朝着新闻事件中更为隐秘、更为重要的内核挺进。曹林总结自己的评论写作经验时提到过一个策略,即"从'正常'中寻找'反常',从'反常'中发现'正常',是对评论敏感最好的概括。常人只能被带着节奏,跟着新闻一惊一乍,而评论员则应该始终保持一种怀疑精神,在静态中看到微妙的变化,在变化中看到恒定的价值"[2]。对于评论写作者而言,想要在新闻事件中保持清醒的观察和判断并不容易,因为事件本身的复杂性、各类社会力量的介入以及舆论对于写作者的诱导等,都有可能导致评论者的写作偏离靶向,放过了真正值得重视的根本性问题。曹林曾这样反思:"新闻学院给我们的教育是,要有独立的思想。独立于什么呢?需要独立于权力,独立于商业权力,更要独立于所谓的'多数民意'和'大众流行',同时也要独立于自以为是的正义感和过剩的道德激情。排除这些干扰,需要有无比强大的内心。特别是那些听起来很正义的符号和口号——'同情弱者''尊重民意''反抗强权'等——这些正义凛然的口号常常会对人的独立判断产生强烈的干扰,甚至产生一种'舆论正确''政治正确'的强迫压力。"[3]当评论者真正确立了内心的信仰,建立了稳固的价值观念后,写作评论时就能够坚持自己的独立判断,哪怕这种判断看起来挑战了社会常识,"挑战了常规认知的评论,才能引起讨论,那种正确的废话,永远不会引

---

[1] 曹林:《时评写作十六讲》,北京:北京大学出版社,2020年,第20页。
[2] 曹林:《时评写作十六讲》,北京:北京大学出版社,2020年,第81页。
[3] 曹林:《时评写作十六讲》,北京:北京大学出版社,2020年,第82—83页。

发争议，当然，也不会有存在感"[1]。

在《以屠呦呦贬低黄晓明是脑子进了多少水》中，曹林对科学家屠呦呦获得诺贝尔医学奖之后舆论界掀起的对于演员黄晓明的批判进行了反思。人们批判黄晓明的理由是，作为一名对国家、社会没有多大贡献的演员却拥有巨额财富，而像屠呦呦这样为中国和人类做出重大贡献的科学家却长期不受关注、待遇不高。但曹林却发现了人们对比中的情绪化判断，将屠呦呦、黄晓明所处的不同行业、具有的不同价值混淆到了一起，因此他敢于冒着被舆论批判的风险指出一个被人们忽略的事实："对'戏子'的贬低更暴露着价值观的扭曲。以尊重科学的名义贬低财富和其他职业，这是反科学的论调。在自以为是的道德优越感背后，是心理的丑陋和思维的阴暗。"[2]在此基础上，曹林指出中国社会在改革开放后不再只有一种价值观念、一种声音，这是社会的进步："这个社会在改革开放后最大进步就在于，祛除了某种单一价值观而能够包容多元，拒绝用那种单一价值观的专断思维去衡量万事万物，并不要求紫罗兰发出与玫瑰一样的香味，'各美其美，美人之美，美美与共，天下大同'，人们可以免于受一种专断尺度的价值压迫，而在自己的价值王国中追求自由，且并行不悖。"[3]

在《挖煤助学：被过度开发的民间道德》中，曹林对当时引起社会广泛关注的洪占辉供养"捡来"的妹妹、刘念友挖煤资助贫苦生上学的现象进行了聚焦。他在被舆论广泛称赞的洪占辉、刘念友身上，发现了被过度开发的民间道德及其背后政府公共救济的缺失、富人对待慈善的冷漠："一方面，政府公共救济的缺失，导致了对民间道德资源的过度依赖和过度开发，社会爱心不堪重负；另一方面，民间的道

---

[1] 曹林：《时评写作十六讲》，北京：北京大学出版社，2020年，第85页。
[2] 曹林：《时评写作十六讲》，北京：北京大学出版社，2020年，第328页。
[3] 曹林：《时评写作十六讲》，北京：北京大学出版社，2020年，第327页。

德自治中，强者对救助的道德淡漠，富人在慈善上的吝啬，又把慈善推给了弱者自身，结果中国的慈善事业很多时候成了'弱者救助弱者'的慈善。洪战辉供养'捡来'的妹妹，刘念友挖煤捐资助学，就是典型'弱者对弱者'的慈善。"[1]进而，曹林在人们日常生活中经常性的献爱心现象中看到了民间承担的过重的经济负担和精神压力，使人们在被感动之余有了对于现象背后的问题的更深入的思考："从医疗到教育，从住房到救助，公共救济的缺失无处不在，这种缺位导致了对民间道德资源的过度开发，本应是辅助性的爱心救助，成为一种经常性的道德强迫，过度开发对社会道德生态的破坏是巨大的。'献爱心'本来是一种主动、自由、愉悦的利他行为，在诸多苦难的'爱心呼唤'中，它内在的主动和自由已经被剥离，异化成为社会的一种精神负担。"[2]

曹林的时评不依赖于写作时的灵感乍现，而是在不断读书、健全知识结构的基础上形成对于新闻事件更为立体、客观的发现，并借助富于超越性的思想判断推进对于新闻的认知。他的时评之所以能够历久弥新，不只是由于新闻事件的重要性、写作技巧的高低，最根本的还是在于其思想的穿透力与讨论话题的恒久性。唯其如此，评论写作才能跳出对于具体人物与事情的细碎讨论，而得以在更高、更广的层次上俯瞰事情，发现更为本质、内在的问题。

二

必须注意的是，曹林的评论写作虽然以思想性著称，但这并不意味着他不重视评论写作中的技巧与方法。在长期的评论实践中，曹林

---

1 曹林：《拒绝伪正义》，北京：中国发展出版社，2010年，第201页。
2 曹林：《拒绝伪正义》，北京：中国发展出版社，2010年，第201页。

对于时评进行过细致的研究，并在《时评写作十讲》《时评写作十六讲》等著作中系统地阐述了评论写作的选题、构思、论点、角度、论证、论据、结构、语言、思维等要素，表现出对于时评写作方法与技巧的高度重视。事实上，一篇优秀的、具有长久价值的时评，必然是思想性与技巧性的完美融合。

在曹林的时评作品中，他对于评论的标题艺术极为重视。在他看来，标题是时评内容的广告，传达了评论内容和作者对于新闻事件的基本态度，具有提高评论表达效率的作用，因此必须高度重视评论写作中的标题。曹林认为："评论的标题一定要有亮点，无论是痛点、泪点，还是吐槽点，总得有一个亮点能提起读者的阅读兴趣。如果评论的观点很独到，一定要把独到的观点提炼到标题中；如果论点并不新，所举的案例很新，故事很有冲击力，那么就有必要把故事的元素体现在标题中；如果实在找不到亮点，那么这样的评论就先别写了，等找到亮点的时候再动笔。"[1]在他看来，观点与标题关系密切，有独到的观点、故事的元素或者亮点，必须要体现在标题中，否则评论文章在眼球经济时代很难吸引足够的关注。对于内容比较平淡的评论，曹林认为可以通过"文题互补"的方式予以调整："如果文章内容本身很平，就需要有一个很尖锐的标题；如果文章内容本身比较尖锐，就需要一个相对比较平的标题来平衡，毕竟，标题很短，它只具有广告效应，并不具备说服效果，如果尖锐的观点通过简短的标题体现出来，很容易在'标题党'传播中扭曲观点，形成误解。"[2]

在《拒绝伪正义》《不与流行为伍——对中国社会流行谬误的批判》《时评中国——用理性反抗坏逻辑》《守脑如玉——用暖评差评反抗带

---

[1] 曹林：《时评写作十六讲》，北京：北京大学出版社，2020年，第113页。
[2] 曹林：《时评写作十六讲》，北京：北京大学出版社，2020年，第115页。

毒"10万+"》等著作中，曹林将他对于评论标题艺术的追求展现得淋漓尽致。在长期的评论写作实践中，他总结了拟定标题的几个基本原则，并且将这些原则运用到了评论写作实践中去。曹林认为时评的标题"要避免正确的废话，能挑战某种常规的认知，有独到的切入点，能标新立异"[1]，如果标题只是呈现出普通民众都知道的观点，这样的文章必然对读者缺乏足够的吸引力。在《中纪委负责"打虎"，媒体负责"鞭尸"》《让〈人民日报〉评论员"走下神坛》《官员"自罚"是一种特权》《学新闻的第一份工作千万别选新媒体》《一个北京人为什么反对廉价地铁》《不学会慢就永远走不出垃圾处理困境》等系列评论中，曹林将时评里与众不同的观点提炼成为标题，使之具有了很强的吸引力。标题即观点，标题与众不同，也就使内容的与众不同得到了有力的彰显。同时，曹林还喜欢使用具有冲突性的标题，"要能体现某种冲突性，以冲突性表现论点和角度的张力"[2]，即在标题中就有表现出高矮、好坏、美丑、快慢等对比要素，使读者在看到标题时对于具体内容形成某种阅读期待。在《姚明面前，无比矮小的中国大学》《狂躁轻浮的新媒体时代，做一个冷媒体》《娱乐没底线，独家新闻成独家耻辱》《有一种谣言叫"正能量谣言"》等评论中，曹林将姚明的高大与高校的矮小、新媒体的狂躁与传统媒体的冷静、谣言与正能量等异质性的词语并置，形成了巨大的话题张力，使读者产生了一探究竟的阅读兴趣。在写作评论时，曹林还通过"设置悬念，激起读者好奇心"[3]，来增加时评的可读性。在《我为什么替东莞市委书记辩护》《你相不相信马云从来没有行过贿》《落马贪官为何成最弱的弱势群体》《对张玉环案，别急于替受害者说"迟到的正义"》《为何被顶替的都是农家女？

---

[1] 曹林：《时评写作十六讲》，北京：北京大学出版社，2020年，第113页。
[2] 曹林：《时评写作十六讲》，北京：北京大学出版社，2020年，第114页。
[3] 曹林：《时评写作十六讲》，北京：北京大学出版社，2020年，第114页。

恶人总挑弱者中的最弱者欺负》等系列评论中，曹林在标题中有意识地设置了一种令人欲罢不能的情境，将新闻事件中的人物放到尖锐的问题中，直接叩问在权力腐败、商人行贿、入学顶替等极端事件中的热点问题，从而使读者产生强烈的阅读欲望。除此之外，曹林还擅长在标题中"直指要害直击痛点"[1]，如《翟天临的人设算什么，我只在意招考公平的人设》《不会水的警察是否必须以命救命救轻生者》《看待洪灾别带美颜和远景视角，这是起码的良心》《怎么就泼妇了？向西安维权女士学八种讲理技巧》等；在标题中"注重与读者的交流感"[2]，以与读者侃侃而谈的方式增强文章的互动感，如《我没忍住粗口，也没忍住眼泪》《你我有幸可以不必去感知信息的价值》《哀悼李咏，为一辈子逗我们笑的人哭一次》《你有权以消费爱国，但无权绑架别人》《数数看你被多少条"反转新闻"打过脸》等，将"我""你"的视角直接表现在文章中，通过第一人称、第二人称的方式进行沟通，如同朋友闲聊一般，将新闻背后的道理一一阐述。

在评论写作中，曹林强调写作者应学会讲故事。在曹林看来，"评论，很多人觉得就是'摆事实，讲道理'。我最喜欢的评论倒不是讲道理，而是讲故事，通过感性的故事去阐释一个深刻的道理"[3]。原因就在于："故事是感性的，道理是抽象和理性的。读者的认知过程其实是一个从感性到理性的过程，因此我们的写作要尊重读者的理解，尊重人们对一个道理的接受习惯。更重要的是，通过故事讲道理是潜移默化的，是让读者自己从故事中感悟，让他觉得这个道理是自己获得的，而不是评论员强加给他的。同时，故事也能让文章结构更丰富，如果都是板着脸讲大道理，那样的文章也太难懂了；很多时候，故事就是

1　曹林：《时评写作十六讲》，北京：北京大学出版社，2020 年，第 114 页。
2　曹林：《时评写作十六讲》，北京：北京大学出版社，2020 年，第 114 页。
3　曹林：《时评写作十六讲》，北京：北京大学出版社，2020 年，第 145 页。

文章的兴奋点，就像相声小品一样，是文章的'包袱'，有'包袱'的评论才好看。"[1]至于如何讲故事，曹林指出写作者应学会换位思考，在写作前和写作过程中应学会体察读者对于哪些类型的故事更为喜欢："如何讲故事？这涉及评论作者对受众情感结构的洞察力。一个触及公众情感结构的故事，才能在打动人心的过程中起到修辞感染力，从而对观点形成有力助攻。"[2]在时评写作中，应该学会"不唱高调，说人话，找到触动人心的那个点"[3]。当评论写作能够真正发现打动人心的地方，这样的评论也就具有了可读性的保证。

在《媒体人要有"小三精神"》中，曹林讲述了记者采访时使用不同句式的故事，显得生动而富于启发性："在《新闻调查》早期采访时，常用的采访句式是'但是……？''你不觉得……？''难道你没想到……？'有人喜欢那个时期的采访方式'更短，更直接，更来劲'。后来她意识到这样的问句中包含着一种迎合公众的快意恩仇和预设立场的自负。后来她的问句变成了'有没有一种可能'，这不是反驳和交锋，是她也不明确什么是一定正确的，只想提供一个供人判断的可能性，人摆动一下，板结的思想土壤就松动一点，空气的缝隙就多一些。"[4]有了这个采访故事作为铺垫，曹林评论所要阐述的道理就非常清晰同时也让受众乐于接受了："老老实实地当'三儿'，而不是争着去当'老大'——也就是保持一种谦逊的姿态和开放的心灵，而不要自负偏执地以握有真理自居，自以为掌握着真理和真相，拒绝接受他人的观点和提供的事实。一方面要意识到，自己的理性是有限的，自

---

[1] 曹林：《时评写作十六讲》，北京：北京大学出版社，2020年，第145—146页。
[2] 曹林：《时评写作十六讲》，北京：北京大学出版社，2020年，第146—147页。
[3] 曹林：《时评写作十六讲》，北京：北京大学出版社，2020年，第154页。
[4] 曹林：《不与流行为伍：对中国社会流行谬误的批判》，北京：中国发展出版社，2013年，第4—5页。

己掌握的事实是有限的,不谋求话语霸权,保持一种可能被更有理的观点、更确凿的事实说服的心理准备。"[1]在《没有是非的滥情也是一把刀》中,曹林在反思有的媒体对于2012年西安"9·15"反日寻衅滋事案中的罪犯蔡洋进行煽情描写时,首先讲述了这样一个故事:"有个奇特的媒体现象——每当媒体报道了一个恶性事件中的作恶之人,当报道和评论一边倒地去批评这个恶人时,总会有媒体或评论员站出来,分析作恶后的社会和体制原因,并故作高深或假扮深情地将问题推给抽象的体制,或宏大的社会背景。比如,这次砸穿西安日系车主李建利颅骨的嫌犯蔡洋被抓获后,舆论和公众拍手称快,也有媒体用大篇幅呈现了蔡洋的成长经历和日常生活,试图从他的成长中找到其作恶的心理动因和走向暴力的轨迹。有人以煽情的笔调写道:'他是千万新生代农民工中的普通一员,这个群体是当代转型中国重要的社会存在,但在主流话语中,他们却是失语的一群。'"[2]有了这个背景之后,曹林接下来的道理阐述就显得顺理成章了:"为什么要警惕这种逻辑?因为这逻辑会误导舆论,似乎无论怎样施暴,只要扮出一种弱者的形象、躲到一个弱势群体的标签背后就可以免责;无论如何作恶,只要打着反抗的旗号就能赢得同情;无论多么罪不可赦,只要把社会不公推出来,起码能在道德上获得认同。是非不分的分析,只会加剧那些丧失理智者的是非不分。一个开放的社会能容纳多元的价值判断,但不能失去了是非边界。"[3]

曹林的时评既注重思想的深度与知识的广度,又注意从写作技巧

---

1 曹林:《不与流行为伍:对中国社会流行谬误的批判》,北京:中国发展出版社,2013年,第4页。
2 曹林:《不与流行为伍:对中国社会流行谬误的批判》,北京:中国发展出版社,2013年,第9页。
3 曹林:《不与流行为伍:对中国社会流行谬误的批判》,北京:中国发展出版社,2013年,第10页。

上进行磨砺，使评论文章的标题具有吸引力，在评论过程中通过故事性增强内容的可读性与感染力，从而使评论同时具备思想性与可读性。

三

曹林的时评往往关注在社会上产生广泛关注度的话题，公权力的腐败、社会丑恶现象、弱小者的遭遇等是其评论很多的话题。这些文章由于对于其时热点话题与社会生态有着犀利的思考，具有对于社会的反作用价值，获得了读者的认可。曹林之所以选择这样一些内容，最主要还是与他对于评论写作者的价值追求有着密切关系。

曹林认为时事评论员应该具有大关怀与大格局，不能仅仅将目光停留在自我情绪、小众生活的层面，而应该与急剧转型的大时代产生直接关联，将个人的评论对象主动融入无限变化的社会中去。曹林曾这样阐述自己的时评写作价值观念："我坚持认为，一个以评论为业的人，要把自己的评论使命与这个时代的使命结合起来，要有强烈的历史使命感和呼应时代需求的责任感。中国所身处的这个时代，是一个大变革的时代，向着民主、自由、平等方向转型。……我们这些以评论为业的人，要敏感地把握住这个时代的特征，主动把自己的选题倾向于这些方面，把民主、自由、平等的追求融入自己的评论关注中。"[1] 社会向着民主、自由、平等方向转型，在尚未完成转型之前，一定仍然有许多不尽如人意之处，对于这些社会问题评论者不能视而不见，或者仅仅发表一些隔靴搔痒的意见。对于有正义感、历史使命感的评论者而言，评论是他们为社会把脉的过程，时评是一种批评的文体，直接作用于社会的机体，起着警醒、批判和反思的作用。曹林认为："评论，是一种公民表达的实用文体，是在公共事务上运用自己

---

[1] 曹林：《时评写作十六讲》，北京：北京大学出版社，2020年，第228页。

的理性,必须与一个人身处的社会和时代发生关系,必须追问你评论的意义。什么叫意义?我对意义的理解是,与外界发生联系并产生作用的一种描述。评论的意义,就是与身处的社会产生联系并发挥推动作用。"[1]对于写作者而言,如果时评不能触动社会的痛处,不能使所评论的问题得到社会关注并采取应对措施,这样的评论无疑是缺乏价值的。在《规则和权利不是用来盛气凌人的》中,曹林关注了现实生活中快递小哥经常遇到顾客差评、恶评的现象,并借助一位顾客与快递小哥之间的暖心沟通,提出了人们在规则和权利之外还应有体谅、理解、宽容的态度:"规则和权利已经成为现代社会一种不证自明的政治正确和公理,人们的权利意识越来越张扬,爱把'这是我的权利'放在嘴上,看起来是一种进步。但这种权利意识如果没有对自私的克制,缺乏对别人权利的平等尊重,没有体谅、理解、礼让、宽容、谦逊和人情的温度,就容易变成公共交往中一种滋生暴力和生产冲突的戾气。人们特别喜欢将一切对自己有利的东西用权利话语包装起来,使'自私'变得理直气壮并神圣不可侵犯。"[2]

面对复杂的新闻事件时,曹林在评论之前会进行评论对象价值次序的选择,将对社会影响最大、最直接、最有代表性、最有反思价值的对象作为评论的重点目标。他曾这样解释:"为什么要强调批判的价值次序?因为这样的次序与一个社会的道德生态秩序密切相关。直接的恶比间接的恶,关系强的恶比关系弱的恶,大的恶比小的恶,应该受到更多、更先在的批判,不放过真正的恶人,给恶人与其恶行相适应的批判,这是维持一个社会的道德秩序必须有的基础。否则的话,如果对眼前最直接的恶视而不见,却把问题都推给那些远处非常间接的恶——比如体制,比如制度,这只会对社会形成非常恶劣的暗示,

---

[1] 曹林:《时评写作十六讲》,北京:北京大学出版社,2020年,第228—229页。
[2] 曹林:《守脑如玉:用暖评差评反抗带毒"10万+"》,北京:中国发展出版社,2018年,第252页。

纵容一些恶行。"[1]面对新闻事件中的多个可供评论的目标时，曹林会选择那些对于社会生态秩序具有更大影响的对象，因为只有捕捉住了核心话题，才能有效地触及问题的根本，加快问题的解决。倘若写作者将重心放到了新闻事件中的边缘话题或者次要目标，就很有可能对最应该被批判、最值得反思的对象视而不见。

在《从造谣到黑客：批判的价值次序》中，曹林通过某医院被造谣、某城管网页被黑客攻击而舆论却将批判矛头指向医院、城管的现象提出了质疑，认为评论者应确立所要讨论的对象的次序，不应在貌似深刻的反思中混淆了基本事实，让本应被重点关注的问题从大众视野中溜走。"可在我们舆论的批判文本中，这种价值次序被颠倒过来了，很少有人去批判造谣者、传播者这个在具体案例中最近的、最强的、最直接的、最明显的、最先应受批判的人，大多数人都对造谣之恶视而不见，而习惯性地把矛头指向了医疗体制和医疗潜规则，执着地追问'为什么人们会相信谣言'，而刻意回避'因为首先有人制造了谣言'这个原初性的问题。"[2]在此基础上，曹林进而分析了一些评论者价值次序颠倒的深层次原因："可怕的是，舆论中充斥着类似毫不尊重批判之价值次序的谬论。这种谬论，因为迎合了一些人仇富、仇官的情绪，迎合了一种'反抗代表正义'的民粹热情，迎合了一种多数人暴力的正义幻觉，招摇过市且赢得无数掌声。殊不知，这种貌似深刻、实则混淆是非的逻辑，正把这个社会推向民粹的深渊中。"[3]在《先真假、后是非、再利害》一文中，曹林对福建南安市的"沉尸葬母"案的真相及媒体人评论先于真相而出的现象，认为责任出在评论家身上："某些评论家评论起许多事件来确实是一套一套的，这个制度缺乏，那个保障真空，这个制度弊病，那个权利虚置，当下中国确实存在着这些

---

[1] 曹林：《时评写作十六讲》，北京：北京大学出版社，2020年，第262页。
[2] 曹林：《拒绝伪正义》，北京：中国发展出版社，2010年，第94页。
[3] 曹林：《拒绝伪正义》，北京：中国发展出版社，2010年，第94—95页。

社会问题——但是，很多评论中的'问题分析'并非时评家基于某个特定的事件引发的'问题意识'，由某个具体的新闻所触发的相应、贴切思考，而是等着把一个个固定的、现成的、用滥了的'问题分析'往一个个事件上套。"[1]对于新闻工作者而言，探究事件的真相应该永远摆在第一位，否则谈论是非、利害就缺乏了最基本的材料。曹林认为先问真假、后断是非、再说利害是新闻工作者应该坚守的职业伦理："我觉得这个职业伦理对媒体从业者非常重要，尤其对当下浮躁的新闻操作很有针砭意义。新闻是对客观事实的报道，当然先得追问某件事是真是假，是否真实存在，是不是夸大了事实或者是炒作，然后再根据事实信息去判断这件事是对还是错，判断是非才有了事实基础。对根本不存在的东西进行评判，根本没有什么价值。最后才轮到分析其中的利害关系，对谁有利对谁有害。"[2]

面对着迅猛转型过程中层出不穷的社会问题，曹林保持着高质量和高数量的时评写作，以此来表达一名公共知识分子的社会良知和历史责任感。他在评论写作中不断地丰富自身的知识结构，磨砺着写作的技巧，使评论写作朝着专业方向不断迈进。曹林的时评具有独立的思想判断，坚持程式主义的方式来考察事件。曹林以时评介入公共事务，展现了一位当代知识分子在自我的不断省思中与社会、时代密切联系。曹林的时评与国家进步、社会转型具有血脉关联，是中国转型社会的客观见证与历史记忆。

（原载《阴山学刊》2022年第5期）

---

[1] 曹林：《拒绝伪正义》，北京：中国发展出版社，2010年，第79页。
[2] 曹林：《拒绝伪正义》，北京：中国发展出版社，2010年，第78页。

明清宫廷文化的重审　历史与文学的互证

——高志忠学术研究刍论

新时期以来，国内古代文学研究迅速得到恢复与发展，涌现出一批重要的学者和重量级著作。学界的老中青三代分布合理，中年一代固然甘于坚守，青年一代也在研究思路与方法上不断尝试，整个学科呈现出欣欣向荣的态势。在古代文学研究界，有一批新锐的青年学者潜心于研究，他们以现代意识对话经典，融合文学史料与研究方法，发表了一系列研究个性突出、视角独特、厚重扎实的论著。高志忠即其中一位，他在中山大学获得中国古代文学专业博士学位，后在暨南大学博士后流动站工作，现为深圳大学故宫学研究院院长、文学院特聘研究员，主要研究方向为古代诗文与诗文批评，兼及明清宫廷戏剧与故宫学研究。高志忠在《文艺研究》《美术研究》《戏剧艺术》《戏曲艺术》等刊物发表学术论文二十余篇，主持国家社科基金重大项目"清代宫廷戏剧史料汇编与文献文物研究"及国家社科基金一般项目、广东省哲社基金项目、中国博士后科学基金项目等多项课题，学术兼职有中国明代文学学会理事、中国散曲研究会理事、广东省中国文学学会理事等，主编"故宫学研究丛书"一套，出版《明代宦官文学与宫廷文艺》《明清宫词与宫廷文化研究》等学术专著四部。学术专著《明代宦官文学与宫廷文艺》（商务印书馆，2012年）、《明清宫词与宫廷文化研究》（方志出版社，2014年）出版后引起了学界的广泛关注。

高志忠的学术研究聚焦于明清两朝的宫廷文化这一领域，通过对明代宦官诗文创作、宫廷戏剧以及明清宫词等方面内容的研究，提出对于明清两朝宦官文学的新认识，纠正了长期以来停留在人们印象中的对于宦官及其文化身份的扭曲评价。高志忠的文学研究立足于丰富的史料，善于通过文本细读以小见大，分析出特定历史时期的社会文化与群体心理，借此探究宦官创作观念的嬗变及其背后所蕴藏的丰富文化信息。他的宦官文学研究思维敏捷而态度严谨，材料扎实而观点新锐，尤其善于从文学与历史的相互阐释中发现富于意味的细节。

一

高志忠的文学研究以明清两朝的宦官文学为对象，他不是从政治、阶级层面来看待宦官这一特殊群体，而是将其视为一种特定时期的社会现象、文化现象，努力挖掘隐藏在宦官身份表象下的丰富文化信息。高志忠的宦官文学研究涉及面广泛，既有对明代宦官教育状况、文化活动、权力角逐的系统整理与解读，又有对宦官文学产生根源的透彻剖析，由此呈现出一个生活方式独特、情感世界饱满的宦官文学领域。高志忠的宦官文学研究重视对明清文人创作观念和文化形态流变的审视，厘定明代文人与宦官之间的复杂关系，努力还原明代宦官专权影响下明代文人和文学的生态。

高志忠的学术研究重视对于史料的搜集，整理、稽考了大量罕见宫廷创作资料，在对这些信息的归纳中提取出一系列让人耳目一新的观点。高志忠通过对明代宦官受教育情况的系统考述，改写了人们对于宦官固有的生理与心理双重"变态"的印象，揭示出其作为一个文化素养相对较高的知识群体的形象。知识型宦官大多产生于明代的内书堂教育、帝王伴读和名太监门下，他们的存在是宦官文学诞生的前提和基础。高志忠针对知识型宦官的诗文活动进行了全面梳理，探讨宦官文学作品的存佚情况，对一些较为重要的宦官文人的生平进行稽考，在大量文本细读过程中概括了宦官文学在思想性、艺术性方面的特点，从而展现出宦官文学创作内容与风格的多样性。宦官长年累月深居宫中，生活权利和自由受到限制，加之自身的身体缺陷和外界社会的歧视，使得他们的诗文创作表现出对禁锢困居生活、孤独寂寥心理的刻画，多有发愤辩诬之作。高志忠注意到"他们的创作不用考虑社会意义，功业名利，所以是更本真更自然的有感而发。也因为其身处独特的人文环境，他们特有的视野和思维，形成独特的文学体现。更由于其特殊的处境，我们从其作品中体味出不同于常人的特殊表达"[1]。万历时王翱曾作《咏笼雀》，将长期困居皇家牢笼的寂寞凄凉和无可奈何表露得淋漓尽致："曾入皇家大网罗，樊笼久困奈愁何？徒于禁苑随花柳，无复郊原伴黍禾。秋暮每惊归梦远，春深空送好音多。圣恩未遂衔环报，羽翮年来渐折磨。"[2]曹化淳的《睹南来野记感怀》则力图洗刷自己"开门迎闯王"的冤屈，是宦官借助诗歌辩诬的力作。由于这个群体特殊的生理因素和心理状态，知识型宦官为求心灵的安顿更加相信宿命与迷信，他们往往崇尚礼佛与问道，因而对事物的认识和把握也极具宗教哲理意味，也催生出意境飘逸的诗文，如："仙乐忽从天外传，岭云尽向洞中归。羡门久订餐霞约，直入玄关与世违。"也有充满禅宗顿悟之感和哲理性的诗句，如："万物备于我，我身当践行。既无不了事，那有未忘情。"

高志忠从事明清宦官文学与文化研究的过程中，注意在文学与历

---

[1] 高志忠：《明代宦官文学与宫廷文艺》，北京：商务印书馆，2012 年，第 78 页。
[2] 高志忠：《明代宦官文学与宫廷文艺》，北京：商务印书馆，2012 年，第 65 页。

史的坐标系中进行互相阐释，以避免单一学科视野切入问题时可能存在的视野局限。他特别注意"孤证不立"，对于难以确认作者、年代、背景的文本不轻易下结论，而是系统整理、考释了大量例证，可见其客观、严谨的学术研究态度。例如，明代的宦官事务活动范围相对较广，他们既受命于朝堂之上，也时而作为矿监、税监、提督等任命游走于各个领域，他们接触的人员来自各个阶层。富有学养的宦官可以利用这些便利条件进行文学创作与交游，其主观的个人文学行为便对整个明代文学建设多有影响。"如在与帝王的文学交游中，直接促进了宫廷文学的发展，而宦官之间的文学影响，以及宫内教书等，又直接促成奴婢文化圈的形成。而他们往来于地方与朝廷之间，又直接带动庙堂文学与民间文学之间的交流。其广泛交友文人士大夫和僧侣人员，又使得奴婢文学、士大夫文学、宗教文学之间多有融会贯通。也由于明代宦官对明代社会的影响广泛而深远，他们也成为明清各种文体创作的重要主题之一。"[1] 高志忠认为，既可以从文学角度给予宦官特殊观照，也可以透过他们的视角给文学以特定审视，这就是宦官与文学之间的"互相阐释"。在讨论了明代宦官对明代文学风格嬗变产生的影响后，高志忠随后对明清诗文、戏剧、小说、谣谚、宫词进行系统梳理和解读考析，总结出宦官的生活际遇、功过是非也成为文学创作的一大题材。如李玉的《清忠谱》和孔尚任的《桃花扇》，旨在揭露魏忠贤的罪恶，几近真实地再现了明末东林、复社与"阉党"及其余孽斗争的社会历史。[2] 又如徐祯卿《杂谣四首》中"东市街，西市街，黄符下，使者来。狗觫觫，鸡鸣飞上屋，风吹门前草肃肃"的描写，叙述了宦

---

1 高志忠：《明代宦官文学与宫廷文艺》，北京：商务印书馆，2012年，第327页。
2 参见高志忠《明代宦官文学与宫廷文艺》，北京：商务印书馆，2012年，第366页。

官专权导致民间生活动荡。[1]

高志忠对宦官诗文材料的整合梳理与考析论证，开拓了宦官文学研究这一新领域，彰显了其勇于创新的钻研精神。明代宦官文学所展现出的宫廷生活场景和历史画面，某种程度上也填补了许多鲜为人知的历史空白，具有一定的史学价值。对于宦官与文学"互相阐释"的探究，倡导了文化互证这一研究理念，是其学术研究的亮点。

二

高志忠的学术研究具有强烈的解剖色彩，这种解剖重在深挖某个现象背后的种种诱因，厘清其间千丝万缕的联系，而后直抵诱因内核，彰显出犀利、精准的思维智慧。在《明代宦官文学与宫廷文艺》一书中，高志忠呈现了宦官与文人之间既交善又交恶的复杂关系，以及文人在擅权宦官影响下的生存际遇、思想状态。随之，针对当时谄诗谀文大行其道，士风文风大为突变，高志忠做出精准的解剖。此外，对于明代宫廷戏剧的繁盛、内外廷演戏的"离合"所作的精细评析，亦是高志忠游刃有余地运用解剖手法来研究问题的突出表现。

用解剖手法作为文学的研究方法，好比为文学的某些征候做手术，要于纷乱复杂的表象中，梳理条条诱因，找出最关键的因素所在，特别考验研究者的思维能力和学识水平。高志忠运用"解剖手法"进行的学术研究，秉持着客观、严谨的态度，论据充分又与主题相契，加之其开阔、灵敏的思维，在解读某类文学现象时往往能够一语中的。在解剖某个问题前，高志忠会查阅大量相关的文献资料，一方面是用来佐证其解剖结论，另一方面是用来证明确实存在某个值得研究的问

---

[1] 参见高志忠《明代宦官文学与宫廷文艺》，北京：商务印书馆，2012年，第367页。

题。可以说，高志忠对于学术研究的"解剖手法"是层层递进、富有条理的。例如，过去人们对于宦官的研究多停留在其政治影响层面，而鲜有人在考究明代文学时考虑到宦官带来的影响，高志忠则在审视明代文学的流变中敏锐地捕捉到这个重要因素。他查阅大量文献资料，顺着宦官与文人的交往情况、知名宦官的生平考略，剖析出在擅权宦官的影响下，明代文人的心态发生的大幅改变，文学团体分化重组，文坛风气也变得软媚庸俗、归隐风盛。原本成长于李东阳及其茶陵派羽翼下的前七子，随着宦官刘瑾的专权，因不满于李东阳对专权宦官的暧昧行为和隐忍态度，最终与茶陵派分道扬镳，另立门户。不仅如此，李东阳的态度也引起茶陵派内部成员及其门生的分化，主要表现为两派：一派是只反刘瑾不反李东阳，另一派是既反刘瑾也反李东阳。而到后来，经过与刘瑾的交手、斗争，以七子为核心的复古派成员又出现了分头发展的局面，他们或弃文入道，加入理学家行列，或先后复官，却又受到李东阳一派的排挤。还有一部分人干脆选择回家隐居，并形成新的作家群落。"严密的法网、文网等高压政策，使馆阁之臣多数怀有疑畏的心理，进而被驯服为极为小心、屈从的一个群体"[1]，同时"擅权宦官的威令震慑使士人多明哲保身，而他们的威逼利诱又使不少士人走上依阿取势之路"[2]。高志忠从《中国古代佞幸史》撷取一例："佑貌美而无须，善伺候振颜色。一日振问曰：'王侍郎何无须？'对曰：'老爷所无，儿安敢有！'"[3]文士的谄媚求全一方面助长了宦官的专权之势，一方面又使得谄媚风气大行于世，形成恶性循环。一部分遭到擅权宦官打压的耿直之士愈挫愈勇，因反阉气节为人推崇，而还有一部分文士走上了声色享乐之路。其中的竟陵派因经历过党争的腥风血雨，

---

1 高志忠：《明代宦官文学与宫廷文艺》，北京：商务印书馆，2012年，第338页。
2 高志忠：《明代宦官文学与宫廷文艺》，北京：商务印书馆，2012年，第339页。
3 王丙岐：《中国古代佞幸史》，香港：香港天马出版有限公司，2005年，第271页。

在被动或主动归隐后，其诗文创作则多了一种野老乡居的清冷幽深。

同样基于解剖的研究方法，高志忠对明代宫廷戏剧的盛行与戏曲种类的繁多进行了剖析。从宫廷戏剧的表演者——宦官的演戏渊源出发，高志忠考察了宦官演戏的历史和建制变更，进而系统梳理了明代宦官演戏的种类、剧场、剧目、伶人优语等作为旁证，反映出明代宫廷戏剧的繁荣之势所言非虚。确立了可供解剖的对象后，高志忠开始一一从与宫廷戏剧相关的人物思想和心态进行分析。高志忠认为，明初皇家为了政权稳固严令控制民间戏剧演出，后来才对宫廷演出加大投入，明代皇族家庭的庶民思想、帝王的个人喜好以及宦官伶人对明代帝王的投其所好促进了宫廷戏剧的发展，但此外还有更深刻的原因。明代开国皇帝朱元璋的布衣出身、僧侣经历，使得他对戏剧这种民间俗文学样式比较欣赏和接受，他通过一系列的政策律令，让戏剧在宫廷得以传播发展。而明代帝王好戏的习气，则加速了戏剧演出在宫廷的繁荣兴盛。负责帝王娱乐活动的内廷宦官见风使舵，乘机进献新声巧技以博取帝王的恩宠，这种一味迎合帝王口味的戏剧演出或许会使传统戏剧的道德教化、讽谏意义逐步退化，但总体来说，宦官参与宫廷戏剧演出以邀宠获幸的竞争之势，刺激、促进了宫廷戏剧种类的更新与戏曲审美风格的多样化。在谈到明代宫廷戏剧演出的没落时，高志忠指出"声色娱乐在多事之秋，比之政权，帝王更知孰重孰轻，明末风起云涌之际，崇祯不再幸玉熙宫，甚至遣散罢黜伶人"[1]，一语道破了宫廷戏剧存在的最主要条件。这样精准凝练的剖析，直抵明代宫廷戏剧繁盛的核心因素。在论及明代教坊司与钟鼓司出现的"合流"情况时，高志忠指出"某种程度上这是一种雅乐的失落。帝王不重视雅乐，严重而言就是一种礼崩乐坏，直接后果就是教坊司的衰败，钟鼓司的兴起"[2]。教坊司与钟鼓司原本分工不同，教坊司负责在外廷的文人

---

[1] 高志忠：《明代宦官文学与宫廷文艺》，北京：商务印书馆，2012年，第97页。
[2] 高志忠：《明代宦官文学与宫廷文艺》，北京：商务印书馆，2012年，第112页。

士大夫面前公开演出，要求顾及国家体面、道德教化，而钟鼓司主要对内廷的皇帝负责，投其所好即可。当钟鼓司不断受到帝王的重视，演艺职能已可由内廷延伸至外廷，且外廷教坊伶人受到帝王宠幸则"阉割"入内廷演戏，此种在业务和人员上的"合流"，正体现了彼时宫廷由重教化到偏娱乐的过程。至明朝中后期，这种偏娱乐的形势还在继续发展。因律令的宽松和城市经济的发展，南戏在江南一带迅速崛起，后传至京都，进入内廷。神宗新设四斋和玉熙宫专门学习南戏，南戏善于表现盛世王朝声色娱乐、歌舞升平的特点使其在宫廷大受欢迎，重教化的宫廷传统戏剧北杂剧则呈日趋衰弱之势。

高志忠对于明代文学流变、明代宫廷戏剧繁盛和宦官内外廷演戏的"离合"解剖研究，既见解独到，又精准恰当，这与他学术研究中从宏观上把握命题，条分缕析探究各种诱因的研究思路密切相关。此种解剖方法，对于学术研究初学者也具有启示意义。

三

高志忠还擅长"以小见大"的研究方法，即通过细读文本，探究文本本身创作观念的嬗变和阐释文本所蕴含的各类文化信息。这种研究方法在其专著《明清宫词与宫廷文化研究》中有集中的体现。在这本专著里，高志忠首先对明清宫词的作者、作品进行了系统的归类、整理，进而通过梳理、分析一百多篇明、清、民国时人撰写的宫词序跋、题词等，研究了明清宫词作者的宫词观念和晚清宫词的嬗变，并对宫词这一文体所蕴含的丰富文化信息及社会价值给予了积极的评价。

高志忠"以小见大"的研究方法，是在大量阅读文本的基础上进行的。大量阅读可以让研究者对研究对象变化、发展过程中所蕴藏的某些规律产生大致的印象，再经由对文本资料的系统分析和精细考证，归纳出某些仅凭单个文本资料所无法认识到的隐藏信息。而这类信息往往比较重要，能够揭示更为深层次的意涵。这种"以小见大"的研究方法类似于"触类旁通"或"由点及面"的发散思维，要求研究者思维特别灵敏活跃，也要求研究者有足够的耐心和严谨的态度去确认、证实。而一旦能够确证，"以小见大"的研究方法可带来新的学术意义。在《明清宫词与宫廷文化研究》一书中，高志忠就发现，明清宫词的创作颇多禁忌，一般是清朝写明朝的宫词，民国时期前清遗老写清朝的宫词，而本朝人作本朝宫词则多是赞美颂扬之言。通过大量考察被收录和未被收录于《明宫词》的作者与作品，高志忠指出除了明朝人所作的明朝宫词外，大量的明朝宫词是生活在清初的前明遗老和清人所作。如撰写《崇祯宫词》186首的王誉昌，是明末清初的常熟人；撰写《启祯宫词》100首的高兆，是康熙时闽县人。[1]在这些宫词作者中，遗老身份者占了很大的比例，他们大多有过前朝做官的经历，对君王怀有依恋和感恩之情。而至清朝，统治者对汉文化中的一些特殊用语和称谓禁忌甚多，文人不敢轻易涉笔宫闱之事，于是转向撰写、考证和整理明宫词或历代古宫词。鉴于文网森严，清朝人作本朝宫词，就多了颂扬之声。如清代胡延的《长安宫词》，颜缉祜的《汴京宫词》写的是慈禧、光绪逃亡时的事件，他们将侍奉危难之际的君王看成皇恩赐予的机会，内容多颂声。[2]朝代更迭之际是宫词的"井喷"之时，高志忠认为"遗老们好为宫词也在于借此聊以自慰的同时，可以唤起整个群体的集体记忆和彼此认同"[3]。虽然在创作上受到限制，在明清时期，宫词作者和作品的数量仍蔚为可观，远超之前历代。从这些宫词的序

---

1 参见高志忠《明清宫词与宫廷文化研究》，北京：方志出版社，2014年，第18、21页。
2 参见王丙岐《中国古代佞幸史》，香港：天马出版有限公司，2005年，第53页。
3 高志忠：《明清宫词与宫廷文化研究》，北京：方志出版社，2014年，第38页。

跋中，可以看出明清宫词的创作讲究"实录"求真与反串"代言"，还讲究讽谏意识与风骚传统。随着晚清后期创作队伍的壮大和更多名士的加盟，宫词这一诗体不再囿于后宫情怨和琐屑逸闻，家国、时代风云也成了其创作的主题，原本香艳的诗体风格变得大气、深刻。例如，《圆明园词》和《颐和园词》这两首宫词，即以圆明园、颐和园两大苑的变迁，见国运兴衰，寄托个人隐忧。[1] 再看针对1927年王国维自沉于颐和园昆明湖一事，孙雄即"效梅村体"作长歌《昆明湖曲吊海宁王君静安》以抒其悲。对于晚清宫词主题和风格的流变，高志忠认为"遗老们因为改朝换代，也不再顾及身份和禁忌，他们的宫词在感怀之外，更多的是对时局、社会、人生的思考。由此，宫词的社会性和社会价值也不断被扩大和深化"[2]。

对于明清宫词创作观念嬗变的探究，是高志忠对于文本本身"以小见大"的研究，在阐释明清宫词这一文体所蕴含的各类宫俗文化方面，高志忠则更为熟稔地把"以小见大"运用到更广阔的天地。高志忠发现，宫词作为我国古代诗歌的一个特殊命题，是以描写宫廷生活情态为主。运用"以小见大"的研究方法，透过宫词这个"窗口"，可以窥见宫廷的性风俗、饮食服饰、婚丧嫁娶、宗教信仰、行乐文化、时俗风物等各方面的信息，还原当时宫廷各色人等的生活影像、精神风貌和心理状态。而这些过往的或物质或非物质文化遗产中蕴含的大量文化信息，也具有相当丰富的史料价值，与其他文化互为印证，拓宽了俗文化研究空间。例如，宫廷性风俗方面，高志忠通过对相关宫词的解读，为读者呈现了明清时期的性启蒙教育和帝王耽于春药秘术、好男风的状况，以及太监、宫女之间的对食与菜户关系。吴士鉴《清

---

1 参见高志忠《明清宫词与宫廷文化研究》，北京：方志出版社，2014年，第76页。
2 高志忠：《明清宫词与宫廷文化研究》，北京：方志出版社，2014年，第77页。

宫词》有云"(雍和宫)宫内法轮殿,塑男女裸体佛像,谓之欢喜佛"[1],即揭示了欢喜佛在当时充当着性启蒙的功用。此外,春画启蒙和动物交合情状也是宫廷性启蒙教育的重要途径。明代《禁御秘闻》有载:"国初设猫之意,专为子孙生长深宫,恐不知人道,误生育继嗣之事,使见猫之牝牡(公母)相逐,感发其生机。又有鸽子房,亦此意也。"又如宫廷饮食方面,高志忠总结出"皇家要的是钟鸣鼎食的体面、礼节,饮食之中体现的更多是政治意味与习俗传统。而习俗传统又有严格的规制,即按照节令时俗,有明确的典制说明"[2]。《全史宫词》中的记载"水殿荷香扑御楂,风前撒扇叠轻纱。玉纤竟采银苗菜,莫损池中并蒂花",则传达出"宫廷里食用的银苗菜还往往是宫女们在皇家花园的水泽中亲自采挖的"这一让人意想不到的信息。[3]再如宫廷对待西洋文化的态度方面。明万历年间,随着西洋文化的传入,传教士给宫廷带来了自鸣钟、相机、乐器、咖啡、洋酒、马戏杂耍等各种新奇的事物。考察明清时期的上层社会如何面对这些崭新的异域文化和艺术,可以看出那个时代的社会文化心理。《全史宫词》云:"佛号暗随宫漏转,自鸣钟应自鸣琴。"注曰:"《帝京景物略》:天主堂在北京宣武门东城隅。大西洋奉耶稣教者利玛窦自欧罗巴国航海九万里,入中国,神宗命给廪,赐第此邸。其国俗工奇器,候钟应时自击有节。"从这则宫词可知,传教士利玛窦得以进入明朝宫廷,并在宣武门内修建天主教堂,他带来的自鸣钟起了重大的作用。再看清朝方面,吴士鉴《清宫词·慈禧照相》云:"垂帘余暇参禅寂,妙相庄严入画图。一自善财成异宠,都将老佛当嵩呼。"这则宫词是讲慈禧政后闲暇扮成观音的样子,让身边的内监扮成善财童子一起拍照,传达了慈禧比较迷恋现代

---

[1] 高志忠:《明清宫词与宫廷文化研究》,北京:方志出版社,2014年,第121页。
[2] 高志忠:《明清宫词与宫廷文化研究》,北京:方志出版社,2014年,第143页。
[3] 高志忠:《明清宫词与宫廷文化研究》,北京:方志出版社,2014年,第143页。

照相技术这一信息。高志忠对于明清宫词所蕴含的文化挖掘既丰富全面，又细致生动。若没有搜集、参考大量相关的文献资料及敏捷、活跃的思维，很难达到如此让人"惊艳"的研究程度，足见其丰厚的文学阅历和深厚的学术钻研精神。

  高志忠的学术研究敢于创新，独辟蹊径，对现象背后的根源研究细致透彻，让人信服；能以小见大，通过文本细读，探究其本身或背后更大的视野。他对宦官文学这一概念的提出，开拓了文学研究的新领域。对于明代宦官与文人、文坛、宫廷戏剧的关系研究，不仅在明代文学研究方面有意义，对明代史学、明代戏剧的研究也极有意义。对明清宫词作者、作品、序跋和创作观念的系统整理归类、细致分析，更是具有极大的文献价值。而对明清宫词进行的文化阐释，也传承了民族记忆，大有裨益。在学术研究过程中，高志忠秉持着无征不信、孤证不立的原则，参考了大量文献资料，文中所有论点均有材料支撑，故其文论让人读来如品知识大餐。高志忠还将自己的人生经验、生命感受适当地融入研究对象，在论及明代一些文士遭到擅权宦官的迫害只会"舍生取义"不讲究斗争策略，且排斥、攻击那些注重斗争策略的文士时，高志忠"恨其不争"的情怀流露让其研究多了一丝人性的温暖，也带着理性的光辉。高志忠将默默耕耘、勇于开拓的钻研精神与严谨、敏锐兼有人文情怀的学术探究结合在一起，折射出其不俗的学术品质。

（原载《玉林师范学院学报》2023年第6期）

文学书写中的时代意识与日常生活

——赵绪奎诗歌论

在部队锻炼多年的赵绪奎，早年即是知名的军旅诗人，在《诗刊》《星星诗刊》《解放军文艺》《青年文学》《上海文学》等全国省以上报刊发表和中央人民广播电台播出诗作 600 余首，其作品多次在《诗刊》《星星诗刊》《湖南文学》《飞天》《诗潮》《文化月刊》《解放军报》和中国报纸副刊研究会获奖，被《读者》《少年文摘》《新时期军事文学精选》《新中国军事文艺大系》《解放军文艺 600 期纪念文集》等数十种选集文摘转载、收录，还获得过第十一届解放军文艺奖和广州军区一等奖。赵绪奎几十年如一日坚持创作，取得了累累硕果，迄今为止他出版了诗集《雄性部落》《城市花开》《焰火在身边追着开》和诗文集《在我最优秀的时候遇见你》等系列著作，成为广东文坛上的一道亮丽风景线。

一位诗人是不是适合创作现代诗歌，最关键的在于他有没有艺术的直觉。知识分子诗歌写作之所以引发诟病，最根本的原因还是在于其作品中思想过重、理性凸显，使作品留下了明显的匠气，难以真正打动人心。一首现代诗歌是否属于好诗，一位诗人是否属于优秀的诗人，一个极为重要的条件就是看这位诗人是否具有敏锐的艺术直觉，在一首作品中是否具有动人的直觉的呈现。诗歌借助富于节奏感的语言、充沛的情感体验和丰富的想象空间，形象化地反映现实生活、抒发思想情感，因此诗人的艺术直觉对于一首作品、一位诗人的成功都具有重要的意义。

在赵绪奎的观念中，诗歌具有文以载道的价值，诗歌创作必须与社会转型、时代任务、历史意识关联起来。他将诗歌视为时代的号角，重要的时代变迁应该都有可能在诗歌中留下或明或隐的烙印。赵绪奎的诗歌善于捕捉时代生活的众多面向，敏捷地捕捉到了表现特定场景的生活片段及其时代背后的情感因素。《用三十五年证明自己》是对黄埔区35年开发建设历史的回顾，他通过一系列的动物形象，如"跟屁虫似的小鸟""腾笼换鸟""鸟群雁阵"等，来表现创业者们不畏困难、前赴后继的精神："我还想成为一只跟屁虫似的小鸟／腾笼换鸟　筑巢引凤这些与我有关的句子／最早诞生于杂草丛生的滩头／诞生于雨打芭蕉的意境里／我看见蜂拥而至的鸟群雁阵／便跃跃欲试情不自禁地跟在它们的后头。"在《阳山，我心爱的阳山（组诗）》中，诗人描绘了一幅广州扶贫小组在清远阳山艰苦工作、改变落后面貌的情形。将党和国家的政治任务放到诗歌中来表现，这对于诗人提出了很高的要求，稍有不慎，诗歌就将成为政治的传声筒与留声机。值得庆幸的是，赵绪奎把握住了诗歌创作的灵感之笔，他用绽放的细节、音乐的节拍、形象的展现融化了扶贫的主题，让诗歌的艺术本位与扶贫的政治主题得到了很好的结合。在《幸福的版面——为光伏项目素描》中，诗人这样写道："那38个从广州跑来的扶贫人／是标题　是词句　是大写的标点／朴实的笑容里／驻扎着坚毅　憨厚／百折不挠的果敢／这是一个异彩纷呈的版面／有激动　喜悦　感恩／有理想　规划和民族复兴的誓言／最美的一幅插图下面／有一行小字／这里是既美又富满眼是青山绿水的阳山。"在《38个人走进阳山》中，赵绪奎用消息树的掌故凸显了扶贫干部的工作得力与喜讯频传的现象:"38个扶贫干部走进阳山/38台播种机/38个宣传员/阳山石壁上镂刻的38条/精准扶贫 攻坚克难的铮铮誓言/38棵树扎根阳山/8个镇35条村的村口/从此有了报喜报忧的消息树/把让人欢呼雀跃的讯息/迅速传遍人世间/独木成林的你们/榕树般巨大的伞盖/福荫泽披农户千千万。"到了《起跑线——阳山光伏发电扶贫项目素描》中,诗人更是将扶贫工作与夸父逐日的神话结合了起来,用夸父后裔积蓄力量、跃跃欲试的情形来衬托扶贫工作者艰苦卓绝的努力:"因为心中/老早就住着一个神话/夸父追日/此刻阳山人/自然成了夸父的后裔/脚往后蹬/双手撑地/一排排一队队的阳山人/在起跑线上跃跃欲试/瞪圆的双眼/如两个风火轮子/为了这一次的出发/我们等啊盼啊/积蓄了万年的望眼欲穿/千载的洪荒之力/那绿如蓝天的光伏板/就是我们飞天的羽翼。"

赵绪奎对于生活的理解常常与众不同。他很少在诗歌中直接诠释宏大理念,而是用生活的丰富多彩与情感的多元来软化坚硬的概念,使抽象的观念落实到了生活的地面。诗人善于借助一些特殊的形象,来反映时代生活的特征。在《我是一只带编制的家禽——写给下发至贫困户的家禽》中,赵绪奎借助"带编制的家禽"这一具有中国语境的幽默词汇,将扶贫工作的重要性与组织性呈现出来:"我是一只公派的家禽/目的只有一个/致富 而且还是精准/在阳山 我的故乡/这诞生国际品牌的地域/我的生长/已不只是生命自然的轮回/更重要的/是为了扶贫 摆脱艰辛/我是一只带编制的家禽/二十 三十 五十组成一队/像班 像排 像连队的士兵/借住的老乡家里/是我们发展壮大的地方/我们的队伍/是解放一个个贫困的家庭/你说说 有不有点像当年的八路军/我是一只带编制的家禽/是政府派来的工作队/鸡 鸭 牛 羊 猪/全是人民的子弟兵/在田间 地头 小院 农屋/与他们一道并肩携手／就为了向7365那个高地发起总攻。"在诗歌的末尾，战士出身的赵绪奎忍不住将军队话语置换到了扶贫话语中，"队伍""解放""八路军""人民的子弟兵""总攻"等词汇在这里拥有了奇异的效果，隔代的语言混置在一起后反而使扶贫攻坚工作得到了形象化的演绎。赵绪奎喜欢对日常生活进行艺术化处理，在氤氲的氛围中传达出对于时代的感悟与对于生活的理解。

在《九龙歌声（组诗）》中，诗人选择了黄埔区的几个地方作为对象，勾勒出一幅科技日新月异、民众安居乐业的图景。在《我有一颗失重的心》中，黄埔区洋田村的农户种植的种子已不是一般的种子，而是搭乘返回式卫星或高空气球送去太空，利用太空特殊环境诱变作用产生变异的种子。借助太空育种，洋田村农民的庄稼将获得更好的收成。诗人借用了吴刚与嫦娥的典故，使科技育种与神话传说融为一体："我是一颗去过天空的种子／是月亮火星派来的天使／与银河里的水谈过话／同吴刚的桂花酒猜过拳／嫦娥和玉兔暖过我的身子／但我还是想在洋田生根发芽／尔后再得意地返回太空／擦肩而过的宇航员说／有机和无机这些方程／在失重时就能找到答案／可你非让我看到花海／那些娉婷那些个婀娜／牵着我的叶扯着我的根／我只好挤进去与它们站在一起／组成我们的天上人间。"在《埔心的绿萝》中，赵绪奎则使用了军事战役中的"包围战""歼灭战""突击战"等词语，来形容黄埔区埔心村的农民种植绿萝、发家致富的情形："在这里，一个人／一个农民工／一个土生土长的埔心村民／或者一个打包围战、歼灭战、突击战的家庭／一个月就有六千乃至一万二的收入／充实粮袋、长胖书包、养足精神／绿萝／望着500亩成群结队的你／不知怎么的／我还是忘不掉老家地里／那根红薯藤／攀缘生长的样子／原来 你们／都是养人的植物。"《相约莲塘》则借助自己与宋代皇帝同姓的由头，将莲塘周边日益发展的黄埔房地产进行了串联:"颍川陈氏 / 一个名叫绪奎的赵姓诗人 / 代宋皇与你握手言和 / 首先自我介绍一下 / 我乃开封赵氏 / 六年前也在莲塘的北麓 / 一个前有凤凰湖 / 后有九龙湖的万科幸福誉 / 置了房产 / 拟作为养老之地 / 你和我隔空相邀 / 不约而同选在广州选在黄埔选在九龙 / 选在知识城 / 和睦为邻 / 你逢塘而居 / 选岭南开枝散叶 / 我与你不谋而合 / 看中九龙宜居宜业 / 英雄所见同吧 / 只是你为儿孙选择风水选择了未来 / 我为自己选择了一个昌盛的时代。"而到了《倾听水塘讲述千年的往事》这首诗时,赵绪奎则展现了自己擅长景色描摹、细节刻画与空间呈现的能力,将一幅人与自然和谐相处、历史与当代浑然共存的生态胜景表现了出来:"屋里的灯火 / 曾经星星点点 / 依着塘势 / 发出梦幻的光晕 / 当年你力不从心 / 便在此'白鹤饮水'的一隅 / 停下了脚步 / 任塘里的荷香连同书声飘向远方 / 为了确保水塘不被打扰 / 燕子们也曾努力美化和改良自己的飞行姿势 / 那时,总有上百只燕子慕名而来 / 露水全都变为珍珠 / 站在荷叶上注目礼仪 / 荷花们笑得美不自知 / 羞涩的塘 / 成了她颤动的镜子 / 次第绽放的蕊 / 接力着开 / 水墨出经年的花期 / 几亩几亩的花色 / 在此安家 / 渴望着能连绵成海 / 调皮地匍匐着 / 只为了在我来时 / 惊艳登场 / 都说吻着燕塘的水 / 有一种独特配方 / 能在莲叶凋谢时 / 请莲蓬稍稍侧过身子 / 和着锅碗瓢盆 / 深情地鸡犬桑麻 / 忠贞如一的塘水 / 倒映身边这座祠堂上千年 / 一直保持自己孤傲高洁的面容。"

赵绪奎是一位有着历史感的诗人,他常常在诗歌中将历史人物、昔日场景与当代生活进行串联,在看似错落的时空中表现出新时代的迅速发展与人们生活的幸福感。大吉沙是位于广州市黄埔区的一个小岛,居民要靠船才能出入,在《约会大吉沙(组诗)》中,诗人选择了将历史融入当下、借历史典故言说今人今事的策略,描绘了大吉沙的诸多妙处。在《你是唐朝流传下来的一段感情》中，诗人将大吉沙盛产荔枝的特点进行了凸显，借用杨贵妃爱食荔枝的典故来形容该地荔枝的独特口感，仿佛大吉沙的荔枝融化了唐明皇与杨贵妃的爱情："你是唐朝萌发的一段爱情／生离死别之后／唯有此物／和我们唇齿相依／因为唐朝／所以肥硕如妃／因为悠久／所以香甜似昨／因为历史／所以轮回　音容依旧／如今／你隐居萝岗／与远在西北的马嵬坡／用一颗颗千疮百孔／依旧玲珑剔透的心／遥遥相对／开始／那是一场旷世难闻的热恋／隆重　玄妙／之后不久／你见证的地老天荒／就因一匹匹倒地不起、弱不禁风的马／就因一道泪水就能泡塌的／豆腐渣垒就的坡／转眼成了伤逝／而你／也间接地成了罪人／还好　诗还在／《长恨歌》中无尽的叹息／这千百年沉淀下来的／伤心不已的糖／只一裹／就成了你／面对你依旧光鲜的面容／我不知是该站在唐朝／还是站在今天／读你／此时的眼里／已然是唐朝歌舞／和大唐史诗中／延绵不绝的爱情。"而在《说一说我的黄埔港》中，赵绪奎则将郑和下西洋的壮举与瑞典哥德堡号轮船访问中国的古今之事进行并列，描绘了黄埔港的前世今生及其重要地位："你从隋唐依次出发／在珠江里集结成群／船队绵延不绝／接续千年／先不管领头的是不是那个郑和／这支远洋船队／在告诉我　远方／有一个国度瑞典／今天／回访的哥德堡号／正缓缓驶来／与东方古国／从此形成闭环／无与伦比的阵容／让章丘浴日亭／在风雅的珠江边／喜极而泣／帆影绰绰／涛声如潮／跨越时空的因缘际会／此起彼伏／先前的船夫早已不在船上／千年的海风吹拂／海岸线一如你的流海／活色生香／那片水域／霞光里云层浮动／流金溢彩／南海神庙／骄傲得如端庄的女王／我　此刻不为朝圣／只为船队的壮阔／上香　祈福／从来没想过用这么远的水／濯洗船帮／没想过让月圆月缺在桅杆上／枯燥的上蹿下跳／我仿佛看见／你贴近水的酒窝／靠风雨雷电／竭力为东西方吹

送种子 / 把一个孤岛筑成码头 / 任裸露的庙宇 / 默默地装卸线装的历史 / 你终于记起了千年的我 / 往返的航线 / 似乎永无尽头 / 起伏的不只是海水 / 吵醒的大地掌声雷动 / 黄埔古港 / 你用一条复活的船 / 尽可能武断粗鲁地 / 划开江面。"

在赵绪奎的诗歌中,歌咏亲情与友情始终占据了重要地位。诗人年轻时便参军进入部队,常年远离母亲身边,之后成家立业、忙于工作,很难再像年幼时依偎在母亲身边。在母亲去世之后,诗人回望昔日生活场景时,充满了对于母亲浓烈的怀念与真挚的感激。他通过一系列母亲的生活场景,再现了母亲对于儿女的无私疼爱以及吃苦耐劳、不求回报的品质。在《那只羊》中,诗人不是直接歌颂母爱,而是花费了较大篇幅来描写母亲所养的那只羊以及她与羊之间的冲突,到结尾时才笔锋一转,道出了母亲养羊就是为了给外地的儿女们寄送羊肉的目的:"每年 / 娘只敢宠一只羊 / 以娘的力气和时间 / 只够宠一只羊 / 那只羊 / 也是娘屎一把尿一把带大的孩子 / 如同我们这群长大离家的儿女一样 / 她把养育我们积累的 / 所有经验和教训 / 都一股脑儿用在了这只羊身上 /……它于是越来越不把俺娘放在眼里 / 时不时发点脾气 / 撒撒野闹闹出走 / 而我的娘 / 却格外希望它尽快体壮如牛 / 即使完全失去统治力 / 在拉扯中明显处于下风时 / 娘也还是这么想 / 哪怕被它绷扯跌倒了摔伤了 / 竟还生出无数的兴奋 / 和难以言表的喜悦 / 没有半点的愤怒 / 舍不得抽羊一鞭子 / 我娘固执地认为 / 只有羊长大了养壮了 / 它的四条腿才够分给四个儿子 / 它的排骨肚腩 / 才好寄给两个女儿 / 羊头 / 留下来陪自己 / 并按它的标准 / 选择下一年的接班人。"这首诗的叙述故事大多在于母亲对于羊的态度,全篇没有直接谈母爱,但母亲对于儿女们的无限付出却呼之欲出。

在《橘子花开》中,诗人的母亲已经去世,被安葬在橘园的路旁,他借开放的橘子花来描绘母亲生前对于儿女们无微不至的照顾与疼爱。在淡淡的百花朵朵中，诗人因不能再为母亲尽孝的悲痛与追忆弥漫在字里行间："风吹着橘子的花香 / 妈妈你安睡在橘园的路旁 / 一动不动的是你的四肢 / 还有你笑而不语的脸庞 / 儿在千里之外的远方 / 请橘花缀在你的坟上 / 淡淡的白花朵朵哭泣 / 弥漫着您的乳香 / 那是晚炊飘来的饭菜味道 / 是您头上若有若无的发香 / 您在橘树下等着我们 / 等儿女回来里短家长 / 妈妈，白色的橘花是我们的笑脸 / 雨水是我们泪制的琼浆 / 您坚持在路边候着 / 怕错过我们 / 日夜站在路上 / 眼里心里 / 饭香菜香 / 梦里血里 / 乳香发香 / 白花之后 / 是漫山遍野青青的橘子 / 那是儿女的心 / 跪在您的身旁。"在《与妈妈书》中，诗人因无法在清明节回故乡祭扫，便委托发小代为培土修草，因为母亲可以从发小的个头、年纪、声音、语气中见到儿子的身影："我让业金代我为您培土修草 / 清明在您的坟头插青 / 因为他是我的发小 / 个头　年纪 / 和说话的方式语气　声音 / 与我无别 / 见到他转前转后的步伐 / 您就看到了儿的样子 / 我还让橘子树围成一圈 / 环绕在您的周围 / 相当于为您建了一个小院 / 那些橘树 / 我亲手栽种的橘树 / 犹如我带出来的兵士 / 替我为您担水劈柴 / 遮风挡雨 / 看家护院"。

中国社会奔驰在现代化的进程中，转型与发展的速度越来越快。乡村在城市的不断扩展与现代化的辐射下，正日益改变昔日田园牧歌的生活状态。越来越多的年轻人进入城市，热闹的乡村逐渐变得寂寞甚至荒凉。回望故乡时，赵绪奎的心里充满了复杂的情绪，他既流连于童年时代记忆中的美好、自由、无忧无虑的生活，又伤感于时代的变迁太过迅猛，故乡永远无法回去。在《外婆的老屋场》中，诗人以略带伤感的笔触描绘了外婆的老屋场的今昔对比："操场边有条便沟 / 上接鼓侧堰尾巴 / 下系长弯堰头部 / 常年流水不断 / 小鱼小虾泥鳅黄鳝泛滥/成就了我们的盘中餐/我们/也乐得与山水果林为伍/在山珍河味中长大成人/现如今,老屋场归了二弟绪伦/果树都老得做了柴火/因他一家三口去了广州/住中新知识城做城里人/指定不回乡下了/老屋场空无一人/只剩一棵颇有些年龄的柏枝/孤零零地站在原地坚持/陪着躺在屋场左边不出百米/不能说话的外公外婆。"在《访问故乡》中,诗人使用了"访问"二字,这本身即代表着他以外人的身份重回昔日生活之地,却已经物是人非,再也无法找回久违的故乡的记忆与温情:"这安静的村庄/我无缘久居长住/打量的那几眼/用了一眶咸咸的泪水/这不仅仅是路过/族谱里/我端坐一隅/从前是小篆/而今是仿宋小楷/连服饰与头饰/也随之悄然转换/只有那架山那根路那口塘/缓缓地伸着懒腰/偶尔做个指甲/贴上鲜活的面膜/多么亲切的山里村庄/怎么就成了我的故乡。"幸好记忆还在,诗人便借记忆中的欢快时光来抵抗当下的思乡之情。在《在田埂上奔跑》中,诗人描绘了乡间少年在田埂上追逐的情景:"早就与青蛙和蜻蜓约好的/在田埂上追逐/那些稻子 田螺/还有蚂蚱/十分惊讶地望着我们/分明是海陆空嘛/像一场立体战争的演习/行动是黄昏时刻/晚风如鼓/我们在田野上集结待命/跃跃欲试/不宽不直也不平坦的田埂/跑道般准备就绪/跳跃的是泥土的芬芳/追逐自由的是未老的少年。"

在《那时候》中,诗人追忆昔日的农家生活,虽然物质生活简朴,字里行间却洋溢着欢快的色调:"那时候/一户人家只能栽一苑南瓜/养一只鸡/下的蛋不吃/用来换煤油也换盐/那时候/一家养两头猪/一头过百的交国家/另一头大年三十还在拼命壮的/叫年猪/但不那么保险/那时候/时兴用粮票布票猪肉票/油更是稀罕物/在锅里常常只是来转个圈圈/那时候/娃儿读书不怎么花钱/学杂费一期五毛/不用接送/也不供应午餐。"但是这种欢乐是记忆里的,短暂而虚空。当诗人回到现实中的乡土故地时,一切都已经改变了。在《抄近路重访大雁洼》中,诗人置身大雁洼山上,这种沧海桑田之叹更为强烈:"我已经站上大雁洼了/问山,我放的牛如今何在?/山答非所问/还说是牛放的我/抄近路去看你/大雁洼无雁也无语/人生有近路吗/一晃一眨眼/一辈子就已到头。"值得安慰的是,故乡还有一些亲戚朋友们依然在惦记着远离故乡的游子,寄来一袋袋的农产品,缓解了诗人的思乡之苦。在《家乡寄来一袋袋农产品》中,诗人以幽默俏皮的口吻描写了先珍姐采摘、晾晒农产品的经过:"这都是她起早摸黑/日晒雨淋/一手带大的陆家子民/豆角姓傅 芥菜姓魏/灰色和白色的萝卜们/头上的缨子/长出伍家屋场特有的发型/榨辣椒/白里透红/很有点京剧脸谱的味道/在山坡上摘到捡来的/黄花菜 绿豆菌 五色菇/憨头憨脑的花生/好不容易洗去泥土杂草的地脸皮/先珍姐依次将它们焯水/撒盐/像野战医院晾绷带一样/耀武扬威地晒上几天/之后包好扎好/分门别类/编入各个不同的班级/这些没上正规花名册的干货湿货/忐忑不安地来到我家/不怕舟车劳顿/管它顺丰圆通还是申通/搬运工抓到谁是谁/你还别说,这些小步快跑的仆人/服务还真叫周到/又快又称心如意。"

对于经历过岁月沧桑与人情冷暖的诗人而言,他最大的希望是想要返回故乡,与儿时的伙伴一起重温并不遥远的、简单却快乐的生活。在《等我老了(组诗)》中,赵绪奎的这种对于日渐远离的农耕文明的留恋情绪表达得尤其充分。在《我的愿望》中,诗人想象着年老之后重返故乡生活的情景:"等我老了/我还是想回陆家居住/成为你的邻居/在你的屋旁边/左侧或者右侧/建一栋小楼/想和你一起/种桃花梨枝/摘枇杷柚子/侍弄满山遍野的橘树/累了/我们就在树丛中躺下听风/仰望星空/甚至还可以捉迷藏扔石子/玩小时候没玩够的游戏/

很久没发微信给你了 / 你肯定还记得 / 中学毕业后 / 我们一起爬拖拉机到温泉 / 去一个很远的学校 / 看大家都喜欢的女神 / 那时候车很慢 / 但路却不觉得远 / 等我老了 / 走不动了 / 我们就用回忆的小车代步 / 做很多我们过去没办完的事。"他不仅想着自己重返故乡,而且也希望儿子也能够时常回到故乡,不要将家族与故乡的血脉关联隔断了,要在骨子里记住自己的故乡,永远保持勤劳的本色。在《想对儿子说的话》里,诗人对儿子有着殷切的期待:"我还想找家乡的老父亲 / 给他的孙子你留一块地 / 分一亩田 / 让你有空就回回故乡 / 跟在黄牛的屁股后头 / 犁地　耕田 / 播种　插秧 / 翻晒稻谷　黄豆 / 在灶前储藏好过冬的红薯 / 顺便摸点菜园 / 种几垄辣椒茄子 / 丰衣足食这个词 / 我也想一并送给你 / 希望你永远保持住勤劳的本色 / 如果有可能 / 还想再挖一口塘 / 方便你饮水或者游泳 / 养鱼喂虾 / 与青蛙对话 / 那是我们当地人的口音和技能 / 忘了真不好见人 / 你最好能把它刻在骨子里。"

赵绪奎的诗歌喜欢使用口语,不避俗词俗语,却没有碎屑、庸俗之气。他的诗歌关注着故乡的人与物、生活中的日常与细节、时代中的变化与恒久,在敏锐的艺术中直接传达着对于世界的独特感悟。赵绪奎的诗歌不追求理论的深奥与思想的犀利,但却以真挚动人的情感、奇特动人的想象,向人们展现了生活值得永恒追求的情感与美好。

(原载《中文学刊》2021 年第 7 期)

诗质格局与诗歌研究

——张志国论

在 70 后的现当代诗歌研究群体中，张志国是值得重视的一位。张志国首先是一位诗人，他的诗歌创作别具一格，这种左手写诗、右手写论文的生活方式，使他的现当代诗歌研究充满了有血有肉的生命体验。近些年来，张志国已在《文学评论》《文艺理论研究》《文艺争鸣》《中国现代文学研究丛刊》《中国比较文学》等刊物发表了系列研究中国诗歌、叶维廉诗学理论论文，其博士论文《〈今天〉与朦胧诗的发生》是国内学者所撰写的第一部系统研究朦胧诗起源的著作。

张志国先后在南京大学、暨南大学、美国加州大学进行学习，这种跨专业的综合性学术训练，使他能够自觉地将史料爬梳、诗歌史意识与诗学建构整合起来。在《四十年代"新生代"诗歌的诗学意义》这篇重要论文中，他大胆提出了"中国诗质格局"的理论观念：中国新诗诗质以现代意义上的"自我"意识为内核，其主体由"主情、主意、主知及主趣，四个场域交织搭建"而成。从诗性上看，诗歌并非表达"意志"的最佳文体，"主知"的诗歌也受过批评，而"主趣"一脉长期受到抑制。张志国自觉梳理"主趣"诗的现代发展，试图将之提升为中国新诗发展空间的又一要脉。延续这一诗学理念，他在博士论文《〈今天〉与朦胧诗的发生》中认为，中国新诗史上真正意义的诗歌争论，本质上都是由新兴诗歌溢出或背离了中国新诗诗质的既定格局所诱发的。真正被批评的朦胧诗恰恰是违逆了既定"诗质格局"的诗歌："朦胧意识状态"诗，本质在于主"错觉"，而智力游戏与形式探索性质的"思辨体小诗"，在推崇"主情""主意"，冷落"主知"、贬抑"主趣"的中国新诗诗质格局中，溢出了当时诗坛正统的游戏规则，但借助于"求新"文化重构诗质格局的运作，它得以残存下来。张志国对《今天》诗人如何突破"文化大革命"诗歌美学的惯例的研究，注意到了他们对于中西诗歌传统的借鉴，建构了独立统一而又多元的诗美空间。而在社会学意义上，他进而又透过对诗歌发表语境与阅读语境的细致考察，敏锐地揭示出《今天》诗歌通过自我形塑与公开诗坛的迎拒轨道，实现"朦胧诗潮"的共赢，引发了中国当代诗坛格局的重构与诗美标准的变迁。

张志国的诗歌研究将内部研究与外部研究自觉整合起来，他认为一首诗歌的生成与意义，除了放入"诗歌家族"的变迁语境中进行考察外，还要以贴近"诗歌在当时应该是什么样"的想象为线索，细致追问"发表语境"这一"历史语境"的核心，从而摒弃以往诗歌史写作中存在的笼统、宏观的假想弊病。这一研究思路源于他自觉的诗歌史意识，即将诗歌创作看作作家经验与传播过程的合力过程："基于'大部分诗歌是文学传统与超乎文学的个人经验的联合产物'这一诗歌观念，有理由认为，诗歌史既是一部以诗人生命体验与诗体艺术为基础的诗歌家族演化史（包含诗人文化心理机制、诗体语言机制），其中，诗人个性经验对文学传统惯例的'不满'是促使诗歌史发展的真正动力，同时也是一部诗歌作品的发表史与读者阅读接受史（社会传播机制、诗坛运作机制、读者阅读机制、学术生产机制），它们对于诗歌运动与诗歌潮流的生成与推动作用尤为重要。"[1]

在张志国的学术视野中，诗歌是其研究的重心，而对于著名诗人和学者叶维廉的研究更是他的一种情结。张志国毫不隐藏自己对于叶维廉的崇敬："在我的学术道路上，叶维廉教授无疑是对我影响最大的人，他对中国文化的那种深沉的关心、眷念和忧虑，他对学术专注严谨的态度，以及层层深入的学术思路和方法，令我受用一生。"[2] 早在南京大学攻读硕士学位期间，张志国就发表了《中国如何改变了美国现代诗——从叶维廉〈中国诗学〉到赵毅衡〈诗神远游〉》一文，对叶维廉的诗歌研究历程进行了分析，认为其早期研究开始于中英诗歌语言的平行研究，以最能凸显中国古典诗歌语言特色的山水诗为主要参照对象，以辨析中英语言上的明显不同为特征。"80 年代中后期，叶维廉提出中西'文化模子'理论，又从诠释学和跨文化视角，深刻地追溯了西方世界的知识论危机，重新诠释出道家美学'回归自然'的文化价值与去'名'以消解宗法权力架构的政治意义。"[3] 随后张志国以叶维廉为研究对象，撰写了《叶维廉：在隔绝与汇通之间》的硕士学位论文，论文较为系统地揭示了叶维廉的生活、诗歌、诗学之间的交互作用，认为"大陆—香港—台湾—美国"旅程中所历经的形体放逐与文化放逐，使不同地域政治、经济、文化气候和学术氛围激发了叶维廉诗歌与诗学对于超越隔绝、寻求汇通思想的追求。《传释学与"文化模子"理论——叶维廉诗学批评论》《丰茂的生长与整体研究的缺失——

---

1 张志国：《〈今天〉与朦胧诗的发生》，博士学位论文，暨南大学文学院，2009 年，第 3 页。
2 薛冰、林珍、彭梅蕾：《暨大才子获中美项目奖学金——广东仅张志国一人获此奖励，将师从台湾著名诗人叶维廉》，《信息时报》2008 年 4 月 30 日，第 A32 版。
3 张志国：《中国如何改变了美国现代诗——从叶维廉〈中国诗学〉到赵毅衡〈诗神远游〉》，《中国比较文学》2004 年第 3 期。

叶维廉研究述评》则表现了近年来张志国对于叶维廉诗学批评以及相关研究的思考，这是其叶维廉研究情结的持续。

张志国的诗歌研究敢于挑战少人问津的领域，他正视作家的生存环境与写作语境，以锐利但严谨、诚恳而哲思的文字，勾勒出中国诗歌的厚重与犀利。张志国对中国诗歌研究的忧思与热忱，源自其对诗歌这一古老艺术的本能热爱与苦苦思索，他以自己作为诗人的深沉的爱与痛，体验着不同年代诗人们的心灵颤音，还原着诗歌现场的文学场景，通过对具体文本的分析，探究着时代真相这一重大命题。张志国的学术研究多以诗歌为对象，践行的却是他对于中国社会变迁、知识分子精神境遇的关怀，这也是他对于历史苦难、作家责任、社会生态的一种体认与观察。张志国的诗歌研究，正不断突破着思想的边界，熔文学、历史、政治、社会于一炉，朝着纵深的领域行进着。

（原载《广西社会科学》2017年第1期，发表时题为《"70后"中国现当代文学学人的常与变》，收入本书时有删节）

冲锋的战士与文学史的标准

——中国当代文学史著上的何建明

何建明是中国当代报告文学界的领军人物，在 40 余年时间里创作了 60 多部作品，3 次获得鲁迅文学奖（获第一届鲁迅文学奖(1995—1996) 的《共和国告急》、获第二届鲁迅文学奖的 (1997—2000)《落泪是金》、获第四届鲁迅文学奖（2004—2006）的《部长与国家》），6 次获得中宣部精神文明建设"五个一工程"奖（获中宣部第九届"五个一工程"奖（2003）的《国家行动》、获中宣部第十一届"五个一工程"奖（2009）的《我的天堂》、获中宣部第十二届"五个一工程"奖（2012）的《忠诚与背叛》和电视剧《奠基者》等），更多次获得徐迟报告文学奖、正泰杯报告文学奖、中国改革开放优秀报告文学奖（1978—2008）、新中国六十年优秀中短篇报告文学奖（1949—2009）。对于这么一位从 20 世纪 90 年代中期以来一直活跃于中国当代报告文学界的著名作家，中国当代文学史著又是如何评价的？

在已经出版的中国当代文学史著作中，专章、专节或较长段落讨论何建明报告文学作品的史著有杨匡汉主编、张文勇副主编的《共和国文学 60 年》（人民出版社，2009 年），王万森、吴义勤、房福贤主编的《中国当代文学新编》（高等教育出版社，2012 年），赵树勤、李运抟主编的《中国当代文学史（1949—2012）》（湖南师范大学出版社，

2012 年),王庆生主编,王又平、杨振昆副主编的《中国当代文学史》(高等教育出版社,2022 年),而这些中国当代文学史著作中,呈现出这样一些特点:一是对于何建明报告文学的聚焦点在位移,编撰者之前更看重何建明报告文学的重大题材写作,到近期对其报告文学贴近民众生活的肯定;二是何建明在中国当代文学史上的地位急剧上升,在世纪之交的当代文学史著作中几乎很难看到何建明的名字,但在新世纪后其名字陆续出现在当代文学史著中,随后在史著中的篇幅逐渐增加;三是对于何建明报告文学的评价,范围逐渐由肯定其题材到肯定其创作方法、平民色彩、关注社会转型问题。

在 2009 年出版的杨匡汉主编的《共和国文学 60 年》中,何建明是以一位重大题材写作者的姿态出现的:"在这样的报告文学作品中,何建明的《国家行动》、李春雷的《宝山》、徐剑的《东方哈达》、梅洁的《大江北去》等作品,都是对像长江三峡工程移民、上海宝山钢铁基地建设的历史、青藏铁路建设和南水北调等这样的宏伟工程建设情形的激情报告。这些作品题材重大,内容包含丰富,每一项工程的成功建设,都是一次对中国历史的填补与改变,具有很现实和重大的历史作用。报告文学在接近这些重大题材的时候,将报告文学作家积极参与国家建设的情怀,伟大的建设场面,以及许多动人的建设者的无私奉献、智慧勇敢、国家至上的精神和品格,表现得非常突出。其中,自然也会有与之相关的文化历史内容的进入,有对某些矛盾的困惑提问,但总的基调是雄浑激越和宏大的交响,是给历史留下的壮丽诗章,自然也多是'国家行动'的纪录。"[1]文学史家对于其作品中关注重要历史人物、重大国家战略的选择多有肯定:"何建明的《部长与国家》则历史地回望了余秋里将军在国家遭遇艰难的 20 世纪 60 年代前后,统

---

1 杨匡汉主编:《共和国文学 60 年》,北京:人民出版社,2009 年,第 298 页。

帅石油大军，艰苦奋战，闯关救难，为国家建设输入血液的悲壮故事，如今看来，依然惊心动魄。"[1]同时，文学史家对于何建明的肯定主要是其作品对于现实社会矛盾的关注和对于无私奋斗者的赞美，换言之，即对于公平、正义的追求："对于很多在现实的社会矛盾生活及现实的生活环境中无私奋斗的人们的赞美，依然是报告文学作家们关注的对象。这样的表现，既是报告文学的优秀传统，也一直是注重真实和公正的报告文学作家的行动选择。像何建明的《根本利益》和《为了弱者的尊严》，就将山西一位纪检书记梁雨润坚持公正原则，敢于承担，勇于为民消灾解冤，给弱者以精神、道义和行动支持的感人故事，进行了非常成功的报告，在读者中影响强烈。"[2]

到了2012年由赵树勤、李运抟主编的《中国当代文学史（1949—2012)》中，对于何建明的肯定则主要是其报告文学的创作方法："何建明的报告文学多通过典型事件和细节描写来表现主题与塑造人物。《根本利益》通过法警队长骗抢死者家属抚恤金，农村妇女畅春英守着丈夫和儿子两副棺材、上访13年无人问津，两农民为家宅地基上访18年、告状32年，残疾医生李卫国因告发药店卖假药被官僚们逼得自杀等一系列触目惊心的典型事件，深刻揭露了农村存在的严重问题。而山西运城市纪检委副书记梁雨润为民申冤，他亲自为畅春英死去的丈夫和儿子抬棺送葬，从纪委拿3000元解决村上积案，以及夏县村嫂们编演《梁书记是咱百姓的好书记》的歌舞歌颂梁雨润等细节描写，使百姓书记'梁雨润'这一人物形象血肉丰满，真实可信。《国家行动》通过细节的提炼，以小见大。在'引子'中，作者通过反复筛选，写出了三个感人的老人形象，提炼了他们离家的细节，来体现三峡人是

---

1 杨匡汉主编：《共和国文学60年》，北京：人民出版社，2009年，第299页。
2 杨匡汉主编：《共和国文学60年》，北京：人民出版社，2009年，第298页。

怎样难舍小家，但为了国家，为了大家，又不得不舍掉小家的。《部长与国家》采用时空交错的跳跃形式，在有限的篇幅内展开广阔的历史背景，置人物于惊涛骇浪之中，以强烈的对比效果衬托出余秋里将军的豪迈气概与忠诚品格。"[1] 同样是在 2012 年，王万森、吴义勤、房福贤主编的《中国当代文学新编》则开始凸显何建明报告文学中的平民色彩，相反地，对于其重大题材写作、历史题材写作则完全没有涉及："在题材广泛化的同时，向人的主体性回归，对人物进行平民化处理，具有'散点式'写作的风格。如何建明的'教育三部曲'等作品，则将普通人物由边缘置于前台，展示其生存境况，表达其情绪和愿望，在一些哲理性的小标题下，加以评述和思索。"[2]

而到了 2022 年王庆生主编，王又平、杨振昆副主编的《中国当代文学史》中，对于何建明的讨论则聚焦到了其创作的两大类型，一是对于社会问题的关注，一是对于大学教育问题的书写。在谈到何建明关于社会问题的报告文学时，文学史家们突出了其作品的问题意识和危机意识，高度肯定其作品敢于直面现实难题："作为 90 年代崛起的报告文学作家，何建明秉承报告文学的优秀传统，对转型期社会的急剧变化予以热切的关注，其多部作品无不浸透着作家的问题意识与危机意识，表现出勇于直面现实人生、敢于揭示社会问题的责任感，其创作倾向与 80 年代盛行的'社会问题报告文学'有着内在的一致性。《生死一瞬间》展示出一幅世纪末自然灾害肆虐中国的可怖图景。作家由描述我国近几年洪水、地震、火灾等地质环境危机入手，剖析中国乃至世界人类生存危机的根源，批判了经济发展、城市繁荣背后隐藏

---

[1] 赵树勤、李运抟主编：《中国当代文学史（1949—2012）》，长沙：湖南师范大学出版社，2012 年，第 462 页。

[2] 王万森、吴义勤、房福贤主编：《中国当代文学新编》，北京：高等教育出版社，2012 年，第 285 页。

着的对环境的破坏，进而将'幸福之源'演变成'罪恶之源'的人类自戕之路。作品以大量翔实的史实，告诫人们要牢牢擎起尊重自然、尊重科学的旗帜，要'冷静与适度'，要'警惕与呐喊'。作家以'生死一瞬间'这一警示性说法，表达对人类生存环境的关注，渗透着强烈的生命意识及对人类社会发展的终极关怀。如果说《生死一瞬间》更多的是从自然灾害的角度描述人类生存危机，那么，在《共和国告急》中，作者则主要揭露人为破坏所导致的资源枯竭及其严重后果。作品一反中国'地大物博'的陈见，以湘西'土匪'抢矿，锡、钨、子雀石矿区因乡民、团伙与国有企业相互争夺而形成'矿山大割据'，新疆、南方、河南、秦岭等地金矿淘金热等事件板块组合，真实地揭示出在'永无满足永无止境的开凿、采伐、抽吸'下，'无数国家重点或非重点的矿产资源基地，都在承受着空前的蹂躏，处于存亡续绝的紧急关头！'尽管作者描述与展示现状的能力大于思考，但作品最后由救救矿山到救救自然资源，再到救救地球母亲的呼喊，则将作者充满忧患的'全球意识'表现得淋漓尽致。"[1]

同时，文学史家对于何建明作品勇于反映社会真实状况，对关系社会公平公正的教育问题的作品评价很高，尤其肯定了作家深入一线、大量采访当事人的写实精神："何建明直面现实最具影响力的报告文学，是他 90 年代创作的'大学教育系列'，已发表有《落泪是金》《龙门圆梦——中国高考报告》《中国高考作弊报告》。这些作品集中考察了高考及高校贫困生等问题，前者虽与 80 年代中期陈冠柏的报告文学《黑色的七月》在题材上趋同，但更显广度与力度。《落泪是金》是报告文学创作中第一次对高校贫困生问题的聚焦，是对高校收费体制改

---

[1] 王庆生主编：《中国当代文学史》，北京：高等教育出版社，2022 年，第 578—579 页。

革后产生的'贫困生'现象的全方位展示。作者用一年时间走访了几十个单位和二三百位人士,从大量的采访素材中重点描述了70多个典型个案,剖析了高校贫困生现象产生的现实原因、贫困生的生存压力和心理状态,写出了学校和社会各界对贫困生的救助和关怀,以至于作者在感慨'诸多贫困大学生们的经历叫人落泪,他们与命运不屈抗争的精神叫人落泪,社会上有那么多好心人无私地援助他们的动人事迹同样叫人落泪'的同时,呼吁建设中国大学生的'希望工程'。《中国高考报告》则力图多层次地对中国高考进行全面反思。"[1]文学史家们从《落泪是金》等报告文学中,看到了一种秉承知识分子精神、为人民发声的社会责任感:"作者在展示和揭露这些问题时,不仅提出了高教体制中存在的种种弊端,更重要的是以冷静与理智的态度来分析这些问题,提出解决问题的建议,这些都充分表现了作者的社会责任感。作品留给读者的并非仅仅为严峻的现实或丑恶的现象愤愤不平,而更多的是在理性思考的烛照下增添克服困难的勇气与力量。从这一角度讲,何建明的'大学教育系列'报告文学在保持报告文学批判现实的锋芒的同时,又在关注民生与人生的广度和深度上有所超越。"[2]

值得注意的是,在何建明获得"五个一工程"奖的《国家行动》《我的天堂》《诗在远方》《奠基者》《忠诚与背叛》等作品中,被中国当代文学史谈得较多的是《国家行动》,其他作品则很少被谈及,更多被文学史家们讨论的是《根本利益》《生死一瞬间》《共和国告急》《落泪是金》《中国高考报告》《中国高考作弊报告》等与普通民众关系更为密切的作品,获得政府肯定的作品反而不受文学史家们重视和肯定。出现这种现象的原因,与文学史家们多受"五四"新文化传统影响密

---

[1] 王庆生主编:《中国当代文学史》,北京:高等教育出版社,2022年,第578页。
[2] 王庆生主编:《中国当代文学史》,北京:高等教育出版社,2022年,第579—580页。

切相关。20世纪80年代之后成长的一批学者,赓续了"五四"文学精神,同时受到启蒙主义熏陶,在看待文学作品时对于表现现实人生、书写社会问题、张扬个性自由的作品青睐有加,但对靠近主流意识形态的作品评价较为谨慎,多肯定其选题价值,而很少讨论其审美意义。但这种以"五四"新文化精神为准绳的选择标准,对于作家而言有失偏颇,未能全面反映作家创作的整体状况,在作品评价方面也可能存在问题。

可以预计在未来的中国当代文学史著中,何建明报告文学的地位和评价还会上升,但关注点可能还是在其对社会问题的书写、对于弱势群体的关注,知识分子精英群体会更看重这些更具人文精神内涵的作品,而对与主流意识比较契合的作品会继续保持观望、疏离的姿态。期待更多当代文学批评家,在以后的中国当代文学史著中继续分析、讨论、深化对于何建明报告文学的认识。

(原载《中国创意写作研究》2024年第1期)

文学的地理维度与作家的精神根基

——奉荣梅散文论

我们生活的这个时代更适合于散文化的思维与表达，大众化的文化思潮、传媒的迅速膨胀、散文本身相对较低的话语门槛以及市民文化趣味的形成，都为中国当代散文的创作勃兴和迅猛发展提供了便利。但从作品的数量来看，当下的散文创作无疑达到了前所未有的规模，散文不仅继续占据着包括报刊杂志在内的纸质媒体的重要篇幅，而且在新媒体横空出世的时代里也陆续成为资讯爆炸时代里人们最容易接受的文学样式之一。然而应该引起人们注意的是，散文作品的繁荣并不意味着当下的散文创作已经取得了丰富的思想与艺术成就，快餐化的写作、流水线般的观念以及趋同化的写作风格也渐渐成为散文界最为常见的创作症候。在著名学者王兆胜先生看来，"在中国当前，不少著名散文家身上尚存有文化选择的困惑与迷失，而在一般散文家那里这个问题的严重性就更是可想而知。其实，这个问题既具有个人性又具有普遍性；既具有现在性也具有历史性，还具有未来性，至少它与20世纪以来中国文化和文学思想的根本转型直接相关"[1]。市场文化的催生、商品经济的涌起，使得散文创作出现了盲目追随市场潮流、日益

---

[1] 王兆胜：《困惑与迷失——论当前中国散文的文化选择》，李建军等：《十博士直击中国文坛》，北京：中国工人出版社，2004年，第79页。

沉迷于"消闲"和"消费"的倾向。散文写作者们喜欢堆砌辞藻，矫情滥情，将散文包装成外表华美的语言商品，或是严守套路，将散文的灵动活泼抽象为枯燥的文字演绎，或是如同流水线生产般地将散文写作衍变为整齐划一的复制品，凡此种种皆对散文创作产生了深远的负面影响。

在散文写作领域以消闲、猎奇、世俗为标志的快餐文化盛行一时之际，仍有一些严肃的散文家始终坚持着淳厚的文学观念和审美情趣，既不迎合消费需求亦不流于陈腐僵硬，而是以创作阅读趣味、审美情趣及思想性相结合的作品为旨趣。在当代散文领域，湖南作家奉荣梅是其中辛勤耕耘、成绩斐然的一位。奉荣梅从20世纪80年代开始从事散文创作，其近年来撰写的"道州旧影""留寓湖湘"系列历史文化散文更是在海内外产生重要影响。奉荣梅的散文质地淳厚，具有浓郁的湖湘文化色彩，她以饱蘸情感而又隐忍节制的笔墨在历史与现实之间来往穿梭，语言精到有力，于随心自然举重若轻之中彰显着散文自在、赤诚、优雅的品质。

一、故土情结与扎根的写作

奉荣梅的散文具有鲜明的故土情结，这是她散文写作的一个重要方面。在奉荣梅看来，这种故土情结是对"零公里处"的追寻，"零公里处"在她的笔下成为了故乡的代名词和精神的原点："故乡，是一个人的零公里处，是一个作家的精神原点；道州，永远是道州游子的零公里处。"[1]"故乡"或者说道州，对奉荣梅而言不仅是地理意义上的老家，而且是精神上的起点和归宿，是生命的精神寄托。正如绍兴之于鲁迅、湘西之于沈从文、秦川之于贾平凹、高密之于莫言，与其说是

---

1 刘绪义、奉荣梅：《零公里处的命运追问》，《湖南文学》2014年第12期。

实际空间对于作家的牵连，倒不如说是灵魂上的牵挂对于作家更有吸引力。在她的笔下，故乡成为具有宗教意味的对象："就像一个原点、地图上的那个小圆点，是我们的起点，也是我们精神的归宿。这个原点也包括原生家庭在内的儿时故乡、街道或村庄、老屋，是我们精神的家园，无论经历了怎样的人生历练和沧桑，那个'零公里处'，永远是人生中最牵念、最温暖的原点"[1]；"故乡，是年轻的时候，我们千方百计极力要逃离的地方；故乡，也是鬓发苍苍时，即使穿越千山万水，我们也要回归的灵魂深处的零公里处"。[2] 从某种意义上说，写作对于奉荣梅的意义正是为了回到故乡，把身体和精神都安放在故乡。一个人的出生地、成长地绝对不仅仅是地理学意义上的空间，出生地、成长地与人的关系也不仅仅是地域上的关系，也是伦理关系、道德关系——它记载着个体曾经的喜怒哀乐、见证了个体成长过程中伦理道德的成长和变化。

奉荣梅年轻时向往外面的世界，渴望摆脱束缚着自己的情感牵连，试图冲出困住自己的故乡。但是当奉荣梅在外漂泊多年，走过无数城市、看过无数风景之后，才渐渐地意识到儿时记忆中的牢笼恰恰是自己心灵的摇篮，于是回归乡土、追寻记忆中的家园成为她近年来散文创作的重要命题。于是面对索拉桥，奉荣梅会生发出对于故乡的浓浓思念之情："这索拉桥，是20世纪50年代建的，早已废弃，但它也可以算这个小城历史的见证，保留下来，也让多少飘落异乡的人，回来时，还能捡拾一些记忆。"[3] 当现实的故土无法回去之时，精神上的回归便成为一种可能，她在写作中一次次地踏上寻根之旅，"在父亲的指点解说中，我的祖辈身形，也在这一片参差的青砖黑瓦中隐约飘移，一

---

1 刘绪义、奉荣梅：《零公里处的命运追问》，《湖南文学》2014年第12期。
2 奉荣梅：《寒花淡影》，北京：团结出版社，2014年，第22页。
3 奉荣梅：《浪漫的鱼》，北京：大众文艺出版社，2008年，第27页。

幅幅先民们曾经生息的场景,与我脑海里无数次构想的父亲儿时的风景交融,如同黑白照片的底片一样……"[1]在奉荣梅温婉隽永的文字中,故乡的山水、风俗、人物在记忆中逐一浮现。

如果说灵魂的归宿是故乡,那么生命的归宿是死亡,每一个生命的最终点都是指向故乡的那一片土地。祖祖辈辈生活的故土上,流传着无数关于生与死的记忆,死亡是人类永恒的母题。在故土的环境里,那些逝去的人们似乎永远不曾真正离开,他们萦绕在故乡的土地上,任岁月流转、时光荏苒,他们依然生活在亲友们的记忆深处。如果说都市生活是快速、变幻、速朽的话,那么故土乡间的生活则是缓慢、永恒、静谧的,昔日的人和事似乎永远不会在民间社会里消失。奉荣梅笔下的文字敏锐地察觉到了乡村民间社会的精神奥秘,她在对故土的追忆中重塑了乡村的精神面貌。当现代社会的精神节奏日渐加快的时候,品读奉荣梅的散文能够带给我们追寻缓慢生活的力量。在怀念早逝的妹妹的《偶然的二十五年》中,奉荣梅如此追忆这位不幸的亲人:"她只是一个普通的纺织女工,偶然地降临世上,又偶然地回到天堂。十几个清明后,我方才有勇气,记下一点片段。……今又清明,重新整理,不事修饰,只有真情,是为祭奠。"[2]对于生活于故土的人们而言,在死亡面前虽然常常无能为力,却不会在时间的逝波中遗忘昔日的情分与苦乐。因为有了故土的精神栖息地,情感便不会随波逐流,而是在回忆中让往昔共同生活的情境永恒化。在奉荣梅的笔下,情谊成为理解故乡人与人之间关系的一个关键词:"百年修得同船渡,千年修得共枕眠。无论对夫妻还是兄弟姐妹来说,能够在同一时代,在同一地域,先后投胎于一个母腹;能够在亿万众生中,排列组合,天

---

[1] 奉荣梅:《浪漫的鱼》,北京:大众文艺出版社,2008年,第35页。
[2] 奉荣梅:《寒花淡影》,北京:团结出版社,2014年,第158页。

成佳偶，都是一种缘分的设定。而立之年，生离死别，大喜大悲之后，我明白了，缘分既然上天早已预定，何不在有限的缘分中，坦然地面对，不要让亲情擦肩而过。"[1] 在她的散文里，固然有着对于家族消亡、家人离去的伤感，但更为内在的却是面对死亡时的敬畏，以及对于逝者音容笑貌的记忆与精神风貌的铭记。

二、湖湘文化与边缘的活力

奉荣梅的散文创作不仅关注着道县或永州这个具体的地理、文化空间，而且有着更为宽广的文化视野。在她看来，即便是"地域文化的写作，也不应局限于一地"[2]。奉荣梅的散文写作"先立足故土人文，后将视野投向湖湘大地，再发散到大江南北"[3]。对于具有强烈故乡情结的作家而言，只有根扎得深才能汲取更多的养分以供生长。奉荣梅把目光投向了道州之外的湖湘大地以及更为广阔的中华大地，并不是一种偶然。在她看来，湖湘地域这片土地上的前世今生也是中华大地的前世今生，只有在对湖湘文化乃至中华文化的体认与认同中，作家才能真正地将自己的精神之根深植于民族大地。她用脚步丈量先贤走过的万丈道路，用手掌触摸历史人物的遗迹的同时，也是在用生命、用灵魂访问湖湘文化的昔日现场。奉荣梅的湖湘历史文化散文所追求的不仅是对文人骚客生命轨迹的勾勒、对其作品的认识，而且更注重追求那些隐藏在字里行间的故乡情怀：《道州，零公里处》里蔡元定的湖湘情缘和大度豁然、博学才高、授徒不倦；《濂溪一脉湘水去》中，濂溪先生的清高人品、洒脱胸怀、不懈治学；《寂寞寇公楼》中，寇准屡

1　奉荣梅：《寒花淡影》，北京：团结出版社，2014年，第158页。
2　奉荣梅：《灵魂踏歌而行（创作谈）》，《创作与评论》2013年第5期。
3　奉荣梅：《灵魂踏歌而行（创作谈）》，《创作与评论》2013年第5期。

遭陷害仍不忘家国不忘君；《右溪长歌吟》里元结清正廉洁、为民请命、以诗文记录山水。在"流寓湖湘——历代外地文人湖湘遗踪"系列散文中，奉荣梅的每一篇文章均记录了一个与湖湘文化相关的历史人物，力图通过这些历史人物的经历激活今日湘人中逐渐为人淡忘的治学精神、政治情操。湖湘文化以经世致用为核心，求真理、重实践参政治的精神激励着一代又一代的湖湘弟子，促使他们继承湖湘学派经世致用的优良学术传统和兼容并蓄的治学风格。

于是在奉荣梅笔下，柳宗元的文学创作与湖湘文化结下了深刻的渊源。"是永州的绮丽山水成就了柳宗元，还是柳宗元的山水佳文成全了永州山水的美名？无论如何，在我眼里，柳宗元谪居永州十年间，无论压抑愤懑、病衰孤绝，还是纵情山水、读书著述，都浓缩成一个古代士人傲岸独钓的标志性画面，一千多年来伫立在西山脚下的潇水河畔，让中国的文学史里再添一根顶天的脊梁。"[1]柳宗元因与当权者政见不一而被贬谪永州，历经十年冷冽孤苦，然而正是这十年间与湖湘文化的耳鬓厮磨、在永州山水间经历的陶冶洗礼，然后才有了他流传千古的《江雪》《永州八记》《捕蛇者说》，才有了他统合儒释的宗教观和"好佛究法"的宗教思想。湖湘文化成就了柳宗元，柳宗元又反过来成就了永州山水与湖湘文化。倘若没有柳宗元的生花妙笔，又何曾会有永州山水享誉湖湘享誉九州的佳名。奉荣梅在贴近故乡、亲近湖湘文化的过程中，逐渐领悟了柳宗元与湖湘文化的精神契合过程：政治理想宣告破产的柳宗元，在孤独彷徨中寄情于永州山水，在时间的磨洗中慢慢释放着压抑愤懑的情绪。湖湘文化的异质文化基因，吸引着柳宗元思考着人生与宇宙的无垠问题，他在暮色苍然时犹不欲归，心凝形释，与万化冥合，终于寻觅到了文学、宗教思想的更高境界。柳

---

[1] 奉荣梅：《寒花淡影》，北京：团结出版社，2014年，第26页。

宗元的后辈、南宋诗人杨万里同样是在永州任职期间获得灵感，跳出江西诗派的窠臼，另辟蹊径终于成为"一代诗宗"。

奉荣梅不光发现了湖湘文化之于贬谪文人的精神启迪，而且还在其中敏锐地观察到文化人格的新生这样一个重要的文化命题。她发现："文化人通常在成名之后，悔其少作，即对年轻时的作品看不上，鲁迅先生曾经讽刺过这种人。杨万里焚诗，不是悔其少作而是悔其繁作，是一种自我汰洗，是一种凤凰涅槃。果然，那把火锻打出一只全新的凤凰，成就了他的诗名。杨万里永州之野的那把焚烧诗稿的火，成了北宋时代文化高峰中明亮的指示灯。"[1]在杨万里的永州淬火之行中，八百多年前燃烧在永州之野的那把焚诗火，象征着跳出中原文化视野之后的历代文人终于感受到了来自边缘的活力。柳宗元、杨万里在永州山水与湖湘文化的熏陶中所形成的文学创作与思想上的嬗变，从本质上而言是中原文化与当时尚处边缘的湖湘文化之间的碰撞、融合的结果。著名学者杨义曾如此描绘中原文化与边疆、边缘文化的交融："边疆的文明往往处在两个或者多个文化板块的结合部，这种文明带有所谓原始野性和强悍的血液，而且带有不同的文化板块之间的混合性，带有流动性，跟中原的文化形成某些异质对峙和在新高度上融合的前景。这么一种文化形态跟中原发生碰撞的时候，它对中原文化就产生了挑战，同时也造成了一种边缘的活力。"[2]

奉荣梅的散文作品大多可以归入历史文化散文的范畴，但与一般的历史文化散文所不同的是，她的散文作品并不热衷于对历史传奇的戏剧重现和对人物性格的塑造，而是注重从历史人物、历史遗迹出发，挖掘历史人物在特定历史时期所体现的人文精神内涵。奉荣梅散文不

---

1 刘绪义、奉荣梅：《零公里处的命运追问》，《湖南文学》2014 年第 12 期。
2 杨义：《从文学史看"边缘活力"》，《人民日报》2010 年 2 月 26 日，第 24 版。

是停留在对于史料的堆积与解读上,而是借助历史资料为作家切入历史人物与事件搭建起具体的历史时空,在历史遗迹的现实体验及感性理性结合的基础上,对历史脉络进行梳理,努力还原出历史的现场与人物的体温。历史在奉荣梅的笔尖,绝不是隔绝的材料,而是不断穿梭在过去与当下之间。她选择历史题材,显然不是为了将历史作为归宿,而是以历史为外壳,以心灵为内核,选择历史的某个横断面切入,以今人之心灵观照古人之心灵,以今日之情感激活古人之情感。于是我们看到,历史上的人物在奉荣梅的笔下散发着与众不同的味道。在《罗隐,晚唐典型的"矮穷矬"》中,作家所描写的道学家罗隐面貌丑陋、虽才华横溢却八次科举不中,成为中国古代知识分子中十分具有代表性的文人。奉荣梅的这篇散文不停留于对人物命运遭际的简单描述,而是努力透过现实观念和历史语境对其悲剧命运进行新的探讨。在作家看来,罗隐的时运不济固然可惜,然而其自身性格缺陷也是造就其坎坷人生的重要因素,若罗隐能收敛一些锋芒其仕途或许仍有大作为。奉荣梅看到的却是,罗隐之所以成其为本身,正是在于他的才气、傲气不可轻易转变。

奉荣梅的散文创作植根于湖湘大地,她始终坚持着源自故土的文学观、审美情趣和价值观。她的湖湘历史文化系列散文大气沉稳,在睿智清明、冲和兼容中传达着一位具有历史反思意识和现实关怀情结的当代作家的视野广阔。

三、抒情的散文与散文的抒情

时下不少散文作品喜欢批判社会黑暗、抨击人心丑陋,与之相反,能在世俗欲望与经济喧嚣中以宽大温暖的心态面对现实,在平凡生活中发现脉脉温情的作品却不多。对于习惯以黑暗的心理来看待社会生活的作家而言，培养一种于日常生活中寻找美好和温暖，在平凡普通日子里寻找希望和善良的视野，是当前散文创作中亟须弥补的一种品质。

情感是文学的灵魂，真实性又是散文的本质，但散文的抒情不是毫无节制的，而是深沉凝重的抒情与逻辑理智的结合。在林贤治看来："散文是人类精神生命的最直接的语言文字形式。散文形式与我们生命中的感觉、理智和情感生活所具有的动态形式处于同构状态。"[1]散文的抒情应是适当的抒情，这种适当，是通过对生命中的感觉、理智和情感的把握来实现的。换言之，散文的有节制的情感抒发往往发生在作品对于现实生活的经验、细节和感悟的勾勒上，这种抒情注重刻画人物的内心精神世界。《云鬟花颜泪嫁娘》是奉荣梅抒情散文的代表作之一，它讲述了这样一段往事：母亲在孩提时代曾经追着新嫁娘的双副嫁奁跑，那时她心里浮现的是隐约的艳羡与小女儿的幻想。但是"等到母亲十二三岁时，外婆已是经年卧床不起，家徒四壁，所有能借钱借米的地方，都是母亲去借的，借债压迫得她抬不起头来。这个时候，再看到热闹的嫁娘，她不再追着去看，虽然心里也有羡慕，但她知道，她的家境已经没有能力给她置办什么丰厚的嫁妆了"[2]。在节制的、冷静的笔调下，作家将母亲从少女时代对嫁奁的美好期盼以及美好理想最终在现实面前显露出风霜凄苦的矛盾勾勒出来。在嫁奁梦想破灭的背后，是母亲身为女性的无奈，但更是母亲长大成人后的坚韧。"我无法想象，那个年代，嫁奁对一个乡村女孩来说，是怎样的美好梦想，有的，一辈子就那一回的风光，一辈子就做了那一次的主角，此后，默默地劳作和苦难，是她们终生相随的影子。"[3]现实生活中女性的悲凄命运及无

1　林贤治：《论散文精神》，《美文》1994 年第 2 期。
2　奉荣梅：《浪漫的鱼》，北京：大众文艺出版社，2008 年，第 40 页。
3　奉荣梅：《浪漫的鱼》，北京：大众文艺出版社，2008 年，第 42 页。

法言说的苦楚，在看似平淡的文字之中得到了隐忍的抒发，读者在母亲失落的少女梦想中，见到的是她为了全家生计奔波的身影、布满沧桑的面容以及那曾经闪耀希望的双眸。

好的散文既要有真挚的情感，又要有知性的理智，情感受理智克制，理智借助情感表现。尽管在文学作品中情感往往是最易打动读者的因素之一，然而过度泛滥的抒情则会使得作品流于个人感情的宣泄。矫情、伪情常常充斥字里行间，从而最终损害散文作品的真实性。而恰到好处的抒情则显示出散文雍容典雅的规矩，它不将过多的自我情绪通过叙述强加给读者，而是在细腻的叙述、细节的刻画之中自然而然地流露出真性情，如此才能使读者与作家真正产生情感的共鸣。奉荣梅在描写城中的古楼时，通过温情脉脉的文字，在环境的对比中抒发了一种贯通古今的生命沧桑感："回身西望鸟瞰全城时，花花绿绿的世界，随即粉碎了诗中的宁静与野趣。在川流不息的喧嚣市声中，这古檐悄然寂寥地立在残垣上，像一个年老色衰的媪妇，给人带来沉思和感喟，淹没了所有的故事，把静穆和庄严归还人世。"[1]作家目睹古楼周围的世事变迁，仅仅用三言两语便写出了生命的得失与遗憾，作者此时仿佛与那千年古楼融为一体。如果说思想质地是散文的内在灵魂，那么语言表达便是散文的外衣。散文光有深沉的内在会让人望而止步，还必须搭配合适得体的外衣方能让人赏心悦目。奉荣梅的散文语言如同"严谨治学的理学家，一样有着浪漫、超逸的情怀，踏雪寻梅，吟风弄月，寻找的是一种高洁，抒写的也是一种清雅愁怀。古道与田野、鸥鸟与江声，那些名存实无的风景，在朱张的诗句里永恒"[2]。饱满的思想质地不一定得通过瑰丽华美的语言加以呈现，流畅、朴素而富有存

---

[1] 奉荣梅：《浪漫的鱼》，北京：大众文艺出版社，2008年，第13页。
[2] 奉荣梅：《张栻：记取湘中最佳处，橘花开时香满城》，《老年人》2013年第12期。

在感的语言有时更能贴近质朴的生活，实现文学叙述与生活本相的一体化。

我们所处的是一个社会剧烈转型、商品观念渗透各个角落的世俗化时代，它摒弃终极理想而崇尚现世享受，拒绝空洞的理想却也容易跌入虚无的平庸。时下不少散文作家的精神观念在与物质、欲望的耳鬓厮磨中日益认同了生活的琐碎，日常、平凡的观念渐渐消弭了寻找传奇的冲动。而奉荣梅的散文创作跳出了世俗生活的狭小圈子，她躬身于故乡山水、历史人物、民间习俗之中，在对湖湘文化的不懈探寻中寻找安身立命的精神根基。奉荣梅的散文擅长表现昔日曾在道州或湖湘文化史上留下浓墨重彩的文人骚客，她以作为边缘的湖湘文化激活作家们的文化新知为切入点，细腻地揭示了湖湘文化对于中原作家的文学转变、视野扩展所起到的重要作用。奉荣梅的散文语言朴素、淡雅，具有内在的思想质地，她在收放自如的叙述中传达着对于人心、社会和历史的看法。奉荣梅的散文作品风味醇厚，具有鲜明的创作特质，在隐忍与抒怀、在历史与现实的左右奔突之中，书写着关于故土、关于湖湘文化的精神传统和民间生活。对于她的散文创作，我们有理由期待更多的收获。

（原载《创作与评论》2017年第21期。钟丽美为第二作者）

粗粝生活中的温情与坚守

——蒋晚艳创作论

虽然文学逐渐地远离社会关注的中心，边缘化的命运似乎已难改变，但这并不意味着文学脱离了人们的日常生活。事实恰恰相反，无论我们所处的这个时代表现出多少拥抱世俗、疏远诗意的症候，文学依然以这样或那样的方式与人们的生活保持密切关联。无论是严肃报刊还是城市晚报、休闲读物，抑或是微博中的情绪激昂的讨伐檄文或声情并茂的公关信、微信公众号上的心灵鸡汤，文学以一种随物赋形的方式渗透人们的日常生活。文学价值与形式对于人们社会生活的全方位渗透，一方面深刻地显示出文学作为人学所具有的审美性、人性内涵，另一方面新媒体时代的泛文学趋势也意味着写作者的门槛相对较低。正是由于当下泛文学写作的低门槛，一些作品常常成为小我趣味的涂鸦、世俗价值的小像与无病呻吟的白板，几乎所有可以书写的人都可以写作者自居。这些问题的存在，使得当下的文学创作队伍虽然无比庞大，但是情感真挚、富于哲理、耐人寻味的作品却并非时时可以见到。

20世纪70年代出生于湖南武冈的蒋晚艳，在20世纪90年代中期离开故乡进入广州城谋生。深入骨髓的乡村生活经验和随后的城市生活体察，为蒋晚艳注入了两股生机勃勃的情感力量，这为她的文学创作打下了精神底色，即以湖南省邵阳市武冈故事为聚焦点，通过一位于市场经济大潮兴起后步入都市的女性主人公视角，展现了一幅社会剧烈转型时期的生活画卷。蒋晚艳的文学创作既以充满浓郁温情的笔触描写艰难困苦的乡村生活，又将目光从乡村延续到城市，在城乡的对照中勾勒出中国底层青年群体进入城市后的迷惘、痛苦与拼搏。她擅长散文、小说、报告文学、随笔等文体，在《散文选刊》《西藏文学》《佛山文艺》《五台山》《黄金时代》《侨星》《椰城》《广州日报》等各类报刊发表作品，获得国内各类文学奖近30项，出版了个人文集《阶梯》及合著报告文学集《筑梦人》《羊城密事》《印迹》、短篇小说集《潮起珠江》、散文集《民俗文化揽萃》等。与当下许多接受了系统创意训练、写作技巧颇为娴熟的青年写作者不同，蒋晚艳的文学作品散发着一种特别的生活气息：粗粝。蒋晚艳在作品中展现出来的不是精致典雅的生活场景，也不是虚弱矫情的都市小资情调，而是一种原生态的生活面貌。她的作品充满了生活原初的、蓬勃的、旺盛的生命力，粗糙而质朴，却能引发读者内心深处的情感共鸣。精致的写作往往有意无意地追求所谓深刻而严肃的主题（有时常常是伪命题），文字表达也工整干净，但是也由于加入了较多的所谓深度与雕琢的语言，作品最后呈现的内容和现实生活的本来面貌经常会产生一段不小的距离。蒋晚艳的作品充满着日常生活细节的朴素呈现、情绪和情感的自然流动以及作家本人用力生活的状态，让读者感觉到一种粗粝却更本质的生活面貌。

  文集《阶梯》是蒋晚艳的代表作，这部文集共七章，分别是《小说人生》《子欲养而亲不待》《那些年，那些事》《家和万事兴》《因为爱情》《天道酬勤》《走进大时代》。如果从体裁上进行划分，可以归纳为小说、散文、报告文学三种类型。在蒋晚艳的散文中，有两类散文写得特别出色：一类是写亲情的篇章，如《母亲的老屋》《最好的疼爱》《父亲》《今天是您的生日》《母亲和我在一起》等，还有一类是写时代生活和社会转型的篇章，作者通过文学留下了一种时代见证，如《坐着猪车下南方》《春运火车票》《家乡，那些曾经绞痛我的坑洼》《又见留守》《一路户口一路酸》等，折射出时代大变革在我们个人生命中留下的痕迹。朱自清在20世纪40年代谈论自己散文写作时曾认为"散文虽然也叙事、写景、发议论，却以抒情为主。这和诗有相通的地方"，但另一方面却又认为散文写作"在我还是费力。有时费力太过，反使人不容易懂"[1]。朱自清的自省，是散文写作的开放性与艺术性之间矛盾的生动例证。即便如朱自清这样的散文大家，也依然存在着过于费力以至于使人不容易懂的问题。蒋晚艳的散文贵在感情真挚，语言质朴自然。也许是因为蒋晚艳是业余作家，她没有太多对于语言表达技巧上的刻意追求与炫耀，在散文写作中更多的是以情动人。散文写作讲究的就是写真人、真事、真情，她的散文写作不经意间把握住了最核心的一点。谢有顺在分析当代散文创作的现状时，有过精辟的分析："散文的无规范，使得它比小说和诗歌更为'近人情'（李素伯《小品文研究》），更反对制作，它崇尚自然，向往兴之所至，本质上说，它是业余的文学"[2]，"至少，现在进入我视野的最好的当代散文家，绝大多数都不是专业意义上的，反而是客串和业余的身份，使他们写出了令我们难忘的散文篇章"[3]。恰恰是非专业的写作，将蒋晚艳的散文以情动人的特点表达得特别真切。

在现实生活中婆媳关系往往是比较难以处理的，但是在蒋晚艳散文《最好的疼爱》中读者看到了一位儿媳眼中不一样的婆婆，作品也

1　朱自清：《朱自清学术文化随笔》，北京：中国青年出版社，2000年，第282页。
2　谢有顺：《散文的常道》，广州：广东人民出版社，2014年，第18页。
3　谢有顺：《散文的常道》，广州：广东人民出版社，2014年，第19页。

呈现出了一位不一样的儿媳。"我"在去闽南农村见到婆婆前就知道爱人家穷,知道婆婆老,但第一次见面还是给自己极大的震撼:"第一次见到婆婆时,发现她六十出头,发白如银,背弯似弓,我以为是奶奶。第二天来了个更老的,才知道婆婆是母亲。爱人家在接近潮汕的闽南农村,八兄妹,两间土房,外加公公婆婆和奶奶,我没有办法想象十一口人的大家子是如何挤在两间小矮土房生活的,但是婆婆满目慈祥满面温柔,眉宇间看不到丝毫忧愁。"在女儿出嫁半年后,母亲来闽南看望"我",婆婆为了欢迎亲家母的到来,半夜杀了家里唯一一头不到70斤的小猪,以此来表达自己的诚挚欢迎。"婆婆和妈妈对话,时不时地用衣衫擦眼睛,'您相信我,我一定会把儿媳当女儿一样,不会让她受丁点委屈'。"在散文《今天是您的生日》中,蒋晚艳为读者刻画了母亲在日常生活中的音容笑貌:每次"我"生日时,早上睁开眼发现母亲总站在床前满脸含笑,像逗小猪一样地逗"我";母亲原本不喝酒,但是当父亲埋怨一个人喝酒少了情趣,"于是,母亲就陪着父亲喝酒,喝着喝着母亲也爱上了酒,每餐饭前总要喝上几口"。蒋晚艳的散文对于日常生活中的亲情、爱情有着深刻的体认,情感倾泻到笔端时自然饱蘸满腔炽情,文字也变得细腻,情真意切。无论是描写农村孩子农忙时节生活的《学生很农忙》,还是表现母亲对于女儿关爱的《寻找母亲》,以及刻画女性在深圳独立奋斗的历程的《莲花》,作家都对所描写的对象充满着浓郁、真挚的情感,情郁于中,写作便成为最好的抒怀方式。蒋晚艳并非多么讲究技巧辞藻的叙述能够打动人心,最根本的还是在于她写的是生活中的真人、真事、真情,这些人事在岁月的沉淀中越发显出了可贵的一面。

　　蒋晚艳的散文对于细节的把握特别到位,她对生活的观察细致而深刻,往往通过寥寥数语就写活了人物的性格。中国人的感情普遍比较内敛，不会轻易将自己的喜怒哀乐呈现在外在的语言和行为上，对于老年男性尤其如此。蒋晚艳对于日常生活中人们的性情与内心状态有着敏锐的观察，她常常以细节描写捕捉人物内心的丰富情感。在《父亲》这篇散文中，蒋晚艳为读者描绘了一位勤劳朴实、木讷少言却感情细腻、体贴女儿的父亲形象。"我"还在武冈二中读书时，家长需要为学生送米到学校。当父亲第一次挑米来到学校时，径直地挑着两袋大米、两条鸡腿走到了讲台上："父亲穿着肩膀磨损了的灰短袖，泛白的头发上沾着汗水，头发湿漉漉的，擦汗水擦得由白变黑的毛巾戏剧性地搭在肩上，卷到膝盖的黑布裤脚下露出父亲那双黄黄瘦瘦像腊排骨般的老腿，父亲十个黑黑的脚趾裸露在磨损了的草鞋外，像裹满灰尘的黑珠子。"父亲一开始并没有意识到自己的行为有何不妥，还站在讲台上像警察搜小偷一样在同学群里找着女儿："艳，艳在哪里？"这样的描写非常写实而且逼真，有过乡村生活经验的人们不难理解这样的场景。只是朴实的父亲没有意识到，自己田间劳作时的穿着在县城的中学生眼中显得很不合时宜，引发了学生的哄堂大笑，也让女儿觉得耳根发烫。有过第一次的经验后，父亲此后便十分留意自己的穿着与言行："武冈二中读书三年，父亲多次帮我送米，每次送米相同的是情感，不同的是季节，是父亲一次比一次刻意体面的装扮和越来越小心翼翼的言行。"当女儿工作后给家里来电话，父亲每次接到电话后永远只有一句话："哦，艳啊，我叫你妈来听电话。"散文写作也讲究技巧，但细节的真实与情感的充沛却永远是最内在的力量。蒋晚艳通过这些生活中的细节，将父亲的勤劳、体贴、木讷的特点表现得极为鲜明。

在《老家的味道》中，勤劳的母亲为了让在初中寄宿的女儿能够改善伙食，每次都在女儿放假回家的时候做萝卜辣椒炒油渣让女儿带到学校下饭。母亲一边与女儿聊天,一边自责:"'才半斤,炸后都没几块油渣。'母亲回答,'怪娘不好,你长身体,没让你跟好营养'。"母亲为了女儿在学校可以有足够的菜下饭,一个劲儿地往袋里装菜,却不料袋子破了,"菜倒在泥土地板上,红红的油迹顺着地势流到低处,聚成一团"。母亲心疼好不容易做好的菜撒了一地,担心女儿没有足够的菜下饭,于是"火速弯下腰,跪在地上用双手捧菜堆的上面部分","开始用手捧,后来用筷子挑,再后来用手指捡,母亲把上面部分的干净油渣重新给我装好,把带着泥的油渣放进自己嘴里,母亲吃着带泥的油渣,说:'娘贪吃,油渣都被娘吃了。'"乡村生活虽然艰苦,但是一家人相互鼓励,努力生活的氛围让人欣慰。母亲作为家庭主妇,为一家老小的生活操心,勤劳简朴成了习惯。她关心女儿的身体成长,费心做好下饭的菜肴,希望女儿能够在学校跟得上营养。当盛菜的袋子破了,油渣撒了一地,她赶紧将干净的油渣捡起来装到袋子里,又不舍浪费了油渣,于是将粘着泥的油渣吃到了嘴里。通过这一细节,读者看到了母亲的简朴、节约,以及对于女儿的满腔疼爱。在《坐着猪车下南方》《心雨》《春运火车票》等系列散文中,蒋晚艳将自己留意观察的细节写到了散文中,从而为散文增添了扣动人心的感染力。

蒋晚艳的短篇小说具有较强的纪实色彩,这些作品往往取材于湖南武冈的乡村生活或来广东工作的异乡人,对出身于社会底层的人们抗争苦难、追逐梦想的忍耐与坚持进行了细腻刻画。在短篇小说系列中,《拐爱》这篇最具代表性。这篇小说写了两代人的婚姻故事:三妹在洞房的那天,才发现自己的丈夫阿伟患有双腿流脓的病症。媒人为了给阿伟找到媳妇,对三妹隐瞒了他患病的事情。知道事情的原委后,三妹与丈夫感情破裂。洞房那天三妹怀孕了,三妹等小孩出生之后发现儿子小强竟然也遗传了阿伟双腿溃烂的疾病,不禁心如死灰。等到儿子娶媳妇的时候，三妹也教自己的儿子小强先要瞒着儿媳妇，等结婚之后再说患病的事情。但出乎意料的是，洞房的第二天儿媳妇并没有任何被欺瞒的不满，直到最后儿子才交代了原委：小强告诉母亲，自己双腿流脓的疾病在广州的医院已经被治好了。这篇短篇小说通过三妹这个人物在自己和儿子婚姻上不同的表现，深刻地写出了这个人物的悲剧遭遇、内心变异，对社会习俗与世道人心进行了冷峻的审视。

蒋晚艳的文学作品最令人感动的地方，一个是写故乡人情的这些篇章，另一个则是打工题材。蒋晚艳的写作中，无论是小说还是散文，打工题材都是其中一个重要组成部分。打工题材写作曾经风行一时，但不久之后便在文坛上陷入了沉寂，原因固然在于时代生活的变迁使得打工题材失去了轰动效应，更内在的原因或许还在于写作者所遭遇的普遍挑战，即如何在千篇一律的写作中提炼特色，避免公共化的浅唱低吟和对生活表象的描写。法国印象派画家莫奈擅长描绘光与影，他尤其擅长画雾，这在同时代的作家中显得特立独行。莫奈的绘画作品很多，既有水墨画般的印象薄雾系列，也有重雾甚至是大雾霾系列，例如《查令十字桥》画的是雾霾，《国会大厦》画的是浓雾中的伦敦。莫奈的一大贡献就在于他在人们习以为常的生活中发现了雾的存在，这种存在放在英国工业化进程的背景下来看就显示出了十分丰富的社会内涵与文化意味，这是独属于莫奈的发现。蒋晚艳通过自己的打工题材小说、散文写作，塑造了一个具有辨识度的打工妹形象，她以湖南人的倔强与吃苦的精神，在陌生的城市中努力拼搏，最后在自己的工作岗位上取得了不小的成绩。蒋晚艳一系列的作品事实上在努力打造着一个独具特色的湖南打工妹形象，通过这些人物细腻地展现了 20 世纪 90 年代至 21 世纪前 20 年的都市生活浮世绘。

蒋晚艳的文集《阶梯》洋溢着浓郁、真挚的情感，许多篇章虽然语言并不炫目，却能够以情动人，给读者留下深刻印象。如果蒋晚艳能够在以后的创作中扬长补短，努力与古今中外的经典作家对话，学习他们的写作技巧，不断磨砺自己的思想认识，持之以恒地写作，相信她在以后的创作中能奉献出更多感动人心的作品。

蒋晚艳的文学作品表现出的对于生活细节的呈现、朴素的语言、充盈的内心活动，使作品具有了一种感人的品质。当然，这并不意味着蒋晚艳的作品已经十分成熟，而是说她的作品具有了某些质地，预示着继续发掘下去的可能性。在蒋晚艳的作品中，散文是她最为擅长的文体，故乡的人与事则是她最熟悉的题材。她应该将自己作品中以情动人的立场坚持下去，深入观察生活，继续写真人、真事、真情。蒋晚艳的作品贵在真挚，但也可以适当地去锤炼一下语言，让自己的散文语言、小说语言更加精致、精准。每一位成熟的作家都有自己熟稔的写作领域与技巧，每一位成熟的作家也都是在大量阅读经典的过程中锤炼出自己的写作个性的。作为写作者，应该向一些经典作家学习。同样是钟情于日常生活题材，张爱玲能够通过日常生活表象的描写，从某一个瞬间生发出深刻的人生哲理感悟。在《春运火车票》中，蒋晚艳所描写的2002年春节前在火车站通宵排队购买火车票的场景令人震撼，广州火车站构成了作家写作的一种意象。对于写作者而言，在大家视若无睹的生活中进行题材上的、意象上的"发现"，有时候可以决定一位写作者的作品价值与文学贡献。这个时代对中国作家的写作提出了新的要求，即需要"始终贴近人们普遍关注的生活现象与热点问题，在对普通民众生活的平视中体察时代的变迁与人性嬗变，显示出敏锐的时代嗅觉与切入现实生活的承担意识"[1]。在中国朝着现代化

---

1 陈菲、龙其林：《影像书写的家国情怀与文化追求——梁振华电视剧编剧艺术刍议》，《湖南工业大学学报》（社会科学版）（株洲）2021年第2期。

方向高速发展的背景下,乡土文明不可避免地逐渐没落,但千百年来生活在乡土文明中的人们在情感上又极为留恋这种生活方式,远离故土的乡愁、背井离乡的漂泊、无处皈依的焦虑,使得乡土题材的写作具有很大的空间,也能够获得共鸣。

(原载《写作》2022年第2期)

跋

这部评论集能够有机会结集出版，实在是出乎我的意料。2022年暑假，我收到上海交通大学人文学院发来的中国文学艺术界联合会、中国文艺评论家协会主办的第七届"啄木鸟杯"中国文艺评论推优暨第三届网络文艺评论优选汇的申报通知邮件，便按照要求填写了申请表、递交了材料，之后几乎忘记了这回事。到了2023年年初，我突然收到通知，才得知自己在《光明日报》上发表的《用好北京冬奥会的文化遗产》一文荣获中国文联第七届"啄木鸟杯"中国文艺评论年度优秀短评作品，这让我倍感惊讶。2024年6月，我收到上海交通大学人文学院发来的中国评协、中国文联文艺评论中心、中国文联出版社联合启动2024《啄木鸟文丛》出版计划的通知邮件，又抱着试试看的心理填写了申请表，之后便忙于暑假课程和科研工作。到了8月下旬一天晚上，我突然收到朋友转来一篇公众号推送文章，才知道自己申报的书稿《在大众话语与专业话语之间》入选了2024《啄木鸟文丛》出版计划。这于我又是一次惊喜。

感谢中国文联、中国评协、中国文联文艺评论中心、中国文联出版社，与"啄木鸟杯"、《啄木鸟文丛》结缘，是生命中两次难以忘怀的经历。感谢中国文联文艺评论中心《中国文艺评论》编辑部薛迎辉编辑，她认真细致地审读了拙著，在篇目选择、文章定稿、编排格式、文字校对等方面提出了一系列中肯的意见，为书稿完善付出了很多时间和精力，使得拙著以更好的面貌呈现在大众面前。感谢中国文联出版社的祁宁编辑。她以深厚的专业素养和严谨的编校态度，对书稿进行了细致入微的审阅，指出了书稿存在的问题并提出切实可行的修改建议。如果说这部书稿还有一些闪光点，那么很大一部分功劳应该归于薛迎辉编辑、祁宁编辑，诚挚地感谢她们！

感谢刊发拙著所收录文章的报刊和编辑。《光明日报》、《文学报》《中国文学批评》、《文艺争鸣》、《湘潭大学学报》（哲学社会科学版）、《阿来研究》、《文学》、《创作评谭》、《湖南工业大学学报》（社会科学版)、《星星》、《诗刊》、《阴山学刊》、《中文学刊》、《中国创意写作研究》、《写作》、《创作与评论》、《玉林师范学院学报》（社会科学版）、《长江文艺评论》、《山西师大学报》（社会科学版）等刊物的编辑，多年来给予宝贵的版面刊发了我的系列文章，不断督促我撰写、修改文章，才有了今天面世的这些文字。这些敝帚自珍的文章，展现着认识的或至今不知名字的编辑老师们，在写作道路上给予我的无私提携与热情鼓励。

感谢上海交通大学人文学院、人文艺术研究院的领导和老师们。2021年10月7日晚，我从广州乘坐动车奔赴上海，开始了新生活。不知不觉间，到今天刚好三年整。入职上海交通大学人文学院后，我亲身体验了这所国内顶尖学府高效的管理水平、宽松的科研环境、自由的思想氛围、热烈的教学现场，也见证了晋升职称时学校有关部门严格的资格审核、透明的答辩过程、公平的遴选机制，并体会到高水平大学的规范化管理、制度化行政、公平化操作给予普通老师的尊重和保护。这三年来，我得到了人文学院、人文艺术研究院尤其是中文系领导、老师们的热情帮助，使我很快融入了工作环境，得以从事感兴趣的科研和教学工作。希望在不久的将来，我可以用自己的科研成果，为这座世界著名学府的发展贡献自己的力量。

人到中年后，随着精力的消退和身体的劳损，我越来越感觉到在人生中做减法的必要。有前辈学者告诫我，人一辈子其实做不了几件事，几十年的时间很快就会过去，因此要始终牢记：出成果为上。为了将有限的光阴聚焦到自己真正感兴趣的事物上，活得更加轻松、自在和幸福，我有意识地减少没有意义的社交，将时间和精力留给家人、师友、学生和学术；努力远离没有意义的活动和任务，将时间留给重要的工作和生活。《腓立比书》中写道："弟兄姊妹们，无论何事是真实的，何事是高尚的，何事是公义的，何事是纯洁的，何事是可爱的，何事是可敬的，若有什么是极好的，若有什么是值得称颂的，这些事你们都要思念。"值得庆幸的是，三年来我重新找到了学术研究的快乐，每当有文章完成或发表，每当有文章被转载或引用，每当意外获奖或论著被肯定时，那一个个的瞬间自己内心充盈着强烈的满足感。在这个过程中，我意识到学术研究不仅仅是史料搜集与整理，也不是单纯的数据分析与逻辑推理，而是在研究的过程中承载着信念、道德、价值。因此，当外在条件恶劣时，我们可以通过学术研究和培养年轻人来继承传统、寻找寄托、等候理想。陈思和老师在《从广场到岗位》一书中说得非常精彩："知识分子的岗位之所以不同于一般工作（譬如鞋匠做鞋、司机开车等），是因为知识分子的工作本身寄寓了人文理想，如公正理性、道德信念、人性的全面展示，等等，这些都是知识分子必须实践并加以维护的,这不是抽象的、虚幻的因素,而是融化于普普通通的工作实践之中。""知识分子的岗位意识包含超越性,这就意味着专业岗位上的知识分子面对社会现实他绝不是乡愿,他同样是不妥协的批判者,这是这种批判性并非从广泛的抽象的思想原则出发,而是针对了本专业领域的具体的反科学以及其他形形色色的负面现象。知识分子既是专家也是批判者。"

最后,引用两位著名学者各自的一段话,与读者朋友共勉——

> 对文学研究来说,外部研究是必要的,但只有外部研究远远不够;内部研究也是必需的,但只满足于内部研究也万万不可。关键是要认识、处理好外部研究与内部研究的关系问题。事实上,文学活动作为人类特有的一种精神现象,本身就是由一系列外部特性和内部特性共同组成的。其运演既受外部的"他律"制约,也受内部的"自律"驱动。两者之间不是对立的存在,而是和谐统一的关系,它们的合力决定了文学的样态和发展。不能用外部研究取代内部研究,也不能用内部研究否定外部研究。中国的文艺理论建设,如果不想重蹈当代西方文论的覆辙,不走西方理论家的歧路,就必须建构外部研究和内部研究辩证统一的研究范式。
>
> ——张江《作者能不能死——当代西方文论考辨》

就理论研究而言,从来没有或者说从来不应该存在"不可证伪"的"真理性"。理论意味着片面,也意味着深刻,一种"深刻的片面性"。理论就像是一把手术刀,唯其片面,方能深刻,唯其深刻，方显片面。"放之四海而皆准"的理论，也许只能称之为某种浅层次的常识。从这个角度来讲，生态主义以及由此而来的生态批评，正如它所批评的人类中心主义一样，尽管存在着这样那样的问题，但却给我们诸多的启示，尤其是，作为对西方发达国家社会文化的反思，它有一种重要的警示作用。由是观之，在当今中国的语境当中，生态批评尽管是一种奢侈的话语，但这种奢侈却是一种必要的奢侈。

——张跣《生态批评：必要的奢侈》

龙其林

2024 年 10 月 7 日于广州小北